WERDE MITGLIED IN JULIAS ROMANCE CLUB

Die Mitglieder von Julias Romance Club bekommen kostenlose Bücher, exklusive Infos, was hinter den Kulissen passiert und andere schöne Sachen, die mit Julias Büchern zu tun haben.

Als Mitglied erfährst Du immer als Erste, wenn es neue Bücher oder andere Veröffentlichungen von Julia gibt.

Am Ende des Buches erfährst Du, wie Du Mitglied in Julias Romance Club werden kannst.

1

AMBER

Sie brauchte ein Vorhängeschloss. Das wurde Amber klar, als sie merkte, dass ihr neuer Nachbar ein alter Bekannter war.

Mit dem alten Barry hatte sie sich den Schuppen im Garten ohne Probleme geteilt, denn Barry war wegen seiner Hüfte seit über fünf Jahren nicht mehr im Garten gewesen. Nicht einmal, als er das Haus verkauft hatte. Doch der neue Besitzer hatte keine Probleme damit, die Stufen der hinteren Veranda herunterzusteigen. Ganz im Gegenteil.

Travis Miller war schon in der Schule sportlich gewesen, doch in den vergangenen Jahren war er noch durchtrainierter geworden, wie sie jetzt feststellte, da sie durch ihr Küchenfenster einen ungehinderten Blick auf ihn hatte. Seine Schultern schienen noch breiter geworden zu sein, seit sie ihn das letzte Mal vor ein paar Monaten gesehen hatte. Jetzt, Anfang September, war er sonnengebräunt und seine dunkelblonden Haare waren vom Salzwasser heller geworden. Wäre er nicht Travis gewesen, hätte sie ihn gern eine Weile einfach nur angeschaut. Doch seit sie gemeinsam zur Schule gegangen waren, wusste sie, dass es nur Probleme gab, wenn er auftauchte. Zumindest für sie, denn er schien immer ihre sorgsam erstellten Pläne zu durchkreuzen, so als habe er es genau darauf abgesehen.

Vermutlich hatte er auch nur deswegen das Haus neben ihr gekauft, um sie aus der Fassung zu bringen, was ihm ein diebisches Vergnügen zu bereiten schien.

Amber seufzte. Barry hatte erwähnt, dass ein netter junger Mann sein Haus gekauft habe, aber nicht, dass es ausgerechnet Travis war.

Und jetzt kam er ihrem Geheimnis gefährlich nahe. Ihre Hände wurden feucht, als sie sah, dass er direkt neben dem Gartenhaus stand und es von außen inspizierte. Sie musste eingreifen, wenn sie nicht wollte, dass er ihre Sachen entdeckte. Direkt danach würde sie das Vorhängeschloss bestellen und bis dahin zur Not das Gartenhaus bewachen.

Amber trat auf die Terrasse und schirmte ihre Augen mit der Hand gegen die Sonne ab. Wie gut, dass sie heute ein wenig früher aus dem Büro nach Hause gekommen war, sonst hätte er das Gartenhäuschen womöglich schon geöffnet, während sie nicht da war. Dabei hatte er hier nichts zu suchen.

Als er eine Hand an den Türgriff legte, klopfte ihr Herz schneller. »Travis?«, rief sie.

Zum Glück ließ er vom Gartenhaus ab. Als er sich umdrehte und sie anschaute, konnte sie nicht anders, als sich zu fragen, ob sie vielleicht umziehen sollte. Sie hatte keinen neuen Nachbarn gewollt, denn sie und Barry hatten sich in den vergangenen Jahren gut zusammengerauft. Ja, es ergab Sinn, dass er in ein Altersheim in der Nähe seiner Kinder zog, trotzdem hatte sie den alten Mann lieb gewonnen und Veränderungen waren ihr schon immer schwergefallen. Es brachte die Ordnung so durcheinander.

»Hi, Amber«, sagte er und kam zu ihr herübergeschlendert. Zu ihrer Überraschung genoss sie seinen Anblick.

Sofort erschrak sie. Nicht nur, weil eine ihrer Freundinnen in der Highschool in Travis verschossen gewesen und er dadurch für sie als Mann aus dem Rennen war. Nein, er würde auch den Ansprüchen ihrer Eltern niemals genügen. Und ihren eigenen ebenfalls nicht.

Travis mit seiner komplizierten Familie war jemand, der für sie überhaupt nicht infrage kam. Er würde ihr Leben, das sie so sorgfältig und mit viel Aufwand geordnet hatte, durcheinanderbringen.

Diese Gedanken gingen ihr durch den Kopf, während er durch seinen ungepflegten Garten auf sie zukam, und sie wunderte sich über sich selbst. Warum brachte sie Travis überhaupt mit ihrem Liebesleben in Verbindung? Vielleicht weil er quasi in einem Teil ihres Lebens aufgetaucht war, den sie sonst strikt von Männern, mit denen sie ausging, getrennt hielt. Noch nie hatte sie einen Mann mit nach Hause genommen, einfach weil es nie gepasst hatte. Das hier war ihr sicherer Bereich und sie wusste, dass der erste Mann, den sie mit hierhernehmen würde, der Mann war, den sie heiraten würde. Und nun platzte Travis auf einmal hier herein und wurde ihr neuer Nachbar.

Wie immer strahlte er eine verschmitzte Lebensfreude aus, die so gar nicht zu ihm zu passen schien, wenn man wusste, in welch erbärmlichen Verhältnissen er in einem Trailerpark aufgewachsen war.

Das brachte sie zu einem anderen Punkt. Wie hatte er sich das Haus eigentlich leisten können? Aber das ging sie nichts an. Es würde schon seine Richtigkeit haben. Auch wenn Travis immer zu Streichen aufgelegt gewesen war, hatte er nie Dinge getan, die ihn mit dem Gesetz in Konflikt brachten. Sie sollte sich also keine Gedanken darüber machen, ob er genug Geld für das Haus hatte oder ob er einen Kredit bekommen konnte. Viel wichtiger war es, dass sie eine gute Ausrede parat hatte, warum er das Gartenhäuschen nicht öffnen durfte.

Jetzt stand er unterhalb der Terrasse, die Hände in den Taschen seiner Shorts, und grinste zu ihr herauf. Travis lief immer nur in Shorts herum, sie kannte ihn gar nicht anders.

»Du bist also mein neuer Nachbar«, stellte sie unnötigerweise fest.

»Bin ich. Stört es dich?«

Amber zögerte, dann schüttelte sie rasch den Kopf, weil alles andere unhöflich gewesen wäre. Doch sie sah sein leichtes Stirnrunzeln. Er hatte ihr Zögern sehr wohl mitbekommen.

»Herzlich willkommen in der Nachbarschaft«, sagte sie etwas steif. »Du wirst sehen, es ist sehr schön hier.«

Er verschränkte die Arme und sie konnte nicht anders, als seine Oberarmmuskulatur anzustarren. Als Jugendlicher war er eher schmächtig gewesen, doch aus ihm war wirklich etwas geworden. Herrje, war sie schon so verzweifelt, dass sie Travis Miller anschmachtete? Trotzdem konnte sie nicht umhin, weiterhin auf seine Arme zu starren und sich zu fragen, wie es sich anfühlen mochte, wenn man von einem solchen Mann gehalten wurde. Nicht von Travis natürlich, aber von einem Mann, der solche Arme hatte.

»Ich weiß, dass es hier schön ist«, sagte er. »Genau deswegen habe ich das Haus ja gekauft. Wir wollen doch, dass die Oakridge bleibt.«

Amber verdrehte die Augen. »Fängst du auch schon damit an? Ich glaube nicht, dass ein Investor alle Häuser kaufen will. Und selbst wenn, die Nachbarn verkaufen nicht. Du wirst sehen, dass hier alle gut zusammenhalten.«

Seit Kurzem gab es ein Gerücht, dass ein Investor die alten Häuser in dieser Nachbarschaft aufkaufen wollte, um hier moderne Wohnhäuser hinzubauen. Doch es fiel Amber schwer, das zu glauben.

Travis hob die Schultern. »Du weißt doch, wie das bei solchen Investoren ist. Sie spielen einen gegen den anderen aus, und sobald sie erst einmal ein Haus haben, können sie ihren perfiden Plan umsetzen. Dann erzählen sie den Nächsten, dass ihr Haus weniger wert sein wird, sobald sie anfangen, dort neue Häuser hinzubauen. Ich kenne das Spiel.«

Amber presste die Lippen zusammen. Sie hasste diese Verschwörungstheorien, nach denen große Konzerne gegen die kleinen Leute arbeiteten und diese ausbeuteten. Ja, sie wusste, dass Oakridge eine Nachbarschaft mit ausschließlich alten Herrschaften war, von ihr und jetzt Travis einmal abgesehen. Die Häuser waren gepflegt, aber alt und die meisten von ihnen sanierungsbedürftig. Dafür hatten viele ihrer Nachbarn kein Geld und die Sehnsucht nach einem gepflegten kleinen Haus in einer Seniorenwohnanlage in Florida war groß. Trotzdem glaubte sie nicht, dass Unternehmen so vorgingen.

Doch es war klar, dass Travis jemand war, der daran glaubte.

»Soweit ich weiß, hat niemand Barry kontaktiert, um sein Haus zu kaufen.«

Travis legte den Kopf schief. »Weil ich schneller war. Barry war nur zu willig, zu verkaufen, und da er unbedingt zu seinen Enkelkindern wollte, hätte er an jeden verkauft. Das hat er mir gesagt.«

»Du kennst ihn nicht, so wie ich ihn kenne. Das hätte er niemals gemacht. Und außerdem, es gibt keine Firma, die diese Häuser will. Mich hat noch niemand kontaktiert.«

»Du kommst als Letzte dran, weil du so jung bist. Und gerade bei dir werden sie die Daumenschrauben bezüglich des Preises anziehen. Schließlich verdienst du gut.«

Er schaute an ihr herunter. Sie trug noch immer ihre Bürokleidung, ein maßgeschneidertes Kostüm und High Heels. Doch sie wusste, dass sein Blick nicht bewundernd war, sondern abschätzig. Er hatte nicht viel für konventionelle Menschen übrig. Und wenn Amber sich für eines hielt, dann für konventionell.

Tja, dann war sie also nicht Travis' Typ. Damit konnte sie leben. Nur leider war sie niemandes Typ. Doch diesen Gedanken schob sie jetzt beiseite, denn Travis hatte sich zum Gartenhaus umgedreht und runzelte die Stirn.

»Gehört das eigentlich mir oder dir?«, fragte er.

Amber atmete tief durch. »Das ist so eine Sache. Es ist ein wenig unklar.«

Es war überhaupt nicht unklar. Das Häuschen stand auf dem Nachbargrundstück, aber selbst der Vorbesitzer von Ambers Haus hatte das Gartenhäuschen benutzt, weil Barry sich dafür nicht interessiert hatte.

Travis schaute sie fragend an. »Es steht auf meinem Grundstück, oder?«

Das Problem mit dem alten Viertel war, dass die Grundstücke nicht genau ausgemessen waren und früher jeder gebaut hatte, wo er wollte. Später waren Grenzen gezogen worden, die zumeist aber nur auf dem Papier existierten, denn die meisten Gärten waren miteinander verbunden, weil es immer so gewesen war. Aus irgendeinem Grund war es in den letzten Jahrzehnten so gekommen, dass das Grundstück von Ambers Haus winzig war und der Garten dahinter nicht zu ihrem Haus gehörte, sondern zu Barrys. Es umarmte Ambers Grundstück L-förmig.

»Wir haben schon immer alles geteilt«, sagte sie schnell. »Das ist Teil des Charmes von Oakridge. Es gibt keine richtigen Grundstücksgrenzen.«

Travis hob eine Augenbraue und schaute sich wieder zum Garten um. Amber nutzte die Gelegenheit.

»Aber wenn du mir den Teil Land, der hinter meinem Haus liegt, verkaufen willst, würde ich ihn gern nehmen. Ich hatte überlegt, mir einen Pool zu bauen.«

Ihr neuer Nachbar runzelte die Stirn. »Einen Pool? Warum denn das? Du hast doch einen Whirlpool auf der Terrasse stehen.«

Er warf ihr einen Blick zu und auf einmal fragte sie sich, ob er womöglich anders als Barry abends herüberschauen würde, wenn sie sich eine Auszeit in ihrem Whirlpool gönnte. Der Gedanke war ihr unangenehm.

»Ein Pool ist etwas anderes, man kann richtig darin schwimmen.«

Travis bedachte sie noch einmal mit einem kritischen Blick und Amber stellte fest, dass sie ein wenig errötete. Sie wusste, dass sie keine Bikinifigur wie andere Frauen hatte, und sie hasste es, wenn Männer sie nur darauf reduzierten. Doch er hob die Schultern. »Ich kann das Land nicht verkaufen. Ich plane, einen Gemeinschaftsgarten anzulegen.«

»Einen was?« Amber war sich nicht sicher, ob sie richtig gehört hatte.

»Einen Garten, in dem alle etwas anbauen können. Jeder hilft mit, wir arbeiten gemeinsam, wir tragen etwas zur gesunden Ernährung der Nachbarn bei, und wenn etwas übrig bleibt, können wir es verkaufen.«

»Das willst du hier machen?«, fragte Amber entsetzt und deutete auf den Garten. Ja, das Grundstück hinter Barrys Haus war groß, aber ein Gemeinschaftsgarten? »Und dann sollen hier Leute herumlaufen?«

Er nickte und ein Funkeln trat in seine Augen. »Was meinst du, wie gut das wird.«

»Und wer sind diese Leute?«

»Jeder, der will. Am liebsten die älteren Herrschaften zuerst und dann können wir es erweitern. Meinetwegen kann ganz Carolina Creek kommen. Allerdings wird das Land dafür wohl nicht reichen.«

»Du meinst das ernst, oder?«

Er nickte. »Das war einer der Gründe, warum ich so froh war, dass ich ausgerechnet dieses Haus bekommen habe. Bei deinem wäre das Grundstück viel zu klein gewesen. Deswegen brauche ich auch das Gartenhaus. Es steht ja sowieso auf meinem Gelände. Aber wenn du möchtest, können wir natürlich deinen Garten mit dazu nehmen. Du machst ja eh nicht so viel daraus.«

Amber verschränkte die Arme. »Das kommt überhaupt nicht infrage.«

Und sie wollte auch nicht die anderen Leute hier haben.

»Schade, aber wenn du es dir anders überlegst, sag Bescheid. Wir könnten dann noch mehr für die Gemeinschaft tun.«

Amber holte Luft, um etwas zu sagen, und schloss den Mund dann wieder. Das war genau eine dieser unmöglichen Situationen, in die Travis einen immer brachte. Er tat etwas Gutes und wenn man nicht mitmachte, konnte man noch nicht einmal etwas dagegen sagen, weil seine Sache ja für einen guten Zweck war.

Sie rieb sich über die Stirn. »Wann willst du damit anfangen?«

Er schaute sich um. »Über den Winter werde ich wohl schon einmal die Beete und Hochbeete anlegen und auch den Hühnerstall fertig machen.«

»Den Hühnerstall?«

Er nickte wieder. »Dann haben wir Eier, können den Mist als Dünger verwenden und ihnen die Reste zu fressen geben. Hühner sind unglaublich praktisch.«

Amber war sich nicht sicher, ob sie noch mehr über Travis' Pläne hören wollte. »Darfst du das denn überhaupt?«, fragte sie vorsichtig. Vielleicht gab es ja eine Möglichkeit, dass sie sich beim Bürgermeister beschweren konnte.

Er nickte. »Es ist schon alles abgesprochen. Der Stadtrat ist begeistert. Sie wollen Oakridge auch erhalten und das ist ein guter Weg dahin, dass die Anwohner emotional beteiligt sind.«

Amber war sich sicher, dass sie auch emotional beteiligt sein würde, aber es war gut möglich, dass sie eher negative Gefühle für die Hühner und die Menschen in ihrem Garten entwickeln würde.

Travis deutete auf das Gartenhaus. »Also, sind das deine Sachen da drin oder hat Barry die vergessen?«

Auf einmal klopfte ihr Herz schneller. »Hast du etwa reingeschaut?«

Er schüttelte den Kopf. »Die Tür ging nicht auf, aber Barry meinte, dass es voller Krempel ist.«

Krempel! Amber biss die Zähne zusammen. Barry hatte keine Ahnung gehabt, was darin war. Und Travis ging es nichts an, er durfte es niemals sehen.

Sie straffte die Schultern. »Ja, das ist meines, und nein, es ist kein Krempel.«

»Glaubst du, dass du das wegräumen könntest? Ich muss einige Geräte dort lagern, die nachts nicht draußen bleiben können.«

Am liebsten hätte Amber Nein gesagt, aber das Gartenhaus gehörte nun einmal Travis.

»Ich brauche einige Zeit, um das zu organisieren.«

Wo sollte sie bloß damit hin? In ihrem eigenen Haus war kein Platz für die Sachen und außerdem könnten ihre Eltern sie jederzeit finden, wenn sie unangemeldet vorbeikamen. Sie wollte sich gar nicht ausmalen, was ihr Vater dazu sagen würde, dass sie so viel Geld verschwendet hatte. Dass sie sogar ihre Rentenersparnisse dafür angezapft hatte, um die Sachen zu bestellen, würde er ihr nie verzeihen. Vielleicht war es doch an der Zeit, alles wegzuwerfen. Doch allein dieser Gedanke verursachte ihr Übelkeit.

»Ich kann dir helfen«, bot Travis ihr jetzt an.

Schnell schüttelte sie den Kopf. Ganz sicher würde sie sich von ihm nicht helfen lassen. Dabei nicht. Das durfte niemals jemand sehen. Doch wohin sollte sie damit? Das Gartenhaus war so groß. Es war perfekt gewesen.

»Nein danke.«

Travis runzelte leicht die Stirn. »Ich bin kräftiger, als ich aussehe.«

Amber presste die Lippen zusammen. »Ich komme schon zurecht. Es dauert nur eine Weile.«

Er musterte sie nachdenklich. »Hey, ich hoffe, es ist nicht merkwürdig für dich, dass wir jetzt Nachbarn sind.«

Sie rang sich ein Lächeln ab. »Was sollte daran merkwürdig sein?«

Immer noch betrachtete er sie fragend. Er hatte hellgraue Augen, wie das Meer, wenn sich ein Sturm zusammenbraut, stellte sie fest. Das war ihr noch nie aufgefallen. Und diese grauen Augen konnten sehr stechend sein, wenn sie sich auf etwas richteten.

Amber straffte die Schultern. »Wenn das alles ist, würde ich gern wieder reingehen. Ich muss noch arbeiten.«

Und ein Vorhängeschloss bestellen, denn wie sie Travis kannte, würde er trotzdem nachschauen, was in dem Gartenhaus war. Er hielt sich nie an Regeln oder Konventionen.

»Gut, ich schaue mich noch ein wenig um.«

Er ging zurück in den Garten.

»Aber nicht im Gartenhaus«, rief sie ihm noch hinterher. Aber entweder hatte er sie nicht gehört oder er überhörte es mit Absicht. Doch er schlenderte in eine andere Ecke des Gartens.

Nach einer Weile gab sie auf und ging hinein. Aber wohl war ihr bei der Sache nicht. Wie sie Travis kannte, würde er nur Ärger bringen.

2

TRAVIS

Travis stand auf der Terrasse seines neuen Hauses und fragte sich, wie er zugleich ein solches Glück und ein solches Pech haben konnte. Er schaute zu, wie Amber zurück ins Haus ging. Sie hatte ihn beobachtet, als er durch den Garten gegangen war, das wusste er genau. Sie traute ihm nicht.

Erst war sie im Haus verschwunden, dann war sie wieder auf die Terrasse gekommen und hatte vorgegeben, etwas zu lesen. Doch sie wachte darüber, dass er dem Gartenhaus nicht zu nahe kam.

Die Sonne leuchtete auf ihren dunkelbraunen Haaren, die sie in einem strengen Knoten im Nacken trug. Wie immer wiegte sie beim Gehen ihre Hüften, doch sie tat es nicht mit Absicht, sondern es war einfach ihre Art, zu gehen. Das war schon so gewesen, als sie noch ein Mädchen gewesen war.

Sie waren im selben Kindergarten gewesen und hatten danach so gut wie jede Schule zusammen besucht. Irgendwann, als er ungefähr fünfzehn gewesen war, hatte Travis festgestellt, dass er bestimmte Kurse nur belegte, weil Amber auch dort war. Fleißig und strebsam wie sie war, hatte sie sich natürlich nicht die leichtesten herausgesucht. In jedem Kurs war sie konzentriert gewesen und hatte gut mitgearbeitet, was man von ihm nicht behaupten konnte. Denn er hatte nur Augen für sie gehabt.

Immer hatte er hinter ihr gesessen, am besten schräg, damit er sie im Profil sehen konnte. Stundenlang hatte er auf ihre Schultern mit den Sommersprossen gestarrt, die feinen Härchen in ihrem Nacken bewundert und sich gefragt, wie diese sich anfühlen würden.

Dass Amber Davis der unerfüllte Traum seiner jugendlichen Nächte und Fantasien gewesen war, konnte man nur als glatte Untertreibung bezeichnen. Doch sie hatte schon früh allen klargemacht, dass sie für etwas Besseres bestimmt war. Etwas, das außerhalb von Carolina Creek lag. Für jemand Besseren, selbst wenn es diesen Jungen oder Mann nie zu geben schien.

Und Travis wusste auch, dass er niemals etwas Besseres sein würde, sondern immer am unteren Ende der Nahrungskette von Carolina Creek stehen würde. Danke auch dafür, Dad! Sein Vater hatte so viele Dinge in seinem Leben ruiniert, aber dass er keine Chance bei Amber hatte, weil sie nach etwas Besserem suchte, nahm Travis ihm besonders übel.

Nun war das Mädchen, dessen Schultern er stundenlang angestarrt hatte, seine Nachbarin. In den letzten Jahren, da Amber zum Studieren nach Raleigh gezogen war, und auch danach, als sie hierher zurückgekehrt war und angefangen hatte, in einer der großen Versicherungsfirmen zu arbeiten, hatte er es geschafft, sie erfolgreich aus seinen Gedanken zu verdrängen. Er wusste zwar, dass sie hier war, und manchmal sah er sie in der Stadt, doch er hatte sich gezwungen, nicht mehr an sie als das Objekt seiner Begierde zu denken. Allerdings war er sich nicht sicher, ob er das ab jetzt noch durchhalten würde. Ein Blick auf sie hatte gereicht, um ihn daran zu erinnern, dass sein Herz schon seit dem Kindergarten vergeben war.

Er hatte nicht gewusst, dass sie hier wohnte, als er das Haus gekauft hatte. Und als er es ein paar Tage später von Barry erfahren hatte, war er versucht gewesen, den Kauf rückgängig zu machen, denn er war sich nicht sicher, ob er es aushalten würde, neben ihr zu wohnen. Doch dann hatte er sich selbst zur Ordnung gerufen. Er war erwachsen und es gab ganz andere Dinge, die ihm wichtiger waren. Zum Beispiel, Oakridge als Stadtteil zu erhalten, diesen Gemeinschaftsgarten anzulegen und den Menschen dieser Stadt, die ihm trotz seiner Herkunft und seines Dads so viel Gutes getan hatten, etwas zurückzugeben.

Von der Terrasse aus hatte er einen ungehinderten Blick auf ihren Garten samt Veranda sowie ihr Küchenfenster. Sogar den Whirlpool konnte er sehen. Es war möglich, dass das überhaupt nicht gut war. Vielleicht sollte er dichte Büsche pflanzen.

Er warf einen Blick auf sein Haus, das er in den nächsten Wochen renovieren wollte. Es bedeutete viel Arbeit, aber er freute sich darauf. Als er an Ambers Blick dachte, als sie begriffen hatte, dass er das Haus gekauft hatte, zog er eine Grimasse. Sie hatte es ihm nicht zugetraut, das tat niemand hier. Aber auf eine gewisse Art und Weise hatte er es auch zu etwas gebracht.

Nicht, dass ihm das per se wichtig war, aber wenn Amber ihn anschaute, wollte er am liebsten damit prahlen, dass er ein paar seiner Fotos an eine Galerie in Chicago verkauft hatte. Doch das würde er nicht, denn jedwede künstlerische Tätigkeit war für Amber vermutlich immer noch nicht gut genug.

Schon oft hatte er sich gefragt, welchen Mann Amber als gut genug in Betracht ziehen würde. Ob er es herausfinden würde, nun, da sie seine Nachbarin war? Er hoffte es nicht.

Sein Blick fiel auf den Schuppen im Garten. Irgendetwas war merkwürdig. Sie war deswegen herausgekommen, das hatte er gleich gemerkt. Aus irgendeinem Grund hatte sie nicht gewollt, dass er hineinschaute, dabei war es sein Haus. Er hatte jedes Recht, hineinzusehen. Doch sie versteckte dort irgendetwas. Was es wohl war?

Er sah sie in der Küche. Musik drang durch die Terrassentür, die nur angelehnt war. Sie ging ihre Post durch, mit konzentrierter, fast strenger Miene. Das war ein Gesicht, das er so gut kannte. Wie oft hatte er sich schon gewünscht, diese steile Falte zwischen den Augen wegzustreicheln.

Sie atmete tief durch und ging in den hinteren Teil des Hauses. Jetzt konnte er nur noch ihre Silhouette sehen. Kurz darauf ging das Licht in dem Zimmer an, das das Badezimmer sein musste.

Travis überlegte nicht lange. Er wollte wissen, was in dem Gartenhaus war. Vorhin hatte sie ihm zwar hinterhergerufen, dass er nicht in den Schuppen sehen sollte, aber er hatte vorsorglich so getan, als hätte er es nicht gehört.

Schnell lief er die Treppe in den Garten hinunter und joggte zum Gartenhäuschen. Mit einem Blick vergewisserte er sich, dass sie immer noch im Haus war, dann schob er den Riegel an der Tür beiseite. Er klemmte, doch schließlich bekam er ihn los. Dabei kreisten seine Gedanken darum, was Amber nur darin haben könnte. Sie war so nervös gewesen, als sie ihn vorhin davon abgehalten hatte, es zu öffnen.

Die Tür klemmte und er hielt inne. Sollte er es wirklich tun? Oder würde er ihr Vertrauen missbrauchen? Das wäre kein guter Beginn für ihre Nachbarschaft. Aber die Neugier brachte ihn fast um. Amber war so geradlinig, dass manche sie gar als langweilig bezeichnen würden. Daher war alles, was außergewöhnlich war, besonders interessant. Vor allem für jemanden wie ihn.

Travis hielt inne und überlegte, ob er die Tür mit Gewalt öffnen sollte. Noch immer zögerte er. Doch dann brauchte er sich gar nicht mehr zu entscheiden, denn auf einmal hörte er das Klatschen von Flip-Flops auf dem Holzfußboden der Terrasse.

»Lass das«, rief sie und ihre Stimme kippte fast.

Er drehte sich um und sah sie gerade noch auf sich zuschießen. Fassungslos bemerkte er, dass sie sich nur ein Handtuch umgewickelt hatte. Und das Handtuch war kein großes Badelaken, sondern bedeckte gerade so ihre Brüste und ihren Po. Er konnte gar nicht anders, als auf ihre Beine zu starren, genau auf die Stelle, wo ihr hübscher Hintern ansetzte. Der Rest davon wurde jedoch von dem Handtuch bedeckt.

Sie drängte sich an ihm vorbei und stellte sich zwischen ihn und die Tür. »Was soll das?«, fauchte sie.

Travis riss den Blick von ihren Beinen los und schaute ihr ins Gesicht. Ein Fehler, denn ihre bernsteinfarbenen Augen funkelten ihn wütend an. Es war, als würden sie Funken sprühen.

Er hatte sie noch nie wütend gesehen.

Nein, Amber Davis war alles andere als langweilig. Vor allem in diesem Moment. Fast beglückwünschte er sich zu der Idee, dass er versucht hatte, das Gartenhäuschen zu öffnen.

Er hob die Schultern. »Ich wollte nur wissen, was darin ist. Schließlich ist es mein Haus.«

»Wie ich bereits sagte, da sind meine Sachen drin und ich räume sie raus. Bis dahin gehst du nicht dort hinein. Hast du mich verstanden?«

Ihre Stimme zitterte ein wenig und er fragte sich kurz, warum sie Angst davor hatte, dass er ihre Sachen sah. Was zum Teufel versteckte sie dort drinnen?

»Komm schon, Am, so schlimm kann es doch nicht sein.«

»Es geht dich nichts an. Und nenn mich nicht Am. Wir sind nicht mehr in der Schule.«

Er seufzte. »Ich weiß.«

»Und jetzt verschwinde.«

»Sonst was?«

Es gefiel ihm, sie zu reizen. So hatte er sie noch nie erlebt.

»Sonst muss ich die ganze Nacht hier Wache stehen und das

würde mich meinem neuen Nachbarn gegenüber sehr schlecht gelaunt machen.«

»Damit kann ich leben.«

Konnte er nicht, aber das musste sie ja nicht wissen.

»Geh jetzt, Travis. Und halte dich bitte wenigstens einmal im Leben an die Regeln.«

Er studierte ihr Gesicht und fragte sich, was sie verbarg. Der Gedanke, dass er in das Gartenhäuschen schaute, schien sie regelrecht in Panik zu versetzen.

»Ich halte mich viel öfter an die Regeln, als du denkst.« Vor allem an die, die du aufstellst, fügte er gedanklich hinzu. Dann grinste er. »Aber ich will dich natürlich nicht die ganze Nacht im Garten stehen lassen. Vor allem nicht in dem Outfit. Nicht, dass die Waschbären dich anknabbern.«

Sie straffte ihre hübschen Schultern und hob das Kinn ein wenig. »Ich habe auch gar keine Zeit, die ganze Nacht im Garten zu stehen.«

»Und warum nicht? Hast du noch etwas vor?«

Sie lächelte triumphierend. »Ja, ich habe ein Date.«

Es war, als hätte ihm jemand in den Bauch geboxt. Der Gedanke, dass ein anderer Mann sie heute Abend ausführen würde, machte Travis erstaunlicherweise zu schaffen.

»Vielleicht sollte ich deine Abwesenheit nutzen und mich in meinem Schuppen umschauen«, hörte er sich sagen.

Sie runzelte die Stirn. »Warum musst du immer so gemein sein, Travis?« Sie klang wie ein Mädchen in der Grundschule. Dann hob sie das Kinn. »Zur Not sage ich das Date ab, wenn ich mich nicht auf dich verlassen kann.«

Er räusperte sich. Verdammt, er wollte, dass sie sich auf ihn verlassen konnte. Doch das sagte er nicht.

»Stehst du dann die ganze Nacht vor dem Gartenhaus?«

Sie biss die Zähne zusammen. »Hör auf damit, Travis. Es fängt an, zu nerven.« Sie wollte noch etwas sagen, aber im nächsten Moment weiteten sich ihre Augen. »Oh Gott …«, flüsterte sie.

»Was ist?«

Sie war auf einmal blass geworden und fing an, zu zittern. Erstaunt schaute er sich um. So kalt war es doch gar nicht. Im Gegenteil, es war ein lauer Sommerabend. Doch dann sah er, was sie meinte. Direkt neben ihnen lag eine Schlange auf dem Boden. Und es war nicht irgendeine Schlange, sondern eine ausgewachsene Copperhead. Die giftigste Schlange in North Carolina. Sie war wenige Zentimeter von Ambers Füßen entfernt, die nur in Flip-Flops steckten.

Travis brach der Schweiß aus. Das konnte gefährlich werden.

Trotz des Schrecks, der ihm in die Glieder gefahren war, nahm er zur Kenntnis, dass Ambers Fußnägel aufwendig lackiert waren. Sie schillerten türkis, silbern und blau und es waren kleine Glitzersteine darauf geklebt.

»Travis«, keuchte sie und griff nach seinem Arm.

»Komm her, Kleines«, sagte er. »Ganz langsam.«

»Ich kann nicht«, flüsterte sie. Sie war wie gelähmt vor Angst.

Die Schlange bewegte sich und Amber stieß ein Wimmern aus.

»Vermutlich sind wir ihr im Weg und sie will in das Gartenhaus«, sagte Travis.

Amber antwortete nicht. Sie stand einfach da, hielt sich an seinem Arm fest und zitterte. Travis war sich nicht sicher, wie die Schlange reagieren würde, wenn Amber jetzt ihre Füße bewegte. Aber was auf keinen Fall passieren durfte, war, dass die Schlange sie biss. Dann konnten sie gleich in die Notaufnahme fahren und hoffen, dass das Gegengift vorrätig war. Im Kopf ging Travis den Weg dorthin durch und welche Route er am besten nehmen sollte, falls es so weit kommen sollte.

»Travis«, wimmerte Amber wieder und er konnte ihre Angst so deutlich spüren, als wäre es seine eigene.

Die Schlange glitt weiter auf ihre Füße zu. Das war das

Erschreckendste an diesen Tieren. Man sah nicht, wenn sie sich bewegten. Auf einmal waren sie woanders.

Die Copperhead züngelte und Travis fragte sich, ob sie Ambers Angst riechen konnte.

»Tu was«, stieß Amber hervor.

Er atmete tief durch und schaute an sich herunter. Er hatte zwar Shorts an, doch er hatte extra seine festen Stiefel angezogen, die er für Wanderungen nutzte, weil er den Garten inspizieren wollte und nicht wusste, was ihn hier hinten erwartete. Natürlich war es möglich, dass die Schlange auch ihn in die Waden biss, aber sollte sie seine Füße angreifen, wäre er durch das feste Leder geschützt. Viel besser als Amber mit ihren Flip-Flops.

»Pass auf«, sagte er. »Ich werde dich hochheben. Bei mir auf dem Arm bist du sicher. Versuch aber bitte, nicht zu zappeln, okay?«

Amber rührte sich nicht, sondern starrte nur die Schlange an, die sich noch weiter auf sie zubewegte.

»Am, Kleines, schau mich an«, sagte Travis sanft, aber bestimmt.

Wie benommen riss sie den Blick von der Schlange los. »Ich habe solche Angst«, flüsterte sie.

»Ich weiß. Hast du gehört, was ich eben gesagt habe?«

Sie schüttelte den Kopf und ihre Augen waren riesengroß.

Er wiederholte es. »Hast du mich verstanden?«

Sie nickte atemlos.

Travis atmete tief durch und dann schlang er einen Arm um ihre Schultern, beugte sich herunter, legte den anderen Arm in ihre Kniekehlen und hob sie hoch. Überall, wo er sie berührte, war nackte Haut. Ihm war fast ein wenig schwindelig. Sie war leichter, als er gedacht hatte, und passte perfekt in seinen Arm. Er drückte sie an sich.

»Ich habe dich. Keine Angst.«

Die Schlange lag regungslos, doch er konnte sie nicht mehr

richtig sehen, weil Ambers Beine davor waren. Seine Hände lagen auf ihrer nackten Haut, während sie verzweifelt ihr Handtuch festhielt. Sie roch so gut und fast wäre er mit den Fingern über ihre Haut gefahren, einfach nur, um sie noch mehr zu fühlen.

»Können wir bitte reingehen?«, sagte sie und ihre Stimme klang dünn. »Also, ich meine, kannst du reingehen? Bitte?«

Er nickte und bewegte sich ganz langsam rückwärts. Die Schlange hob den Kopf und Travis blieb stehen. Es dauerte nur den Bruchteil einer Sekunde, aber er sah kommen, dass die Copperhead angriff. Sie richtete sich auf und schoss nach vorn. Alles ging so schnell, dass er nichts tun konnte.

Auch Amber sah es und schrie auf. Travis erwartete, einen Schmerz am Bein zu spüren, doch nichts passierte. Anscheinend hatte sie nur seinen Schuh erwischt.

Die Schlange verschwand im Gras und Travis eilte mit Amber auf dem Arm zur Treppe, die zu ihrer Terrasse hinaufführte. Oben angekommen, wollte er sich mit ihr auf einen der Gartenstühle setzen, doch Amber schüttelte den Kopf. »Rein. Bitte bring mich rein.«

Er tat, was sie sagte, und setzte sie auf dem Sofa ab. Nur zögernd ließ er sie los.

Amber zog das Handtuch fester um sich. »Kannst du die Tür bitte zumachen? Ich habe Angst, dass sie hier hereinkommt.«

»Das wird sie nicht.«

Aber er tat es trotzdem.

Als er zu ihr zurückkam, zitterte sie.

»Alles okay?«

Sie schüttelte den Kopf. »Ich hasse Schlangen. Ich hasse, hasse, hasse sie.«

»Wusstest du, dass ihr eine Copperhead im Garten habt?«

Sie schluckte. »Sonst wäre ich da nicht rausgegangen. Schon gar nicht so.« Sie wies auf ihr Handtuch.

»Ich fand es ganz nett.«

Als er ihren erstaunten Blick sah, fügte er hinzu: »Also, das mit dem Handtuch, nicht das mit der Schlange.«

Noch immer schaute sie ihn entsetzt an und er fragte sich, ob er zu weit gegangen war.

Amber atmete tief durch. »Ich überlege ernsthaft, ob ich umziehen soll.«

Er war sich nicht sicher, ob es als Scherz gemeint war, deswegen sagte er sicherheitshalber: »Ich fände es schade.«

Sie musterte ihn aufmerksam, doch dann wandte sie den Blick ab. »Ich sollte jetzt duschen gehen, sonst komme ich zu spät zu meinem Date.«

Sie erhob sich und hielt ihr Handtuch so fest, dass ihre Knöchel weiß hervortraten.

»Ich werde gleich Gary Grason anrufen, damit er sich um die Schlange kümmert. Dann kannst du wieder in den Garten gehen.«

Gary war eine Art Kammerjäger der Stadt und kümmerte sich vor allem um Schlangen und giftige Spinnen sowie ab und zu um Alligatoren, sollte sich einer verirrt haben.

»Das werde ich nie wieder tun«, sagte sie.

Fast wäre ihm herausgerutscht, dass sie dann aber nicht das Gartenhaus ausräumen konnte, doch er verkniff es sich.

Auf einmal weiteten sich ihre Augen wieder. »Hat sie dich eigentlich gebissen?«

Er schaute an sich herunter und inspizierte seine Stiefel. »Ich glaube, sie hat nicht die Haut erwischt.«

»Aber sie hat dich in den Schuh gebissen?« Entsetzt schaute sie ihn an.

Travis hob die Schultern. »Dafür sind Stiefel ja da.«

»Soll ich mir das mal anschauen?« Sie zitterte. »Ich bin bei uns im Büro im Erste-Hilfe-Team.«

Gerade wollte er ablehnen, als ihm klar wurde, dass sie ihn womöglich anfassen würde. Und zwar mit nichts anderem bekleidet als einem Handtuch. »Schaden kann es sicher nicht«, sagte er daher.

»Setz dich aufs Sofa.«

Er tat, was sie gesagt hatte und beobachtete amüsiert, wie Amber ernst seine Beine betrachtete. Sie setzte sich neben ihn. »Streck das Bein aus.«

Sie fuhr sanft mit der Hand darüber. Er war sich sehr sicher, dass er nichts abbekommen hatte, aber er sagte nichts und genoss ihre Berührung.

Er bemerkte, dass ihre Fingernägel in einem dezenten Rosaton lackiert waren. Ganz anders als die auffälligen Fußnägel. Ob das ihre wilde Seite war, während sie in ihrem Unternehmensjob ihre Finger immer zeigen musste und dort ganz brav war? Trug sie womöglich gar keine offenen Schuhe im Büro und kannte dort niemand ihre extravaganten Glitzerfußnägel? Bei Amber war das sehr wahrscheinlich und auf einmal fühlte es sich intim an, dass er ihr Geheimnis gesehen hatte.

»Ich glaube, da ist nichts«, sagte sie.

»Sagte ich doch.«

Er wollte sich gerade erheben, als ihre Finger über die Narbe fuhren.

»Was ist das?«, fragte sie. »Es sieht aus wie ein Biss.«

Travis schaute auf die Narbe kurz oberhalb seines Knies. »Das war eine Muräne.«

»Du wurdest von einer Muräne gebissen?« Sie sah ihn entsetzt an.

Er hob die Schultern und stand auf. »Sie fand es nicht lustig, als ich ihrem Versteck in dem Wrack zu nahe gekommen bin.«

Einen Moment lang betrachtete sie ihn nachdenklich. »Ich wusste gar nicht, dass du tauchst. Ich dachte, du surfst nur.«

Er musste lächeln. Manchmal war er lieber im Wasser als an Land, weil er dort unten alles vergessen konnte.

»Tauchst du auch?«, fragte er.

Amber zögerte und zog das Handtuch fester über ihren

Brüsten zusammen. Dabei schob sie diese ein wenig nach oben und es sah so verführerisch aus, dass er den Blick abwenden musste.

Sie schüttelte den Kopf und die Strähne, die sich aus ihren hochgesteckten Haaren gelöst hatte, strich über ihren Nacken. Ihm juckten die Finger, weil er diese Strähne so gern anfassen wollte. Wie damals in der Schule.

»Ich mag das Meer nicht. Zumindest nicht, um darin zu schwimmen. Vom Strand aus schon.«

Auf einmal sah sie traurig aus und er fragte sich, warum das so war. Amber schien mehr Geheimnisse zu haben, als er jemals gedacht hätte.

»Es kann tatsächlich unheimlich dort unten sein, aber meistens ist es wunderschön. Und am Strand kann man auch nette Sachen machen.«

Zum Beispiel einen romantischen Abend verbringen und dort verbotenen Sex haben, dachte er und war selbst fast erschrocken über diesen Gedanken.

Amber erhob sich und straffte die Schultern wie eine strenge Gouvernante, so als hätte sie seine Gedanken gelesen und würde sie nicht gutheißen. »Ich muss jetzt duschen, sonst komme ich zu spät zu meinem Date.«

Es war eine Aufforderung, zu gehen.

Travis verstand und wandte sich zur Tür. »Ich rufe dann mal Gary an, damit er sich um die Schlange kümmert.«

Er hätte es nicht sagen sollen, denn sie wurde schon wieder blass.

»Keine Sorge, du kannst wieder in den Garten gehen, wenn er sie entfernt hat.«

Amber schüttelte den Kopf und noch eine Strähne löste sich. »Da gehe ich nie wieder hin.«

Travis hob die Augenbrauen. »Und wer räumt dann das Gartenhaus aus?«

Er hatte es leichthin gesagt, doch auf einmal brach sie in

Tränen aus.

»Oh Gott, daran habe ich gar nicht mehr gedacht.«

Unsicher schaute er sie an und machte einen Schritt auf sie zu. Das Letzte, was er wollte, war, sie zum Weinen zu bringen.

»Hey, so schlimm ist es doch nicht. Wenn du dir Jeans und feste Schuhe anziehst, kann keine Schlange dir etwas antun. Außerdem ist Gary gründlich, heute Abend ist keine Schlange mehr da.«

Sie schluchzte. »Ich habe aber trotzdem solche Angst. Wenn ich eine Schlange sehe, dann ist es, als ob ich einfriere. Ich kann mich nicht mehr bewegen.«

»Wie konntest du in North Carolina aufwachsen, wenn du dich so vor Schlangen fürchtest?«

Sie schlang die Arme um die Schultern und am liebsten hätte er sie getröstet. »Als ich noch klein war, lag mal eine Schlange in meinem Bett, als ich gerade hineinklettern wollte. Wir waren bei meiner Großmutter in den Bergen. Ich bin dann zu meinen Eltern gelaufen und sie wollten mir nicht glauben, sondern haben mich wieder zurückgeschickt und mir gesagt, ich soll mich endlich hinlegen. Als Kind hatte ich ziemlich viel Fantasie. Es war so furchtbar, weil ich wirklich gedacht habe, dass ich mit der Schlange in einem Bett schlafen müsste.«

Da Travis sie schon als kleines Mädchen gekannt hatte und sich noch gut daran erinnern konnte, wie sehr sie Gruselgeschichten im Kindergarten und in der Schule verabscheut hatte, konnte er sich gut vorstellen, wie viel Angst sie gehabt haben musste.

»Was ist dann passiert?«

»Als ich wieder zurückkam, war die Schlange weg, aber ich konnte nicht schlafen.«

»Kein Wunder.«

»Am nächsten Morgen hat meine Großmutter die Schlange im Wäscheraum gefunden. Da haben mir alle geglaubt, aber ich hatte die schlimmste Nacht meines Lebens hinter mir.«

»Es tut mir leid, dass du das erleben musstest«, sagte er leise.

Überrascht blickte sie ihn an, so als würde sie sich erst jetzt darüber klar werden, was für eine Geschichte sie ihm erzählt hatte. Sie räusperte sich und straffte wieder die Schultern. »Wie auch immer. Deswegen mag ich keine Schlangen.« Sie kaute auf ihrer Unterlippe und fasziniert schaute er darauf. »Ich werde schon einen Weg finden, das Gartenhaus auszuräumen.«

Travis beschloss, all seinen Mut zusammenzunehmen. »Am, was auch immer da drin ist, ich kann dir helfen, es auszuräumen. Ich mache das gern für dich, wenn du Angst vor der Schlange hast. Wirklich.«

Sie schüttelte den Kopf. »Nein.«

»Aber warum denn nicht? Was kann denn schon Schlimmes darin sein, das du mich nicht sehen lassen willst?«

»Ich schaffe das schon.«

»Das Einzige, was ich mir vorstellen könnte, was zu schlimm ist, um es zuzugeben, wäre eine Leiche. Oder mehrere. Aber es fällt mir schwer, zu glauben, dass du irgendwo Leichen versteckst. Du bist so brav, dass du niemals jemanden umbringen würdest.«

Er hatte es als Kompliment gemeint. Na gut, es war etwas verdreht und er merkte sofort, dass sie verstimmt war. Wieder einmal wusste er nicht recht, woran er bei Amber war.

Sie schaute ihn aus ihren hellbraunen Augen an. »Und du bist genauso unsensibel wie früher und genau deswegen will ich nicht, dass du mein Gartenhaus ausräumst.«

»Mein Gartenhaus«, korrigierte er sie und bereute es sofort, als er ihren Gouvernantenblick sah. »Wie auch immer. Ich bin nicht so unsensibel, wie du denkst. Und auch wenn ich dich ab dem Kindergarten bis zur Highschool durchgehend geärgert habe, heißt das nicht, dass ich jemand bin, dem du nicht trauen kannst. Was auch immer dein Geheimnis ist, ich werde es für mich behalten.«

Sie zögerte, das konnte er genau sehen. Deswegen bemühte

er sich, eine so vertrauenswürdige Miene wie nur möglich aufzusetzen. Doch dann verhärtete sich ihr Gesicht und sie schüttelte den Kopf. »Nein, ich mache es selbst. Danke.«

Sie sah so verletzlich aus, wie sie in ihrem Handtuch vor ihm stand, es sich an die Brust drückte und versuchte, ihre Würde zu bewahren.

Travis wurde klar, dass es gerade für jemanden wie Amber eine schwierige Situation sein musste. Normalerweise kontrollierte sie alles, vor allem indem sie immer alles geordnet und strukturiert hatte. Amber war immer adrett gekleidet, hasste Unordnung, trennte ihren Müll und hatte für alles Checklisten. Und genau das mochte er so an ihr. Eine Situation wie diese musste schlimm für sie sein. Er wollte nicht, dass sie sich in die Enge gedrängt fühlte. Also hob er die Hände und wandte sich zur Tür. »Kein Problem. Es ist nur ein Angebot und es steht weiterhin. Ich würde niemals jemandem erzählen, was ich im Gartenhaus sehe, falls du mich doch hineinlässt. Das verspreche ich dir. Vor mir brauchst du keine Angst zu haben.«

Sie hob das Kinn. »So wie du damals in der zweiten Klasse für dich behalten hast, dass ich einen Liebesbrief bekommen und mit Nein beantwortet habe?«

»Amber, das ist über fünfundzwanzig Jahre her.«

»Es war trotzdem schlimm für mich, als alle über mich gelacht haben, und es hat mir gezeigt, dass du nicht vertrauenswürdig bist.«

»Es tut mir leid, dass ich es damals herumerzählt habe. Ich war sieben Jahre alt.«

Sie wusste bis heute nicht, wer den Brief geschrieben hatte. Es war sein einziger Versuch gewesen, sich ihr anzunähern.

»Sortierst du die Menschen immer in Schubladen ein, nur weil sie einmal etwas falsch gemacht haben?«

Etwas in ihrem Gesicht veränderte sich. Ein Ausdruck von Reue oder einem schlechten Gewissen huschte darüber.

»Es tut mir leid«, sagte sie leise. »Ich sollte nicht so nachtragend sein. Du bist eigentlich ein netter Kerl.«

Ein netter Kerl! Wenigstens war er schon aufgestiegen, von Klassenclown und Nervensäge zu einem netten Kerl.

Frustriert wandte er sich ab. »Dann auf eine gute Nachbarschaft«, sagte er und öffnete die Haustür.

»Travis, warte«, bat sie.

Er blieb stehen.

»Es tut mir leid, du hast ja recht. Ich sollte die alten Geschichten nicht mehr aufwärmen. Das mache ich immer, wenn ich im Stress bin, aber das ist keine Entschuldigung. Ich will, dass das mit uns gut funktioniert, denn seine Nachbarn braucht man immer.«

Ein schales Gefühl machte sich in ihm breit. Vielleicht war es doch keine gute Idee, ihr Nachbar zu sein. Es war viel zu leicht für sie, ihn zu verletzen. Manchmal einfach nur, weil sie ihn als netten Kerl bezeichnete oder eine gute Nachbarschaft wollte.

Travis hatte sich im Laufe seiner Kindheit und Jugend einen ziemlich guten Schutzschild zugelegt, weil er viel zu oft von seinen Eltern verletzt worden war. Als das schwierige Kind, das Ärger in der Schule machte und nur ungern zu anderen nach Hause eingeladen wurde, weil die Eltern seiner Schulfreunde Angst davor hatten, dass er zu wild war, wusste er, wie man mit Ablehnung umging. Doch wenn es um Amber Davis ging, funktionierte sein Schutzschild nicht. Er wurde viel zu leicht verletzt. Dabei meinte sie es noch nicht einmal böse. So war sie nicht.

Er nickte knapp. »Ich werde ein guter Nachbar sein.« Seufzend warf er einen Blick zum Schuppen, der weiß in der untergehenden Sonne leuchtete. »Und keine Sorge, ich werde mir deine Leichen im Gartenhaus nicht anschauen. Du kannst dich auf mich verlassen.«

Travis hatte erwartet, dass sie ihm einen strengen Blick

zuwerfen würde, doch sie hatte die Augen weit aufgerissen und sah eher wie ein verängstigtes Kaninchen aus.

»Versprichst du es?«

Ratlos schaute er sie an. Was hielt sie dort nur versteckt? Er hätte nie gedacht, dass er Amber mal so erleben würde. Seine Neugier war so groß, dass er fast platzte, trotzdem sagte er: »Ich verspreche es.«

Erleichtert atmete sie aus. »Ich würde ein Vorhängeschloss daran machen, aber ich traue mich nicht in den Garten.«

Travis wischte sich über das Gesicht und schüttelte den Kopf. »Du brauchst kein Vorhängeschloss. Ich bin nicht so ein Idiot, wie du denkst.«

Sie machte den Mund auf und schloss ihn dann wieder, ohne etwas gesagt zu haben.

»Bis bald, Am«, verabschiedete er sich und öffnete die Haustür. Von draußen schlug ihm die Wärme entgegen. »Ich gebe dir Bescheid, wenn die Schlange weg ist.«

»Danke«, sagte sie und lächelte süß, so wie er es kannte. »Auch dafür, dass du mich gerettet hast. Vielleicht ist es doch gut, dich als Nachbarn zu haben. Barry hätte das nicht gekonnt.«

Travis schaute sie lange an. »Wusste er, was in dem Gartenhaus ist?«

Amber presste die Lippen zusammen und schüttelte den Kopf. »Niemand weiß das.«

Er seufzte. »So kenne ich dich gar nicht.«

Sie hob die Augenbrauen. »Wie meinst du das?«

»Eigentlich bist du kein Mädchen, das Geheimnisse hat. Du bist wie ein offenes Buch, einfach weil dein Leben so geordnet und geradlinig ist.«

»Und wer steckt jetzt wen in irgendwelche Schubladen?«

Sah er da die Andeutung eines Lächelns auf ihrem Gesicht?

»Touché«, sagte er und verbeugte sich leicht.

Amber drückte den Rücken noch ein bisschen mehr durch

und auf einmal sah sie in ihrem Handtuch aus wie eine Königin, die huldvoll einen Gast empfing.

»Ich habe womöglich mehr Geheimnisse, als du denkst, Travis.«

Er grinste. »Und das ist gut so, ich mag nämlich keine langweiligen Frauen.«

Erstaunt schaute sie ihn an und er sah, dass es in ihr arbeitete. Schnell ging er aus der Tür, bevor sie noch etwas sagen konnte. Sollte sie ruhig eine Weile darüber nachdenken.

3

AMBER

Es fiel Amber schwer, sich auf das zu konzentrieren, was ihr Date erzählte. Ehrlich gesagt fiel es ihr sogar schwer, sich seinen Namen zu merken. Sie war sich sehr sicher, dass es Mike war. Vorhin, als sie auf der Toilette gewesen war, hatte sie noch einmal in ihre Nachrichten geschaut. Dabei war das hier schon ihr zweites Date mit ihm. Aber in den vergangenen Jahren hatte sie viele Typen wie ihn kennengelernt, die alle Jim, Mike, Jeff oder so ähnlich hießen und genauso austauschbar und langweilig wie ihre Namen waren.

Sie hatten zum Glück schon die Vorspeise hinter sich und der Hauptgang war bereits aufgetragen. Mike erzählte seit einer gefühlten Ewigkeit irgendeine Geschichte aus seinem Job, bei der er ganz sicher zum Schluss der Held sein würde. Die ganze Zeit musste Amber an die Sache mit der Schlange denken und daran, dass ausgerechnet Travis jetzt nicht nur ihr Nachbar war, sondern sie nur in ein Handtuch gewickelt ins Haus getragen hatte. Wenn ihr das jemand vor einer Woche erzählt hätte, wäre sie vermutlich entsetzt gewesen.

Nicht, weil sie Travis nicht mochte, er war wirklich ein netter Kerl, aber sie hatte sich zum Narren gemacht, als sie wegen der Schlange so eingefroren war. Sie war Travis dankbar dafür, dass er sie gerettet hatte, aber das Handtuch war so kurz, dass nicht viel gefehlt hätte und er hätte alles von ihr gesehen. Ihre Hände taten noch weh davon, dass sie das Handtuch so fest umklammert hatte.

Und weil es sich um Travis handelte, war sie sich nicht sicher, ob er sich wirklich daran halten würde, nicht in ihr Gartenhaus zu schauen. Sie kannte ihn, er war schon immer jemand gewesen, der sich mit so etwas gern einen Spaß erlaubte. Einfach nur, um sie zu ärgern.

»Guten Abend«, begrüßte sie eine tiefe Stimme neben ihr und Amber schrak auf.

»Oh, der Chefkoch höchstpersönlich«, sagte Mike.

Aidan lächelte, was sein Gesicht noch attraktiver machte. »Das bin nicht ich, das ist meine Chefin, aber da sie heute Abend nicht da ist, habe ich gekocht, und ich wollte nur sichergehen, dass es Ihnen schmeckt.« Er nickte Mike zu. »Mein Name ist Aidan Crawford.«

Er schaute demonstrativ auf Ambers Teller. Sie hatte noch nicht viel gegessen und fühlte sich ein wenig schlecht. Doch Aidans strenger Blick konnte sie nicht einschüchtern. Er war zwei Jahre jünger als sie und der Bruder von Kyle, einem weiteren Schulfreund. Amber erinnerte sich noch sehr gut daran, dass sie bei einem Kindergeburtstag von Kyle den ganzen Nachmittag mit Aidan verbracht hatte, weil sie zusammen alkoholfreie Cocktails aus Sirup gemischt hatten. Er hatte sich schon früh fürs Kochen interessiert, was ihm als Junge oft den Spott anderer eingebracht hatte. Doch er war seinem Traum treu geblieben. Was man von ihr nicht behaupten konnte.

»Hallo, Aidan«, erwiderte sie. »Es schmeckt gut.«

»Tatsächlich?«

»Also, ich finde den Wein hervorragend«, sagte Mike. »Wenn auch ein wenig teuer, wenn man bedenkt, dass die gleiche Flasche bei Wine Depot nur zwanzig Dollar kostet. Ich habe vorhin in der App nachgeschaut.«

Aidan lächelte höflich und warf Amber dann einen fragenden Blick zu. Sie hob entschuldigend die Schultern. Wenn sie gewusst hätte, dass Aidan an ihren Tisch kommen würde, hätte sie Mike vorgeschlagen, in ein anderes Restaurant zu gehen. Doch er hatte darauf bestanden, in das Kinship Market zu gehen, da es das beste Restaurant in Carolina Creek war.

»Hast du keinen Hunger?«, fragte Aidan.

Amber schüttelte den Kopf.

»Ist alles in Ordnung?«

»Ich bin vorhin im Garten fast auf eine Copperhead getreten und irgendwie stehe ich noch unter Schock.«

Aidan pfiff leise. »Das kann gefährlich werden.«

»Ich hatte nur Flip-Flops an.«

»Keine gute Idee, wenn da giftige Schlangen herumliegen.«

Sie seufzte. »Ich weiß, aber Travis hat schon Gary angerufen, damit er sie entfernt. Und dann kann ich hoffentlich wieder in den Garten gehen.«

Aidan zog belustigt eine Augenbraue hoch. »Travis?«

Auch Mike lehnte sich über den Tisch. »Hab ich was verpasst? Wer ist Travis?«

Amber atmete tief durch. Nur weil das ihr zweites Date war, hieß das noch lange nicht, dass Mike sich solche Kommentare erlauben durfte. Langsam ging er ihr auf die Nerven und sie beschloss in diesem Moment, dass es ein drittes Date nicht geben würde.

»Travis ist mein neuer Nachbar.«

Sie sagte es mehr zu Aidan als zu Mike.

Aidans Gesicht hellte sich auf. »Ich wusste gar nicht, dass du auch in Oakridge wohnst. Aber dann sehen wir uns bestimmt in den nächsten Tagen einmal.«

»Warum?«

»Weil ich Travis versprochen habe, ihm bei dem Garten zu

helfen. Es ist ein tolles Projekt und ehrlich gesagt hoffe ich, dass wir ein wenig von dem Gemüse für das Restaurant kaufen können.« Er legte den Kopf schief. »Ihr wohnt direkt nebeneinander?«

Amber nickte. »Von dem Gemeinschaftsgarten habe ich schon gehört.«

Dieses Thema hatte sie bisher gedanklich ausgeblendet.

»Hilfst du auch mit?«, fragte Aidan. »Wäre doch lustig. Josh und Bradley kommen auch. Selbst Cody lässt seine Pferde mal allein und hilft. Er darf dann die Bäume fällen, so etwas macht er auf der Plantage sicher ständig. Und sogar mein lieber Bruder Kyle wird dabei sein. Er ist wegen des Labor Day hier und Travis hat ihn gleich verpflichtet.«

Amber starrte ihn an und versuchte zu begreifen, was er gerade gesagt hatte. Sie kannte die Männer alle. Kyle war Travis' bester Freund aus der Schulzeit und auch sie hatte einige Kurse mit ihm besucht, aber er lebte nicht mehr in Carolina Creek, sondern hatte ein erfolgreiches Unternehmen an der Westküste. Seine drei jüngeren Brüder waren Aidan, Bradley, der Innenarchitekt war, und Josh, der den langweiligsten, aber sichersten Beruf von allen hatte – er war Finanzbuchhalter. Hinzu kam Cody, der ebenfalls mit ihr, Travis und Kyle zur Schule gegangen war, sich um die Pferde auf der Merry Hall Plantation kümmerte und dort so etwas wie ein Verwalter war.

Wenn man in einer kleinen Stadt wie Carolina Creek aufwuchs, kannte man alle anderen Jugendlichen im gleichen Alter und auch die jüngeren und älteren. Es kamen immer ein paar Schüler hinzu, die entweder aus den kleineren Orten an der Küste stammten oder aus dem sumpfigen Inland.

Als Schülerin hatte sie die gleichaltrigen Jungs als pubertär und nervig empfunden und sich eher an den älteren orientiert, die damals deutlich cooler gewesen waren. Doch jetzt, mit Mitte dreißig, waren aus den Jungs Männer geworden und gerade die Crawford-Brüder und ihre Freunde waren echte

Prachtexemplare. Zumindest sagten das Ambers Bekannte, die nicht mit ihnen zur Schule hatten gehen müssen und die fast in Ohnmacht zu fallen schienen, wenn Aidan oder Bradley ihnen Beachtung schenkten. Trotzdem wollte Amber sie nicht bei sich im Garten haben. Nicht solange der Schuppen nicht leer war.

Aidan schaute sie immer noch fragend an. Sie schüttelte den Kopf. »Das ist mir zu viel Testosteron.«

Er warf den Kopf in den Nacken und lachte. »Komm schon, wenn du dabei bist, benehmen wir uns wenigstens. Ich koche uns auch gern was.«

»Nein danke.« Sie zögerte. »Wann wollt ihr das denn machen?«

»Morgen fangen wir an.«

»Müsst ihr nicht arbeiten?«

Morgen war Donnerstag.

Aidan schüttelte den Kopf. »Ich habe tagsüber frei, die anderen sind alle ihr eigener Chef. Und Travis macht sowieso, was er will, egal, wo er gerade arbeitet.«

Liebend gern hätte Amber ihn gefragt, ob er wusste, wie Travis sich das Haus hatte leisten können, aber sie schwieg.

Der Gedanke, dass all diese Männer morgen in ihrem Garten sein würden, behagte ihr nicht. Sie musste definitiv das Gartenhäuschen räumen. So schnell wie möglich.

Amber lächelte. »Dann sehen wir uns also morgen.«

Sie wandte sich wieder ihrem Teller zu und Aidan verstand. Er wünschte ihnen noch einen angenehmen Abend und ging zum nächsten Tisch.

Mike schaute Amber mit großen Augen an.

»Was ist?«, fragte sie.

»War das etwa der Bruder von Kyle Crawford?«

Amber runzelte die Stirn. Mike hatte es so ehrfürchtig gesagt, als wäre Kyle ein Rockstar. »Ja.«

»Kennst du ihn etwa?«

»Kyle?«

Mike nickte.

»Wir sind zusammen zur Schule gegangen.«

»Und er kommt morgen zu deinem Haus? Habe ich das richtig verstanden?«

Amber zögerte. »Kennst du ihn auch?«

Mike lehnte sich zurück. »Nein, aber das würde ich gern. Ich habe neulich einen Artikel über ihn in einem Magazin gelesen und als ich hörte, dass er in Carolina Creek aufgewachsen ist, habe ich schon überlegt, ob ich ihn mal kennenlernen kann. Der Typ ist ein Genie.«

»Tatsächlich?«, fragte Amber. Sie wusste, dass Kyle zusammen mit zwei Freunden von der Uni ein ziemlich großes Technologieunternehmen aufgebaut hatte, aber für ein Genie hatte sie ihn nie gehalten. Früher hatten alle Mädchen ihn toll gefunden, weil er so gut aussah, aber dass jetzt ein erwachsener Mann weiche Knie bekam, weil er gern Kyle Crawford kennenlernen wollte, war schon ein bisschen merkwürdig.

»Warum willst du ihn kennenlernen?«

Mikes Augen leuchteten. »Ich finde seine Geschichte beeindruckend. Ein so großes Unternehmen aufzubauen, ist nicht leicht. Ich habe selbst schon darüber nachgedacht, mich selbstständig zu machen, aber es ist heutzutage so schwer. Vielleicht kann ich von ihm etwas lernen. Glaubst du, du könntest mich mit ihm bekannt machen?«

»Du suchst also einen Mentor?«

Er hob die Schultern. »Wenn du es so nennen willst, ja.«

Amber versuchte, sich Kyle als Mentor vorzustellen. Sie hatte ihn zwei Jahre nicht gesehen, aber sie wusste, dass er noch genau derselbe Typ wie früher war. Es fiel ihr schwer, sich vorzustellen, dass es einen Artikel über ihn in einem Magazin gab, denn er war jemand, der nicht gern mit seinen Gefühlen hausieren ging und eher verschlossen war. Aber vielleicht war er in seinem Unternehmen ganz anders. Sie beschloss, sich den Artikel mal anzuschauen.

Amber legte ihr Besteck zusammen und schob den Teller von sich. »Ich werde sehen, was sich machen lässt.«

Mike beugte sich wieder über den Tisch und wollte sogar nach ihrer Hand greifen, doch wie zufällig ließ sie diese gerade unter dem Tisch verschwinden.

»Ich könnte morgen Nachmittag zu dir kommen«, schlug er vor. »So ein Nachmittag im Garten ist doch viel entspannter, als wenn wir uns in einem Restaurant treffen.«

»Ich glaube, sie wollen arbeiten. Da bleibt bestimmt keine Zeit zum Reden. Aber ich kann ihn mal fragen.«

»Das wäre toll. Du hättest auf jeden Fall was gut bei mir.« Er lehnte sich wieder zurück und schüttelte den Kopf. »Unglaublich, dass du Kyle Crawford kennst.«

Amber beschlich das ungute Gefühl, dass sie auf einmal interessant für Mike geworden war, während er vorher nur mäßiges Interesse gezeigt hatte.

»Ich glaube, ich muss langsam nach Hause.«

»Soll ich dich fahren?«, bot Mike an und steckte sich das letzte Stück seines Steaks in den Mund.

»Ich bin selbst mit dem Auto da.«

»Aber ich könnte mitkommen.«

»Wozu?«

Mike hob die Augenbrauen. »Was macht man denn nach einem netten Date, wenn man die Frau nach Hause bringt?«

Amber straffte die Schultern. »Also, ich weiß nicht, was du dann machst, aber ich fahre allein nach Hause, werde noch ein wenig arbeiten und dann bald ins Bett gehen, weil ich morgen arbeiten muss.«

Mike sah enttäuscht aus. Hatte er etwa auf mehr gehofft?

Ihre eiserne Regel besagte, dass sie jemanden frühestens nach dem dritten Date küsste. Und das würde es mit Mike sowieso nicht geben.

»Vielleicht sehen wir uns morgen Abend, wenn du mit Kyle gesprochen hast. Rufst du mich an, wenn du mehr weißt?«

Amber fand es fast amüsant, wie aufgeregt er war. Und das wegen Kyle.

»Falls ich dazu komme, melde ich mich.«

Sie holte ihren Geldbeutel heraus, überschlug rasch im Kopf, wie viel ihr Essen kosten würde, und legte eine Fünfzig-Dollar-Note auf den Tisch.

»Ach komm«, sagte Mike. »Ich lade dich ein. Wenn du schon so nett bist und mir den Kontakt vermittelst.«

Amber schüttelte den Kopf. »Noch habe ich das nicht.«

»Dann aber nächstes Mal.«

Sie lächelte nur, denn sie wusste, dass es dazu nicht kommen würde.

Sie winkte Aidan auf dem Weg aus dem Restaurant zu und ging zu ihrem Toyota. Auf dem Rückweg nach Hause hielt sie bei Home Depot an und kaufte ein Vorhängeschloss. Obwohl Travis ihr versprochen hatte, nicht reinzuschauen, war ihr das lieber. Außerdem würde sie es nicht bis morgen früh schaffen, den Schuppen auszuräumen. Wenn dann auf einmal all diese Männer in ihrem Garten herumliefen, wäre ihr das zu heikel. Sie konnte sich gut vorstellen, wie sie alle reagieren würden, wenn sie die Dinge sahen, die Amber darin verstaut hatte. Sie würden sie zu Recht für verrückt halten. Diese Demütigung würde sie nicht über sich ergehen lassen. Außerdem wüsste dann bald ganz Carolina Creek, dass Amber Davis Meerjungfrauen liebte und sich mit einem Onlinebusiness, für das es noch nicht einmal eine Website gab, verhoben hatte.

Als sie an der Kasse von Home Depot wartete, drehte sie das Vorhängeschloss in den Händen und dachte über all die Boxen nach, die sie in dem Schuppen verstaut hatte. Sie hätte all die Produkte, die sie entworfen und bestellt hatte, schon längst entsorgen sollen. Doch es tat so weh, einen Traum wegzuwerfen. Es war viel einfacher gewesen, sie aus dem Blickfeld zu räumen.

Außerdem war da immer dieser penetrante *Und was, wenn*

doch-Gedanke gewesen. Sie mochte ihren Job als Personalerin, aber alles, was mit Meerjungfrauen zu tun hatte, mochte sie noch lieber. Dabei war es so albern. Doch jedes Mal, wenn sie ihren Fischschwanz anzog und allein in einem Pool war oder sich einen Film mit Meerjungfrauen sah, fühlte sie sich so leicht und beschwingt. Dieses Gefühl konnte sie nicht einfach wegwerfen.

Als sie wieder vor ihrem Haus stand, blieb sie noch einen Moment im Auto sitzen und starrte auf den dunklen Garten. Ihr wurde klar, dass sie nicht dort hingehen konnte, wenn es so dunkel war. Was war, wenn die Schlange noch in der Nähe des Häuschens war?

Die Erinnerung an den Moment, als sie sich auf ihren nackten Fuß zubewegt hatte, ließ Amber erschaudern. Wie gut, dass Travis da gewesen war. Auch wenn er manchmal anstrengend sein konnte, konnte man sich, wenn es darauf ankam, immer auf ihn verlassen. Vor allem blieb er stets die Ruhe selbst und hatte meistens gute Laune. Vielleicht war es gar nicht so schlecht, ihn als neuen Nachbarn zu haben.

Amber stieg aus dem Wagen und die schwüle Abendluft umfing sie. Die Zikaden zirpten ihr monotones Lied im Einklang mit den Klimaanlagen der Häuser um sie herum und sie freute sich auf die Kühle ihres Hauses.

Auf der Fußmatte fand sie zu ihrer Überraschung einen Zettel, der unter eine der Dekolaternen geklemmt war, die sie aufgestellt hatte. Sie hob ihn auf und schaltete das Außenlicht an, um ihn zu lesen. Es fiel ihr schwer, die Handschrift zu entziffern, aber auf eine merkwürdige Art und Weise kam sie ihr vertraut vor. Das war Travis' Handschrift. In der Schule hatte er oft neben ihr gesessen und sie hatte sich immer gefragt, ob er später seine eigenen Notizen noch lesen konnte. Aber Travis hatte nie viel für die Schule übriggehabt, deswegen war es ihm vermutlich egal gewesen.

Hey Am, Gary war da und die Schlange ist weg. Er hat den ganzen

Garten abgesucht, aber da war kein Nest oder so. Ich habe noch eine andere Frage: Hättest du Lust, am Wochenende mit mir durch die Nachbarschaft zu gehen, damit ich ihnen vom Gartenprojekt erzählen kann? Du kennst bestimmt alle und kannst mich vorstellen.

Er hatte drei Kästchen hinzugefügt und daneben geschrieben *Ja, Nein* und *Vielleicht.*

Amber musste lächeln. Es war eine Anspielung auf den Liebesbrief, den sie in der zweiten Klasse bekommen hatte und über den er sich damals lustig gemacht hatte. Daneben war ein Smiley und da stand: *Bitte nicht wieder Nein ankreuzen.* Vielleicht war das eine Entschuldigung für damals?

Darunter stand: *Sorry für diese Form der Kommunikation. Ich hatte deine Nummer nicht und wollte, dass du das mit der Schlange weißt, damit du ruhig schlafen kannst.*

Schnell holte sie einen Stift heraus und kreuzte das Kästchen neben dem *Vielleicht* an. Daneben schrieb sie: *Wenn du dich benimmst.* Obwohl sie niemand war, der viel mit Emojis arbeitete, setzte sie einen zwinkernden Smiley daneben. Dann lief sie hinüber zu Barrys Haus, nein, Travis' Haus, verbesserte sie sich. Erst überlegte sie, die Nachricht in den Briefkasten zu legen, aber sie hatte Angst, dass er sie dort nicht finden würde. Also legte sie den Zettel vor die Tür, eine Fußmatte hatte er noch nicht, und beschwerte sie mit einem Stein.

Dann ging sie in ihr Haus, goss sich ein Glas Wein ein und fuhr ihren Laptop hoch. Sie musste noch einige Präsentationen durcharbeiten. Doch das Erste, was sie machte, war, Kyles Namen in die Suchmaschine einzugeben.

Überrascht stellte sie fest, dass es nicht nur einen Artikel über ihn gab, sondern ziemlich viele Wirtschaftsmedien und größere Zeitungen über ihn berichtet hatten. Er lebte in Seattle und es war ungewohnt, ihn auf den Fotos mit Hemd und Anzugjacke über einer Jeans zu sehen. Der Kyle, den sie kannte, war immer nur in T-Shirt und Hoodie herumgelaufen und wie die meisten anderen Jungen in kurzen Hosen und Turnschuhen, weil es in North Carolina so warm war und sie den Strand vor der Haustür hatten. Doch Seattle war da sicherlich anders.

Sie hatte noch nicht entschieden, ob sie ihn morgen wirklich darauf ansprechen sollte, dass eine Art Fan ihn sehen wollte. Obwohl sie es faszinierend fand, zu erfahren, wie er darauf reagierte, wollte sie nicht, dass er Ja sagte und sie dann einen Kontakt zu Mike herstellen musste, den sie eigentlich nicht wiedersehen wollte.

Sie schloss das Browserfenster und öffnete die Präsentation, die sie morgen abgeben musste. Doch dann fiel ihr auf, dass sie ihre Notizen dafür noch im Auto hatte.

Seufzend erhob sie sich und ging zur Tür. Auf der Fußmatte lag wieder ein Zettel. Ein unerwartetes Kribbeln durchfuhr Amber bei dem Gedanken, dass Travis eben hier gewesen war.

Sie nahm den Zettel auf.

Hey Am, schön, dass du schon so früh wieder da bist.

Sie runzelte die Stirn. Was sollte das denn heißen?

Ich bin froh, dass ich wenigstens ein Vielleicht bekommen habe, obwohl mir – wie immer – ein Ja lieber gewesen wäre. Was meinst du damit, dass du es tust, wenn ich mich benehme? Du weißt doch, dass ich mich immer benehme. Oder zumindest meistens.

Du würdest mir wirklich sehr helfen, wenn du mich in die Nachbarschaft von Oakridge einführst.

Ach, noch etwas: Morgen kommen die Jungs – Aidan, Kyle, Cody, Bradley und Josh – und helfen mir dabei, die ersten Büsche zu roden. Ist das okay für dich? Bitte ankreuzen: Ja, Nein oder Vielleicht.

Dein neuer Nachbar

PS: Ich habe immer noch nicht deine Nummer, aber Briefchen schreiben mit dir macht auch Spaß.

Amber konnte sich ein Lächeln nicht verkneifen. Obwohl er ein solcher Chaot sein konnte, war es mit Travis manchmal so leicht.

Dieses Mal kreuzte sie *Ja* an, dann drehte sie den Zettel um und schrieb auf die Rückseite: *Aidan hat mir bereits davon erzählt, wir waren heute Abend bei ihm im Restaurant essen. Ich hoffe nur, dass ihr nicht auf die Idee kommt, dass ich helfen muss. Auch wenn Gary die Schlange entfernt hat, will ich es nicht riskieren. Nicht, dass du mich wieder retten musst.*

Als sie den Punkt hinter den letzten Satz setzte, zögerte sie. Sollte sie das wirklich schreiben? Doch dann entschied sie sich dafür, dass Travis das schon richtig verstehen würde.

Jetzt muss ich noch ein wenig arbeiten. Schlaf gut.

Am

PS: Die Briefe erinnern mich an die Schule, das ist nett. Man bekommt so selten Post. Falls du doch lieber anrufen willst, hier ist meine Nummer.

Sie suchte die Nummer ihres Privathandys heraus, die vom Diensthandy hätte sie auswendig gewusst. Sie zögerte einen Moment, ob sie ihm die wirklich geben sollte, denn eigentlich gab sie diese Nummer nur engen Freunden. Barry hatte sie gehabt, damit er sie im Notfall erreichen konnte. Also konnte Travis sie auch haben.

Dann lief sie hinüber und legte den Zettel wieder vor die Tür. Im Haus brannte kein Licht und sie fragte sich, was er im Dunkeln dort machte. Sollte sie klingeln, als Zeichen, dass sie den Zettel hingelegt hatte? Doch sie ließ es, denn letztes Mal hatte er ihn ja auch gefunden.

Gerade als sie ihre Tasche aus dem Auto holte, bekam sie Gewissensbisse. War sie vielleicht ein wenig zu flapsig gewesen? Aber es war Travis, mit dem sie schrieb. Er war selbst so.

Die nächste Stunde verbrachte sie mit ihrer Präsentation, aber die ganze Zeit horchte sie, ob sie ein Geräusch von der vorderen Terrasse vernahm.

Als sie fertig war und die E-Mail weggeschickt hatte, riskierte sie einen Blick auf ihr Handy, doch da war nur über die Datingplattform eine Nachricht von Mike eingetroffen, der noch einmal betonte, wie schön der Abend gewesen sei und dass er darauf hoffe, dass sie morgen die Gelegenheit hatte, Kyle anzusprechen. Außerdem fragte ein anderer Typ, Jeff, mit dem sie schon ein paar Mal hin und her geschrieben hatte, ob sie sich nicht einmal im echten Leben treffen wollten. Doch gerade hatte sie keine Lust, nachdem Mike sich mehr für Kyle zu interessieren zu schien als für sie selbst.

Langsam erhob sie sich und ging zur Haustür. Tatsächlich lag dort wieder ein Zettel.

Hat Aidan gut gekocht? Wenn ich daran denke, dass er früher Regenwürmer gegessen hat, traue ich mich gar nicht, bei ihm essen zu gehen.

Keine Sorge, mitarbeiten musst du nicht, aber es wäre nett, wenn du mal vorbeischaust. Ich muss doch mit meiner neuen Nachbarin angeben.

Und was das Helfen angeht: Du kannst dich immer auf mich verlassen. Ich hole dich aus jeder brenzligen Situation. Nach der Sache mit dem Test in der siebten Klasse bin ich dir immer noch was schuldig.

Arbeite nicht so lange. Wir sehen uns morgen – oder lesen uns per Nachbarschaftspost, ich mag das so viel lieber.

T.

PS: Falls du mal telefonisch meine Hilfe brauchst, ist hier meine Nummer.

Amber ließ sich gegen die noch vom Tag sonnenwarme Wand sinken und warf einen Blick zum dunklen Nachbarhaus hinüber. Niemals hätte sie gedacht, dass sie sich darüber freuen würde, dass jemand anderes als Barry dort lebte.

An diesem Abend ging sie mit einem Lächeln ins Bett und konnte lange nicht einschlafen.

4

TRAVIS

Die Sonne war gerade erst aufgegangen, der Tau glitzerte auf den Grashalmen, als Travis eine Bewegung im Garten wahrnahm. Mit seinem Kaffeebecher in der Hand, den er sich eben aus dem Red Eye Café geholt hatte, weil er noch keine eigene Kaffeemaschine im Haus hatte, trat er zur Terrassentür und blickte hinaus.

Natürlich war es Amber, die hinüber zum Gartenhaus ging. Er musste lächeln, als er sah, dass sie Jeans und Gummistiefel trug. Allerdings waren diese bunt – türkis, ein wenig rosa, mit Glitzer, um genau zu sein. Er hatte nicht einmal gewusst, dass es solche Gummistiefel gab.

Er fragte sich, ob er jetzt sehen würde, was sie dort drin versteckte.

Sie hielt irgendetwas in der Hand, von dem er nicht erkennen konnte, was es war. Und sie ging vorsichtig, setzte einen Fuß vor den anderen, schaute sich auf dem Boden um. Sie fürchtete sich immer noch vor der Schlange. Aber in dem Outfit konnte ihr nicht viel passieren. Außerdem war es noch zu kühl für die Schlangen. Man merkte den September schon.

Ihre Haare hatte sie in einem ordentlichen Pferdeschwanz

zusammengebunden. Ihr Oberteil war eindeutig das, was sie ins Büro anziehen würde.

Wieder wiegte sie ihre schönen Hüften beim Gehen und das Licht der aufgehenden Sonne glänzte auf ihren braunen Haaren, sodass sie fast rötlich schimmerten.

In diesem Moment fand er es wunderbar, dass er neben Amber wohnte. Wie oft er wohl Anblicke wie diesen zu sehen bekommen würde? Zumindest mehr als in den vergangenen Jahren, als sie sich kaum gesehen hatten, außer mal bei Stadtfesten oder zufällig beim Einkaufen.

Der Austausch gestern Abend hatte ihm Freude gemacht und er war enttäuscht gewesen, als sie nicht noch einmal zurückgeschrieben hatte. Früher am Abend hatte er sie wegfahren sehen, hübsch gemacht für das Date, das sie hatte, und er hatte sich gefragt, wer der Mann war, den sie treffen würde. War es etwas Ernstes? Würde er sie womöglich nach Hause bringen und ihr dann auf der Veranda einen Gute-Nacht-Kuss geben? Oder gar über Nacht bleiben?

In dem Moment war Travis sich nicht sicher gewesen, ob er das würde ertragen können. Schon damals, als sie sechzehn gewesen war und selbstbewusst vor allen anderen verkündet hatte, dass sie auf einen Mann wartete, der besser als alle Jungs in Carolina Creek war, hatte er sich gefragt, ob er das aushalten könnte. Daran hatte sich in all den Jahren nie viel geändert, und sie jemanden küssen zu sehen, wäre sicherlich noch schlimmer als alles andere.

Bisher hatte er Glück gehabt, was das anging.

Sollte sie mit jemandem zusammen sein, den er nicht mochte, so hatte er beschlossen, von hier fortzugehen.

Einmal hatte sie ein Date mit Marc gehabt, der zwei Jahre älter als sie war. Travis mochte Marc und ihm war aufgefallen, dass es noch schlimmer wäre, wenn Amber mit einem seiner Freunde zusammenkommen würde. In einem kleinen verschlafenen Nest wie Carolina Creek war es nichts Ungewöhnliches, wenn zwei heirateten, die schon in der Highschool zusammen gewesen waren.

Doch dieser Typ gestern war nicht mit ihr nach Hause gekommen. Immerhin.

Travis sah, wie Amber am Gartenhaus ankam. Die Tür konnte er von hier nicht sehen, doch er konnte erkennen, ob sie sich öffnete oder nicht.

Sie blieb zu.

Es dauerte eine ganze Weile, bis Amber wieder auftauchte. Sie wirkte wütend, wie sie so über das Gras stapfte. Jetzt konnte er auch sehen, was sie in der Hand hielt. Es war eine Kette mit einem Vorhängeschloss.

Das versetzte ihm einen Stich. Dann hatte sie es also ernst gemeint, als sie gesagt hatte, dass sie das Haus abschließen wollte. Traute sie ihm so wenig? Aber was viel schlimmer war, war die Tatsache, dass er nun noch neugieriger war.

Doch warum brachte sie das Vorhängeschloss wieder mit? Funktionierte es nicht? Sollte er ihr seine Hilfe anbieten?

Sie verschwand in ihrem Haus, aber Travis blieb stehen und beobachtete die Terrasse. Undeutlich sah er, dass sie irgendetwas in der Küche am Tresen machte. Schrieb sie etwas? Dann ging sie hinüber in Richtung des Schlafzimmers und er sah gerade noch, wie sie sich schon beim Gehen die Jeans auszog. Leider erhaschte er keinen Blick auf ihren Hintern.

Im nächsten Moment wurde ihm klar, dass er sich wie ein Spanner benahm. Er schüttelte den Kopf und ging hinüber zu seinem Rucksack, um sich seine Arbeitsklamotten anzuziehen.

Der Rucksack und eine Matratze waren das Einzige, was er bisher mitgebracht hatte. Seine Sachen befanden sich noch in einer Storage Unit, aber er besaß sowieso nicht viele Möbel. Dies hier war das erste Haus, das er selbst einrichten musste. Er hatte nicht einmal einen richtigen Hausstand, aber das war auch nicht wichtig. Viel wichtiger war ihm, dass er mit dem Garten beginnen konnte.

Sein Leben lang hatte er von einem eigenen Garten geträumt. Da er in einem Wohnwagen aufgewachsen war, der kein Land darum gehabt hatte, schien es ihm, als wäre ein Garten der Beweis dafür, dass er sesshaft geworden war. Und er konnte sich selbst mit Essen versorgen. Das war viel wichtiger, als viele Handtücher und Küchenutensilien zu besitzen.

Nach einer schnellen Dusche war er fertig. Er freute sich auf den Tag mit den anderen. Vor allem dass Kyle mal wieder hier war, stimmte ihn besonders froh. Sie waren so gute Freunde in der Highschool gewesen, aber seit Kyle auf dieses schicke College gegangen war und er sein Unternehmen in Seattle gegründet hatte, sahen sie sich fast nicht mehr. Manchmal telefonierten sie, aber meistens hatte Kyle keine Zeit. Doch fürs Labor-Day-Wochenende war er überraschend nach Carolina Creek gekommen und als Travis ihm von dem Projekt erzählt hatte, war er der Erste gewesen, der ihm seine Hilfe angeboten hatte.

Bevor die anderen später kamen, musste Travis zum Home Depot, um einige Werkzeuge zu besorgen. Cody brachte zwar etwas von der Plantage mit, aber er würde in den nächsten Monaten so einiges selbst brauchen.

Travis warf einen Blick aus dem Fenster. Amber schloss gerade die Haustür ihres hübschen hellblauen Hauses mit den weißen Fensterläden ab und ging zu ihrem roten Toyota. Jetzt trug sie einen braunen Rock und schicke Lederschuhe mit einem kleinen Absatz. Irgendwie mochte er sie in Jeans und Glitzergummistiefeln mehr als in ihren Büroklamotten.

Er musste grinsen, als er daran dachte, dass in diesen langweiligen Schuhen aufwendig lackierte Nägel in den Farben der Karibik versteckt waren. Ambers kleine Geheimnisse gefielen ihm.

Er beobachtete, wie sie rückwärts aus der Einfahrt setzte und in Richtung des Büros davonfuhr, wie so viele andere aus

Carolina Creek, die zu ihren langweiligen Jobs in ihren noch langweiligeren Büros mussten.

Travis öffnete die Tür und nahm einen tiefen Atemzug von der würzigen Morgenluft, die vom Meer herüberwehte. Der September war der beste Monat in Carolina Creek. Es war noch warm, aber nicht mehr heiß, der Atlantik hatte eine angenehme Temperatur, nach dem Labor-Day-Wochenende waren alle Touristen weg und sie hatten die Stadt und den Strand endlich wieder für sich allein. Das war jedes Jahr so, aber in diesem Jahr kamen noch ein paar gute Dinge hinzu.

Endlich hatte er ein eigenes Haus und konnte das Gartenprojekt anfangen, das er schon so lange starten wollte. Und das Beste war, er hatte eine nette Nachbarin, mit der er sicher noch viel Spaß haben würde.

Er sah einen Zettel unter dem Stein liegen, genau wie gestern Abend. Der war vorhin, als er zum Café gefahren war, noch nicht da gewesen. Er hob ihn auf und las ihn.

Guten Morgen Travis, ich wollte ein Vorhängeschloss am Gartenhäuschen anbringen, aber es hat nicht funktioniert. Sei nicht böse, ich traue dir durchaus, aber den anderen nicht. Gerade Bradley ist immer für einen Scherz zu haben. Leider habe ich keine Zeit mehr, ein neues zu besorgen, weil ich zur Arbeit muss.

Kann ich mich auf dich verlassen, dass niemand in das Häuschen schaut? Bitte ankreuzen: Ja, Nein, Vielleicht.

Du weißt, dass es nur eine richtige Antwort gibt.

Ich versuche, gegen Mittag wieder hier zu sein und von zu Hause aus zu arbeiten.

Danke, Am

PS: Denk dran, dass du mir wegen des Briefes in der zweiten Klasse und wegen tausend anderer Kleinigkeiten noch was schuldig bist.

Travis starrte auf die Worte und fragte sich, was er davon halten sollte. Eigentlich sollte er es ihr übel nehmen, dass sie ihn überhaupt darum bitten musste. Doch dann dachte er daran, dass er gestern mehrmals versucht hatte, sie dazu zu überreden, ihn hineinschauen zu lassen. Und sie hatte ihn sogar dabei erwischt, dass er es gegen ihren Willen versucht hatte.

Er wusste auch, dass es sie Überwindung gekostet haben musste, diesen Brief zu schreiben.

Travis bemerkte, dass sie mit Am unterschrieben hatte, obwohl sie ihm gestern verboten hatte, sie so zu nennen. Und sie hatte geschrieben, dass sie ihm traute.

Ein warmes Gefühl breitete sich in ihm aus.

Mit einem Lächeln kreuzte er Ja an, machte drei Ausrufezeichen dahinter und legte ihr den Zettel wieder auf die Fußmatte. Dann fuhr er in den Baumarkt.

Dort hatte er die Idee, ihr ein neues Vorhängeschloss zu kaufen. Er entschied sich für ein einfaches ohne Kette und besorgte gleich noch ein Scharnier, damit er das Schloss an der Tür befestigen konnte. Er war sehr zufrieden mit sich.

Als er zurückkam, wartete Cody vor dem Haus auf ihn. Wie immer trug er einen Cowboyhut und trotz der Wärme ein kariertes Hemd. Er stand mit verschränkten Armen da und schaute in den Garten. Travis war froh, dass er dabei war, denn er hatte die meiste Erfahrung mit solchen Arbeiten.

»Wir können gleich anfangen«, sagte er, nachdem sie sich begrüßt hatten. »Ich muss nur noch schnell das Schloss am Schuppen anbringen.«

Cody runzelte die Stirn und schaute sich um. »Warum? Gibt es in Oakridge etwa Diebe?«

Travis schüttelte den Kopf. »Nein, aber sicher ist sicher.«

»Und was hast du da drin, dass es sich lohnt, ein Schloss anzubringen?«, fragte Cody und begann, sein Werkzeug vom Pick-up zu laden.

»Etwas Wertvolles«, sagte Travis. Ambers Vertrauen, dachte er. Doch er würde sich hüten, Cody das zu sagen. Dabei war er der verlässlichste seiner Freunde, was diese Art von Geheimnissen anging. Cody kümmerte sich immer nur um seine Angelegenheiten und mischte sich selten in die von anderen ein. Und wenn man ihn brauchte, konnte man sich auf ihn verlassen.

Nur wenige Minuten später hatte er das Schloss angebracht, was nicht ganz einfach gewesen war, weil die Tür schon so marode war und er nur Hammer und Nägel hatte. Vielleicht hätte er doch Cody bitten sollen, ihm zu helfen. Aber es würde schon reichen, wenn er den anderen sagte, dass sie sich dem Gartenhaus nicht nähern sollten.

Während er arbeitete, hörte er, wie die anderen eintrafen. Kyle rief ihn von der Terrasse und Travis bedeutete seinem Freund, dass er gleich dort sein würde.

Er ließ das Schloss einschnappen, probierte einmal, ob es sich mit dem Schlüssel öffnen ließ, und war einen ganz kurzen Moment versucht, doch einmal die Tür zu öffnen. Doch dann erinnerte er sich an die drei Ausrufezeichen, die er hinter das Ja gesetzt hatte. Er wollte, dass Amber ihm vertraute.

Travis packte sein Werkzeug ein und ging zu Kyle, der auf der Terrasse stand und ihm entgegengrinste. Sie hatten sich lange nicht gesehen und Travis stellte entsetzt fest, dass Kyle schlecht aussah. Er war blass und dünner geworden. Die Arbeit in seinem Unternehmen war stressig und wieder einmal dachte Travis, dass ihm sein Vagabundenleben, in dem er sich von Job zu Job gehangelt hatte, bis er angefangen hatte, genug Geld mit den Fotos und den Unterwasser-Fototouren zu den Wracks zu verdienen, besser gefiel als der ganze Reichtum und der Stress, den ein eigenes Unternehmen mit sich brachte.

»Mann, siehst du schlecht aus«, begrüßte er seinen Freund.

Kyle presste die Lippen zusammen. »Du dafür umso besser. Das eigene Haus steht dir.«

Sie klopften sich auf die Schultern.

»So viel Stress bei der Arbeit?«, fragte Travis und nickte Bradley zu, der ebenfalls gerade auf die Terrasse trat.

Kyle hob die Schultern. »Wie immer.«

Bradley hieb seinem großen Bruder auf die Schultern und

der schien fast ein wenig in sich zusammenzusacken. »Ist es nicht unglaublich, dass mein Bruderherz es mal geschafft hat, am Labor Day hierherzukommen? Nicht einmal zu Weihnachten und Thanksgiving war er da. Von Erica ganz zu schweigen. Aber die war ja noch nie mit hier. Auf jeden Fall ist Mom außer sich und kocht und backt seit einer Woche, damit ihr kleiner Junge genug zu essen bekommt. Jetzt wird er mit Banana Pudding, Bohnenauflauf und Cornbread gefüttert, dabei ist er bestimmt nur noch Sushi und andere Schickimicki-Sachen gewohnt.«

Kyle verdrehte die Augen und Travis grinste.

»Ich würde mich gern von eurer Mutter durchfüttern lassen. Mir hat es immer geschmeckt.«

»Du kannst gern vorbeikommen und mir in meiner Misere Gesellschaft leisten«, sagte Kyle. »Sie lässt mich nicht aufstehen, bevor ich nicht mindestens drei Portionen gegessen habe.«

Ihr Bruder Josh war eingetroffen und trat ebenfalls zu ihnen. »Aidan kommt später. Er hatte gestern Abend lange im Restaurant zu tun, weil seine Chefin ihm endlich mal den Laden allein überlassen hat. Anscheinend kann er nach solchen Abenden nicht rechtzeitig aufstehen.«

Bradley hob die Augenbrauen. »Oder er hat wieder irgendeine Kundin abgeschleppt. Koch müsste man sein, da liegen einem die Frauen reihenweise zu Füßen.«

Josh hob die Augenbrauen. »Über Innenarchitekten sagt man das Gleiche, und wie mir scheint, kannst du dich auch nicht über langweilige Kundschaft beschweren.«

Bradley wollte etwas erwidern, doch Kyle seufzte. »Jetzt hört schon auf. Ihr seid alle drei keine Kinder der Unschuld.«

Sein Freund grinste. »Es können nicht alle so brav und langweilig sein wie du.«

Bevor die Brüder sich noch weiter solche Freundlichkeiten an den Kopf werfen konnten, sagte Cody: »Vielleicht sollten wir heute mal die Frauen vergessen und uns dem Projekt von Travis widmen.« Er nickte ihm zu.

»Also gut. Cool, dass ihr da seid. Wir werden heute das ganze Gebüsch aus dem Garten entfernen. Die größeren Bäume bleiben erst einmal stehen. Seid vorsichtig, wir haben gestern eine Copperhead hier gehabt. Gary hat sie zwar entfernt, aber wer weiß, was noch im Gebüsch sitzt.«

Josh hob die Augenbrauen. »Wir? Wer wohnt denn noch hier? Ich habe nur eine Matratze und einen Rucksack gesehen.«

Bevor Travis etwas sagen konnte, sprang Bradley ein: »Meinst du mit *wir* etwa Amber? Mir war nicht klar, dass ihr schon ein Team seid. Das ging schnell.«

Kyle runzelte die Stirn. »Amber Davis? Was hat sie damit zu tun?«

Bradley grinste. »Sie wohnt nebenan. Zumindest hat Aidan das gesagt.«

Travis merkte, dass alle ihn anstarrten. Er war sich ziemlich sicher, dass Cody und Kyle wussten, dass er in der Highschool in Amber verschossen gewesen war. Er versuchte, sich gelassen zu geben. »Ich habe erst erfahren, dass sie hier wohnt, als ich das Haus schon gekauft hatte.«

Bradley verschränkte die Arme. »Dann ist ja gut. Ich dachte schon, dass du ihretwegen hierhergezogen bist.«

»Glaubst du ernsthaft, dass ich ein Haus kaufen würde, nur weil nebenan eine Frau wohnt, die …«

Er brach ab, weil er nicht wusste, wie er den Satz zu Ende bringen sollte. Verdammt, er machte sich lächerlich. Wenn er so weitermachte, konnte er es sich gleich auf die Stirn tätowieren lassen.

»Wie auch immer. Ihr seid hier, um im Garten zu arbeiten. Cody hat das Werkzeug und wird es euch zuteilen.«

»Du lenkst ab«, bemerkte Bradley und wollte gerade noch etwas hinzufügen, als Kyle ihm einen strengen Blick zuwarf, den er als ältester Bruder so gut beherrschte. »Wenn wir das Gebüsch rausgerissen haben, wo soll es dann hin?«, fragte er.

Travis erkannte, dass er darüber noch gar nicht nachgedacht hatte. Wenn er ehrlich war, hatte er außer den Werkzeugen, die er heute Morgen besorgt hatte, nichts vorbereitet. Er hob die Schultern. »Wir könnten es in eine Ecke legen und nachher verbrennen.«

»Nein«, sagten Cody und Josh gleichzeitig.

»Du musst einen Container bestellen, den dann eine Firma abholt«, erklärte Kyle.

Travis seufzte. An so etwas hatte er wieder einmal nicht gedacht.

»Soll ich einen für dich ordern?«, fragte Kyle. Sein bester Freund kannte ihn einfach zu gut.

»Mach das. Dann fangen wir schon einmal an.«

Die anderen nickten und wollten sich gerade zu Codys Truck begeben, als Bradley Travis auf die Schulter klopfte. »Vielleicht ist es doch ganz gut, dass Amber neben dir wohnt. Dann kannst du dir von ihr erklären lassen, wie das mit der Ordnung und Struktur funktioniert. Sie ist doch immer so perfekt in allem. Hat sie nicht in der Schule ein eigenes System mit diesen bunten Klebezetteln entwickelt, um ihre Aufgaben zu organisieren?«

Travis biss die Zähne zusammen. Er dachte an Ambers Haus und wie wohlgeordnet alles war. Und dann fiel ihm das Gartenhaus ein.

»Eins noch. Der Schuppen wird nicht angerührt.«

Josh zog die Augenbrauen zusammen. »Warum nicht?«

»Weil ich es sage. Arbeitet einfach drum herum.«

»Können wir wenigstens das Efeu daran entfernen?«, fragte Cody. »Es wäre nicht schlecht, wenn das runterkommt.«

Travis seufzte. »Also gut. Aber fangt erst einmal mit den anderen Sachen an.«

Während Bradley und Josh sich von Cody Werkzeug geben

ließen, zückte Kyle sein Telefon. Travis warf ihm einen verstohlenen Blick zu. Er sah wirklich schlecht aus. Dann fiel ihm ein, dass er noch etwas zu erledigen hatte. »Bin gleich wieder da«, sagte er zu Kyle, der mit irgendjemandem sprach und nur abwesend winkte.

Travis schnappte sich einen Zettel, schrieb eine Nachricht für Amber darauf und legte sie zusammen mit den Schlüsseln für das Vorhängeschloss auf die Fußmatte. Dann gesellte er sich zu seinen Freunden, um mit der Arbeit zu beginnen.

5

AMBER

Als Amber in die Einfahrt einbog, konnte sie schon die Männer im Garten sehen. Es war so ungewohnt, dass dort hinten andere Menschen herumliefen, auch wenn sie alle von ihnen schon seit ihrer Kindheit kannte. Barry hatte den Garten nie betreten und irgendwie hatte sie sich daran gewöhnt, dass hinter ihrem Haus Ruhe herrschte.

Vor dem Haus stand ein Container, in dem schon einige Äste und Zweige lagen. Gerade zog Josh einen weiteren großen Ast über den Rasen dorthin und wuchtete ihn hinein. Für einen Buchhalter war er ziemlich fit, bemerkte Amber. Das lag vermutlich daran, dass er viel Sport trieb und einem Rescue Team angehörte.

Sie stieg aus dem Auto und warf einen Blick auf das Gartenhaus. Die Tür war verschlossen. Erleichtert atmete sie durch.

Auf dem Beifahrersitz lag ein neues Vorhängeschloss. Bei dem anderen hatten die Schlüssel nicht gepasst, vermutlich hatte jemand sie im Laden vertauscht. Dieses Mal hatte sie alles durchprobiert, damit sie nicht wieder mit einem Blindgänger nach Hause kam.

Es hatte sie alle Überwindung gekostet, heute nicht krankzumachen und hierzubleiben, um das Häuschen zu bewachen. Doch sie hatte noch nie in ihrem Leben krank gespielt und es widerstrebte ihr derart, dass sie Travis einfach hatte vertrauen müssen. Doch aus irgendeinem Grund war das leichter gewesen, als sie gedacht hatte.

Außerdem hatte sie heute eine wichtige Präsentation vor der Geschäftsleitung halten müssen. Was hätte sie zu ihrer Chefin sagen sollen, warum sie nicht kommen konnte? Weil sie ein Gartenhäuschen bewachen musste, das ihre geplatzten Träume enthielt?

Langsam ging Amber zu ihrer vorderen Veranda und schaute dabei in den Garten. Sie waren tatsächlich alle da. Josh, Bradley, Cody und sogar Kyle. Das erinnerte sie an ihr Date – Mike, der Kyle unbedingt kennenlernen wollte.

Und dann sah sie Travis, der gerade versuchte, die Wurzel eines Strauchs aus dem Boden zu bekommen. Er stemmte sich auf den Spaten und fasziniert beobachtete Amber, wie sich die Muskeln an seinen Oberarmen wölbten.

Ihr war nie aufgefallen, dass Travis so gut gebaut war. Vielleicht hatte sie auch einfach nicht darauf geachtet. In ihren Gedanken war er immer noch der Junge aus der zweiten Klasse gewesen, mit den spindeldürren Armen und Beinen.

Doch genau wie die anderen sah er gut aus. Jeder auf seine Art und Weise. Alle waren durchgeschwitzt und dreckverschmiert, aber anscheinend hatten sie Freude an der Arbeit. Und miteinander.

Cody lachte und hieb Travis auf die Schulter, der sich daraufhin noch mehr ins Zeug legte und die Wurzel schließlich aus der Erde hebelte. Bradley, der gerade mit einer Axt ein anderes Gebüsch bearbeitete, sagte etwas und alle lachten. Obwohl es anscheinend auf seine Kosten gegangen war, lachte Travis ebenfalls. Die Crawford-Brüder hatten Travis schon in ihrer Kindheit in ihre Familie aufgenommen.

Amber ertappte sich dabei, dass sie seinen Anblick genoss. Es war nicht das Schlimmste, dass er jetzt ihr Nachbar war.

Unschlüssig blickte sie zum Gartenhaus. Sollte sie jetzt wirklich dorthin gehen und ein Vorhängeschloss anbringen? Ein deutlicheres Zeichen, dass sie den Männern nicht vertraute, gab es ja kaum. Wirklich höflich wäre das nicht. Und anscheinend hatte Travis tatsächlich dafür gesorgt, dass niemand in den Schuppen ging. Zumindest sah sie nichts von ihren Sachen irgendwo im Garten.

Dieser Gedanke hatte sie den ganzen Tag umgetrieben und sie war kurz davor gewesen, Travis anzurufen und ihn noch einmal darum zu bitten, genau darauf zu achten. Aber sie wusste auch, dass er neugierig war, und je mehr sie insistierte, desto mehr würde er wissen wollen, was darin war.

Vielleicht würde sie das Vorhängeschloss erst einmal im Auto lassen, sich stattdessen auf die Terrasse setzen und den Schuppen im Auge behalten.

Amber ging die drei Stufen zu ihrer Haustür hinauf und sah auf der Fußmatte mit dem roten Kardinal darauf, die sie sich vor einigen Wochen gekauft hatte, zwei Zettel liegen. Auf einem davon lagen zwei Schlüssel.

Aus unerklärlichen Gründen machte Ambers Herz einen kleinen Sprung. Sie nahm ihre Notiz auf, die sie heute Morgen geschrieben hatte. Neben dem Kästchen mit dem Ja waren drei Ausrufezeichen. Sonst stand nichts weiter auf dem Zettel.

Sogar während ihrer Präsentation hatte sie sich Gedanken darüber gemacht, ob sie die richtigen Worte gewählt hatte oder ob Travis jetzt sauer auf sie war, weil sie ihn daran erinnert hatte, dass sie noch etwas bei ihm guthatte. Dabei hatte sie nur auf seinen spaßigen Tonfall von gestern Abend eingehen wollen, aber als sie an ihrem Schreibtisch in ihrem Cubicle gesessen und die Präsentation vorbereitet hatte, war sie sich auf einmal nicht mehr sicher gewesen, ob es wirklich so spaßig geklungen hatte. Sie war noch nie entspannt bei solch flapsigen Wortwechseln gewesen. Vielleicht war sie einfach zu steif und geradlinig für so etwas.

Dann blickte sie auf den anderen Zettel.

Hey Am, ich musste sowieso noch in den Baumarkt und habe ein neues Schloss besorgt und angebracht. Hier sind die Schlüssel. Alles ist sicher vor den anderen. Bis später, T.

Amber bemerkte, dass der Zettel in ihrer Hand zitterte. Er hatte das wirklich für sie getan? Seit wann dachte Travis Miller derart mit?

Sie atmete tief durch und warf einen Blick in den Garten. Travis hatte sie bemerkt und in seiner Arbeit innegehalten. Als sich ihre Blicke kreuzten, hob er kurz die Hand und lächelte ihr zu.

Amber schluckte, hob ebenfalls die Hand mit den Schlüsseln und schüttelte sie. Travis' Lächeln vertiefte sich, dann nickte er ihr zu und machte sich wieder an die Arbeit.

Sofort war Ambers Herz ein wenig leichter.

Beschwingt ging sie ins Haus. Sie ließ ein paar Eiswürfel in ein Glas fallen und goss Eistee darüber, den sie gestern Abend zubereitet hatte. Kurz überlegte sie, ob sie ihren Schreibtisch im vorderen Zimmer benutzen sollte, doch dann erlaubte sie sich, sich auf die Terrasse zu setzen. Zum Glück war ihre hintere Veranda überdacht, sodass sie zumindest im Schatten sitzen konnte.

Sie fuhr ihren Computer hoch und kaum hatte sie das getan, erschien eine Nachricht auf ihrem Handy. Es war ihre Freundin Hanna.

Hallo Süße, bist du etwa schon zu Hause? Hast du Lust, kurz zu telefonieren? Ich hatte einen scheußlichen Tag und brauche mal was Schönes.

Amber antwortete gleich. *Ja, bin schon zu Hause. Längere Geschichte. Muss zwar noch arbeiten, aber ich habe mir eine Pause mit dir verdient. Wie spät ist es bei dir?*

Obwohl sie seit fast zwanzig Jahren mit Hanna befreundet

war, schaffte sie das mit der Umrechnung der Zeitzonen nie und war sich immer nicht sicher, ob es in Deutschland gerade frühmorgens oder abends war. Es war im Laufe ihrer Freundschaft häufiger vorgekommen, dass sie Hanna mitten in der Nacht aus dem Bett geklingelt hatte.

Sieben Uhr abends. Ich sitze gerade mit einem Glas Wein auf dem Balkon. Okay, wem mache ich etwas vor, es ist eine Flasche.

Eine Flasche? Muss ich mir Sorgen machen?

Amber hatte das Bild vor Augen. Sie hatte Hanna schon fünf Mal in Deutschland besucht und kannte sogar ihre aktuelle Wohnung in Hamburg. Sie hatte einen tollen Blick über einen See, allerdings war sie mitten in der Stadt.

Lass uns telefonieren, dann erzähle ich dir alles.

Okay.

Nur wenige Augenblicke später klingelte ihr Telefon und Amber nahm den Videoanruf an. Hannas hübsches, sommersprossiges Gesicht erschien auf dem Bildschirm. Sie hatte ihre dunkelblonden Haare zu einem Pferdeschwanz hochgebunden und sah wie immer dynamisch und sportlich aus. Ganz anders, als Amber sich im Moment fühlte. Sie saß einfach zu viel im Büro und kam gar nicht mehr ins Fitnessstudio.

»Du sitzt auf der Terrasse?«, fragte Hanna. »Muss ich mir etwa Sorgen um dich machen?«

Amber biss sich auf die Lippe. »Dafür gibt es keinen Grund.«

»Aber du sitzt nie auf der Terrasse. Und warum bist du überhaupt schon zu Hause?«

Im Gegensatz zu Amber wusste Hanna immer sehr genau, welche Zeit gerade in den USA war. Vielleicht lag es daran, dass sie in der Highschool ein Jahr hier gelebt und sich darauf eingestellt hatte. Oder vielleicht waren die Deutschen mit so etwas einfach besser.

Amber warf einen Blick in den Garten, wo die Männer immer noch arbeiteten, obwohl es gerade jetzt zur Mittagszeit ziemlich heiß wurde. Doch sie schienen das gar nicht zu merken.

Hanna nahm einen Schluck von ihrem Wein. »Hey, ich bin hier. Schau mich an oder sag mir wenigstens, was es da zu gucken gibt. Ist Barrys Haus endlich verkauft?«

Amber nickte. »Das ist es, und deswegen bin ich auch hier.«

»Erzähl, wie sind die neuen Nachbarn? Endlich mal jemand Jüngeres als Mister Pelucci und Misses Saver?«

Wie immer war Amber erstaunt darüber, dass Hanna sich so etwas merken konnte. Ihre Freundin hatte den misstrauischen Mister Pelucci und die redselige Misses Saver noch nie getroffen, aber Amber hatte ab und zu von ihnen erzählt.

Generell musste Amber selten etwas über Carolina Creek erklären, denn es war, als hätte sich der Stadtplan ihrer Heimatstadt in das Gehirn ihrer besten Freundin eingebrannt. Manchmal schien es Amber auch so, als wäre Hanna hier mehr zu Hause als in jeder ihrer schicken Wohnungen in Deutschland. Dabei war Carolina Creek so langweilig. Nett, aber langweilig. Fast ein wenig wie Amber selbst.

Sie warf einen Blick zu Travis hinüber, der mit der nächsten Wurzel kämpfte. Dieses Mal sah sie ihn von hinten und konnte erkennen, wie sich die Muskeln unter seinem T-Shirt spannten. Ob er Krafttraining machte?

»Hallo, Erde an Amber! Wo schaust du hin? Jetzt will ich es aber wissen.«

Amber fühlte sich ertappt und lächelte, dann drehte sie ihr Handy um, sodass Hanna in den Garten sehen konnte.

»Oh«, hörte sie ihre Freundin seufzen. »Wer ist das denn? Da würde ich auch auf der Terrasse sitzen, egal, wie heiß es ist. Sind die alle da eingezogen?«

Bradley ging auf die Terrasse von Travis' Haus und nahm sich eine Flasche Wasser, die er in einem Zug leerte.

»Das ist ja besser, als sich die Sedcards einer Männermodelagentur durchzusehen«, hörte Amber die Stimme ihrer Freundin.

Sie drehte das Handy wieder um und wollte gerade etwas sagen, als Hanna protestierte. »Lass mich weiter zuschauen. Das lenkt mich ein wenig von meiner Misere ab.« Sie grinste. »Du solltest öfter mittags nach Hause kommen und auf der Terrasse arbeiten. Sind das die Gärtner?«

Amber schüttelte den Kopf. »Du kennst sie sogar alle.«

Hanna riss die Augen. »Das kann nicht sein. Solche Männer kenne ich nicht.«

»Doch, es sind Travis, Kyle und Cody sowie Bradley und Josh.«

Ungläubig schüttelte Hanna den Kopf. »Das kann nicht sein. Zeig noch mal.«

Mit einem Seufzen drehte Amber das Handy wieder um.

»Welcher ist welcher?«, fragte Hanna.

»Cody trägt den Cowboyhut und hat das karierte Hemd an. Josh ist gerade mit dem Ast nach vorn gegangen. Kyle ist der im grauen T-Shirt. Bradley war der, der gerade das Wasser getrunken hat, und Travis bearbeitet die Baumwurzel.«

Für einen Moment war es still. Amber drehte das Handy wieder um, weil sie sich nicht sicher war, ob womöglich die Leitung zusammengebrochen war. Doch Hanna saß nur blinzelnd da.

»Das sind die Jungs, mit denen wir zusammen zur Schule gegangen sind?«

»Genau die.«

»Ich habe ja schon immer geahnt, dass das Essen in den USA gehaltvoller ist, sonst hätte ich nicht fünf Kilo zugenommen, als ich da war, aber dass es solche Männer aus den Jungs macht, hätte ich nicht gedacht.« Sie zögerte. »Bradley und Josh sind die Brüder von Kyle, oder?«

Amber nickte. »Sie waren ein paar Klassen unter uns.«

»Und die sind jetzt alle zusammen neben dir eingezogen?«

Hanna nahm einen Schluck Wein und lehnte den Kopf an. »Wie unfair. Mein Nachbar ist nur ein dicker, kahlköpfiger Investmentbanker.«

Amber schaute wieder zu den Männern hinüber und sie stellte fest, dass sie Hanna recht geben musste. Alle sahen großartig aus, einer attraktiver als der andere. Ihr fiel es manchmal schwer, das zu erkennen, denn sie kannte sie schon so lange, dass sie sie nie als Männer betrachtet hatte und schon gar nicht als potenzielle Liebhaber. Doch wenn sie Travis so anschaute …

Erschrocken über diesen Gedanken, wandte sie den Blick ab.

Hanna runzelte die Stirn. »Warum hast du dir über die Lippen geleckt?«

Amber spürte, wie ihre Wangen warm wurden. »Das habe ich gar nicht.«

Bevor sie noch etwas sagen konnte, hörte sie eine Stimme.

»Hey, Amber, willst du uns nicht wenigstens vorstellen, wenn du deiner hübschen Freundin schon zeigst, wie hart wir arbeiten?«

Bradley stand am Fuße der Terrasse und grinste sie an.

Amber seufzte. »Ich brauche euch nicht vorzustellen, ihr kennt euch schon.« Trotzdem war es ihr peinlich, dass er mitbekommen hatte, dass sie das Handy auf den Garten gerichtet hatte.

»Dreh das Handy um«, befahl Hanna ihr.

»Oh, hallo, schöne Frau«, sagte Bradley mit seinem unverwechselbaren Lächeln, das vielen Frauen die Knie schwach machte, wie Amber wusste. Allerdings war sie nicht anfällig dafür, denn Bradley hatte früher mit ihrem kleineren Bruder gespielt und dabei allerhand Unsinn angestellt. Unter anderem hatten sie ein paar Spinnen eingefangen und bei Amber ins Zimmer gesetzt. Er war einer der Männer, bei dem ihre Knie niemals weich werden würden.

»Bist du das, Hanna?«, fragte jetzt Cody und kam ebenfalls

näher. Auch Travis ließ von seiner Wurzel ab und kam zu ihnen herüber.

Bradley wandte sich zu Cody um. »Ihr kennt euch?«

»Hanna war ein Jahr als Austauschschülerin hier«, erklärte Travis. »Sie ist aus Deutschland.« Er lächelte in die Kamera. »Schön, dich zu sehen. Wie geht es dir?«

»Gut, und dir?«, erwiderte Hanna. Amber hörte das Lächeln in der Stimme ihrer Freundin. Aus irgendeinem Grund nagte es an ihr, dass Travis noch genau wusste, wer Hanna war.

Cody sagte mit seiner tiefen, ruhigen Stimme: »Ich wusste gar nicht, dass ihr noch Kontakt habt. Wie viele Jahre ist das her, dass du hier warst?«

»Nächstes Jahr werden es zwanzig Jahre«, antwortete Hanna.

Cody lächelte Amber an. »Und ihr habt immer noch Kontakt?«

Sie nickte. »Hanna ist meine beste Freundin.«

»Sie war sogar schon ein paar Mal in Deutschland«, erklärte Hanna.

»Ihr wart damals schon unzertrennlich. Ihr habt alles zusammen gemacht«, sagte Travis und schaute dabei Amber an. Sie fühlte, dass ihre Wangen noch wärmer wurden.

Verdammt, was hatte es damit nur auf sich? Sie war doch sonst nicht so.

Travis wandte sich um. »Kyle, komm her. Amber telefoniert mit Hanna. Erinnerst du dich an sie?«

Kyle stützte sich auf seinen Spaten und blickte unschlüssig zu ihnen herüber.

»Ach, lass ihn«, sagte Bradley. »Mein Bruder ist nicht gut drauf. Bestimmt ist im Unternehmen wieder irgendein Deal geplatzt. Aber darüber darf er ja nie sprechen.« Er verdrehte die Augen.

»Jetzt komm schon«, rief Travis. »Du wirst dich doch wohl

an Hanna erinnern. Du wolltest sie damals zum Abschlussball einladen und sie hat dir einen Korb gegeben.«

Kyle schien zu erstarren und auf einmal sagte Hanna: »Sorry, Leute, ich habe noch etwas zu erledigen. War schön, euch zu sehen. Amber?«

Hastig drehte sie das Telefon um, aber nicht, bevor sie Travis einen wütenden Blick zugeworfen hatte. Wie feinfühlig er wieder einmal war.

»Süße, ich muss los. Können wir morgen sprechen?«

Amber ahnte, dass Hanna log und nur auflegen wollte, weil ihr das mit dem Abschlussball peinlich war. Es war eine Geschichte voller Missverständnisse gewesen und Amber wusste, dass es Hanna heute noch unangenehm war, auch wenn sie nie wieder darüber gesprochen hatten.

»Das machen wir. Schlaf gut.«

Hanna lächelte noch einmal und legte dann auf.

Wütend funkelte Amber Travis an und der sah wenigstens ein bisschen betreten aus.

Bradley seufzte. »Ich kann mich gar nicht daran erinnern, dass wir eine deutsche Austauschschülerin auf der Schule hatten.«

Cody hob die Augenbrauen. »Du warst damals damit beschäftigt, in der Little League mal ein Training ohne Beule zu überstehen.«

Bradley zog eine Grimasse. »So klein war ich definitiv nicht mehr, als Kyle zum Abschlussball gegangen ist. War er überhaupt da? Zumindest erinnere ich mich an kein Foto von ihm mit einem Mädchen auf Moms Kaminsims.«

Amber presste die Lippen zusammen und tauschte einen Blick mit Cody, der anscheinend auch noch wusste, was damals zwischen Kyle und Hanna geschehen, oder besser gesagt, nicht geschehen war. Und anscheinend wollte Cody nicht, dass Bradley davon erfuhr.

»Genug geredet«, sagte er und klopfte Bradley auf die Schulter. »Wir sollten wieder an die Arbeit gehen. Dieser Garten ist ein Urwald.«

Travis richtete sich auf. »Komm, gib doch zu, dir macht so etwas Spaß.«

Cody seufzte. »Ich habe bei den Pferden schon genug Arbeit.«

Travis grinste. »Aber da hast du uns nicht.«

Sein Freund lächelte trocken. »Auch wieder wahr.« Er nickte Amber zu. »Wir lassen dich mal in Ruhe arbeiten. Grüß Hanna bitte von mir, wenn du sie das nächste Mal sprichst.«

»Von mir auch«, sagte Bradley mit einem Grinsen. »Sie könnte dich ja mal wieder besuchen kommen.«

Cody schüttelte den Kopf und schob ihn die Treppe hinunter. »Damit du dich an sie ranschmeißen kannst und sie dann nie wieder nach Carolina Creek kommt? Vergiss es.«

Unschlüssig blieb Travis stehen, als die anderen beiden sich wieder an die Arbeit machten. »Sorry«, sagte er. »Ich wollte nicht, dass es Hanna unangenehm ist.«

»Das war es aber«, erwiderte Amber.

»Tut mir wirklich leid. Es ist zwanzig Jahre her und ich dachte nicht, dass es sie noch stört. Kannst du ihr sagen, dass ich mich in aller Form entschuldige?«

Amber atmete tief durch, überrascht davon, dass er doch feinfühliger war, als sie gedacht hatte. »Das mache ich.«

»Danke.«

Er zögerte und wollte sich gerade abwenden, als Amber noch etwas einfiel.

»Danke, dass du das neue Vorhängeschloss angebracht hast.«

Travis richtete sich ein wenig auf und ein Strahlen erschien auf seinem Gesicht. »Das habe ich gern getan. Bradley kann man wirklich nicht trauen. Aber ich möchte, dass du merkst, dass du mir vertrauen kannst.«

Ambers Herz stolperte ganz kurz und sie fragte sich, woher

das kam. Ihr Blick verschränkte sich mit seinem und einen Moment zu spät schaute sie weg. Ihr Herz klopfte heftig.

Als sich das Schweigen in die Länge zog, meinte sie: »Ihr habt schon viel geschafft.«

Travis sah sie noch einen Moment lang an, als wolle er etwas anderes sagen, aber dann nickte er. »Die Jungs können wirklich arbeiten. Dabei ist Aidan noch nicht einmal da.« Er zögerte. »Du hast geschrieben, dass ihr gestern bei ihm im Restaurant wart. War das Date schön?«

Amber seufzte, als sie an Mike dachte. »Es ging so.«

»Warum?«

Erstaunt schaute sie ihn an. »Willst du das wirklich wissen?«

Er nickte. »Klar, wir sind doch jetzt gute Nachbarn. Erzählt man sich dann nicht so etwas, wenn man auf der Terrasse zusammensitzt?« Er grinste.

»Möchtest du vielleicht noch ein wenig Eistee und Gebäck? So macht man das richtig, wenn man solche Gespräche führt.«

Er schüttelte den Kopf. »Ich glaube, dann haben wir gleich die anderen auch am Hals und können nicht mehr in Ruhe über dein Date sprechen.«

Verwundert schaute Amber ihn an. Travis überraschte sie immer wieder. »Willst du es wirklich wissen?«

Er nickte, aber sie sah, dass er die Zähne zusammenbiss.

»Ich glaube, er war mehr daran interessiert, dass ich Kyle kenne, als an mir.«

»Wie bitte?« Erstaunt schaute Travis sie an. »Wieso interessiert er sich für Kyle? Was datest du denn für Typen?« Er hob die Augenbrauen.

Amber musste lächeln. »Nein, nicht so. Er hat einen Artikel über ihn in irgendeinem Magazin gelesen und bewundert ihn. Ich glaube, er will ihn am liebsten als Mentor.«

Travis verschränkte die Arme. »Also, wenn ich bei einem Date die Wahl zwischen dir und Kyle hätte, wüsste ich, wen ich wähle. Und glaub mir, es wäre nicht Kyle.«

Die Worte hingen einen Moment zwischen ihnen in der Luft und Amber schaffte es nicht mehr, zu atmen. »Ich muss noch arbeiten«, stieß sie schließlich hervor und nahm ihren Laptop auf den Schoß.

Travis zog eine Grimasse und nickte. Es schien, als wolle er noch etwas sagen, doch dann atmete er nur tief durch und ging die Treppe hinunter.

Amber starrte eine lange Zeit auf ihren Laptop, ohne wahrzunehmen, was sie dort sah. Denn das Merkwürdigste an der Sache war, dass sie auch genau wusste, dass sie lieber ein Date mit Travis gehabt hätte als mit Mike oder Kyle. Oder einem der anderen Männer, die in diesem Garten herumliefen.

Wie war das nur möglich?

6

TRAVIS

Es war bereits spät am Nachmittag, als Amber auf einmal neben Travis stand. Sie hatte sich umgezogen und trug eine Jeans und ein luftiges Top, das ihre Schultern zeigte. Travis hatte Mühe, sich auf ihr Gesicht zu konzentrieren.

Sie schob die Hände in die Hosentaschen. »Ich muss noch mal weg, etwas besorgen, und wollte euch ein paar Donuts mitbringen. Ist das okay?« Sie lächelte süß.

Er wischte sich den Schweiß aus der Stirn. »Klar ist das okay. Danke.«

Sie wandte sich um und schaute zur Terrasse. »Habt ihr eigentlich nur das Wasser, das dort steht? Das muss doch mittlerweile warm sein.«

»Ich habe noch keinen Kühlschrank. Aber es geht auch so.«

Zu seiner Überraschung legte sie ihm eine Hand auf den Arm. »Ich kümmere mich darum.«

»Das ist wirklich nicht nötig.« Er konnte nur auf ihre Hand starren.

Amber schüttelte den Kopf. »Ich bin dir sehr dankbar, dass du das mit dem Vorhängeschloss gemacht hast. Ich würde mich gern revanchieren. So wie gute Nachbarn es nun einmal tun.«

Er könnte in ihren Augen ertrinken, ob ihr das eigentlich klar war? Und dieses Lächeln war so süß. Eigentlich sollte sie viel öfter lächeln.

»Danke«, brachte er nur hervor.

»Ich bin gleich wieder da«, sagte sie und ging durch den Garten zu ihrem Toyota.

Travis starrte ihr hinterher und konnte sich an dem Schwung ihrer Hüften nicht sattsehen. Sie sollte nicht nur häufiger lächeln, sondern auch viel öfter solch enge Jeans tragen.

Jemand versetzte ihm einen Stoß. »Mach den Mund wieder zu.«

Travis richtete sich auf und sah sich Aidan gegenüber, der schief grinste.

»Sorry, ich hatte noch zu tun. Aber jetzt bin ich bereit zum Arbeiten, während meine Brüder schon schlappmachen.« Er deutete auf Kyle, der sich gerade an einen Baum lehnte und auf sein Handy schaute. Allerdings musste Travis ihm zugutehalten, dass er seinen besten Freund heute viel seltener mit dem Handy in der Hand gesehen hatte als sonst.

Aidan rieb sich die Hände. »Also, was kann ich tun?«

Bradley kam zu ihnen herüber. »Hast du etwas zu essen mitgebracht?«

Aidan versetzte ihm einen Stoß gegen die Brust. »Ich bin doch nicht euer Cateringservice. Ich bin zum Arbeiten hier.«

»Erst zu spät kommen und dann mit leeren Händen, das lobe ich mir.« Bradley zog eine Grimasse und rieb sich über den Bauch. »Wenn ich gewusst hätte, dass Trav uns so schuften lässt, hätte ich was zum Grillen mitgebracht.«

»Amber holt gerade Donuts«, warf er ein und sofort hellte sich Bradleys Miene auf.

»Diese Frau versteht Männer. Eigentlich ein Wunder, dass sie noch nicht verheiratet ist.«

Travis biss die Zähne zusammen. Daran wollte er noch nicht einmal denken.

»Hat sie nicht früher in der Highschool immer gesagt, dass sie auf einen besseren Mann wartet als die Jungs in Carolina Creek?«, fragte Aidan.

»Sprich nicht so von ihr«, fuhr Travis ihn an, obwohl er selbst am besten wusste, dass sie es genau so gesagt hatte. Und zwar ihm ins Gesicht.

Erstaunt schaute Aidan ihn an und hob die Hände. »Schon gut, Mann.« Dann verschränkte er die Arme und schaute sich um. »Was glaubst du eigentlich, wie viel Gemüse der Garten abwerfen wird?«

Travis hob die Schultern. Darüber hatte er sich noch keine Gedanken gemacht.

»Ich frage deswegen, weil wir ein bisschen was fürs Restaurant gebrauchen könnten. Wenn wir sagen können, dass wir das lokal einkaufen, kommt das bei den Gästen immer besonders gut an.«

Travis stützte sich auf seinen Spaten und schaute sich um. Er war so gespannt, wie der Garten aussehen würde, wenn sie fertig waren. Er würde noch den ganzen Winter über zu tun haben, aber er freute sich schon jetzt darauf, im nächsten Frühjahr alles auszusäen und Gemüse anzupflanzen. Es würde ein prächtiger Garten werden, auch wenn er bisher nicht viel von Gartenarbeit verstand. Aber dafür hatte er Cody, der auf einer Farm aufgewachsen war, und genug guten Willen.

»Wir werden sehen. Erst einmal sind die Bewohner dieses Viertels dran, und wenn noch etwas übrig ist und jemand anderes Interesse hat, gegen etwas gesundes Gemüse im Garten mitzuarbeiten, bekommen diejenigen was.«

»Wir zahlen auch gut«, bot Aidan an.

»Es geht nicht um Geld, sondern ums Allgemeinwohl.«

»Das Kinship Market ist auch Teil des Allgemeinwohls. Vielleicht solltest du mal zu uns zum Essen kommen und dich davon überzeugen.«

Travis nickte unverbindlich. Obwohl er mit seinen Fotos mittlerweile genug verdiente, um sich so etwas leisten zu können, würde er vermutlich niemals dort speisen. Für jemanden wie ihn war das nichts, er wusste noch nicht einmal, welche Gabel man für was benutzte. Er blieb lieber bei Barbecue, einem vernünftigen Steak oder einem selbst geangelten Fisch, den man über dem Lagerfeuer braten konnte. Doch das würde er Aidan niemals sagen, denn dann würde der alles daransetzen, ihn davon zu überzeugen, doch einmal im Kinship Market zu essen. Daher meinte er: »Ich muss mal eben zu Kyle.«

Aidan klopfte ihm auf die Schulter. »Du machst hier ein tolles Projekt. Ich bin echt beeindruckt. Warum ist noch nicht eher jemand darauf gekommen, so etwas zu machen? Vielleicht könntest du auch überlegen, ob du ein paar Jugendliche oder Kinder dazu holst, die dann von Anfang an lernen, wie wichtig gesundes Essen ist.«

Sofort war Travis wieder versöhnt. Aidan war doch ein guter Kerl, auch wenn er, genau wie sein Bruder Bradley, immer mal wieder über die Stränge schlug. Er nickte ihm zu und ging hinüber zu Kyle, der ihm stets der liebste aller Crawford-Brüder bleiben würde, und half ihm dabei, einen kleineren Baum umzuhauen. Eine ganze Weile arbeiteten sie schweigend.

»Hast du eigentlich schon einen Plan, wie der Garten angelegt werden soll?«, fragte Kyle. Es war typisch für ihn. Er machte immer Projektpläne.

Travis schüttelte den Kopf. »Ich wollte erst einmal sehen, wie der Garten aussieht, wenn er leer ist. Dann werden wir weitersehen.«

»Er ist groß. Viel größer, als ich in Oakridge erwartet hatte. Der Teil gehört auch noch dazu, oder?« Er wies auf das Stück, das sich hinter Ambers Terrasse erstreckte.

Travis nickte. »Ich glaube, da werde ich den Hühnerstall hinsetzen.«

Kyle grinste. »Glaubst du, dass ihr das gefallen wird?«

Er hob die Schultern. »Vielleicht nicht zuerst, aber ich denke, dass sie das Projekt mögen wird. Schließlich hilft es den alten Leuten hier, und die liegen ihr sehr am Herzen. Du hättest sie gestern Abend mit dem alten Mann von gegenüber reden sehen sollen.«

Bevor sie zu ihrem Date gefahren war, hatte Amber sich mit einem älteren Herrn unterhalten, der mit seinem Hund auf der anderen Straßenseite unterwegs gewesen war. Er hatte regelrecht gestrahlt, als sie auf ihn zugekommen war.

Kyle beobachtete ihn aufmerksam und Travis fragte sich, ob sein Freund etwas gemerkt hatte. Doch er sagte nichts.

»Wann musst du eigentlich zurück nach Seattle?«, fragte er, um das Thema von Amber abzulenken.

Zu seiner Überraschung hob Kyle die Schultern. »Ich weiß es noch nicht.«

»Musst du nicht zurück ins Unternehmen?«

Normalerweise blieb Kyle immer nur für ein oder zwei Tage, um die Pflichtbesuche bei seiner Familie zu absolvieren.

»Im Moment ist es ziemlich ruhig«, sagte Kyle unbestimmt. Er richtete sich auf und wischte sich über die Stirn. »Wäre es nicht besser, wenn du die Bäume da hinten stehen lässt? Dann hast du noch ein bisschen Schatten.«

In diesem Moment rief Josh quer durch den Garten: »Hey, Aidan, nicht das Gartenhaus.«

»Aber ich brauche Werkzeug, sonst kann ich nicht arbeiten. Und das Schloss hier ist so lose, das kriege ich locker auf.«

Travis fuhr herum und sah gerade noch, dass Aidan das Brett, an dem er eine Seite des Scharniers für das Vorhängeschloss befestigt hatte, herumdrehte. Holz knirschte, das Scharnier klapperte und im nächsten Moment schwang die Tür zum Gartenhaus auf.

»Scheiße«, fluchte Travis und lief hinüber. »Aidan! Mach sofort die Tür zu.«

»Aber ich brauche Werkzeug. Ihr habt alles belegt und hier ist bestimmt noch was drin.«

»Mach die Tür zu!«, brüllte Travis noch im Laufen.

Doch Aidan wischte sich die Hände an der Hose ab und trat in das Gartenhaus.

Im nächsten Moment war Travis bei ihm und rempelte Aidan so heftig von der Seite an, dass er vor der Tür auf den Boden ging. Travis fiel auf ihn und hörte, wie Aidan stöhnte.

»Was soll das?«, fluchte sein Freund.

Travis rappelte sich auf. »Genau das frage ich dich. Du sollst da nicht reingehen.«

»Warum nicht?«, fragte Aidan. Er wollte sich aufsetzen, aber er verzog das Gesicht. »Verdammt, mein Ellenbogen.«

Josh kam herüber und half seinem Bruder auf die Füße. »Was war das denn?«, fragte er Travis.

»Ich habe euch gesagt, dass ihr nicht ans Gartenhaus gehen sollt«, herrschte er Aidan an.

»Mir hast du das nicht gesagt«, stöhnte der und hielt sich den Ellenbogen.

»Warum willst du das eigentlich nicht?«, fragte Josh.

Travis versuchte, seine Atmung zu beruhigen. Er musste unbedingt die Tür wieder schließen, bevor Amber zurückkam.

»Geh da weg«, herrschte er Josh an, und als der verdattert zur Seite trat, nahm Josh die Tür und wollte sie schließen, doch sie hatte sich verzogen und auf dem Boden verkeilt, als Aidan sie mit Gewalt geöffnet hatte.

»Mist«, fluchte Travis und trat dagegen. Die Tür löste sich und er schloss sie. Doch nicht bevor sein Blick in das Gartenhäuschen gefallen war.

Darin standen Boxen über Boxen, alle fein säuberlich gestapelt und beschriftet in Ambers Handschrift. Postkarten, stand auf einer. Notizbücher, türkis, auf einer anderen. Stricksets, auf einer weiteren. An der Wand funkelte es und er erkannte türkisfarbene Tücher mit Glitzersteinen. Und was war das? Es sah aus wie ein Fischschwanz.

Travis hielt inne und machte einen Schritt in den Schuppen. War es das, was Amber vor ihm verstecken wollte? Er wusste nicht, womit er gerechnet hatte, aber nicht mit Boxen voller Notizbücher und Schals. Warum wollte Amber nicht, dass er das sah?

Und dann fiel ihm auf, dass an der Wand ein Meerjungfrauenkostüm hing. Er musste an Ambers Fußnägel denken, die in den gleichen Farben gehalten waren, auch mit dem Glitzer darauf. Stand sie etwa auf Meerjungfrauen?

Doch dann fiel ihm ein, dass er ihr versprochen hatte, dass sie ihm vertrauen konnte. Hastig schlug er die Tür zu, bevor jemand anders hineinschauen konnte. Doch in seinem Kopf wirbelte es. Was war so schlimm daran?

»Travis?«, fragte auf einmal Josh neben ihm.

»Was ist?«

Travis fuhr herum und starrte seinen Freund wütend an. Er musste unbedingt das Vorhängeschloss wieder anbringen, bevor Amber zurückkam. Aber Aidan hatte das morsche Brett, an dem Travis das Schloss befestigt hatte, anscheinend so sorgfältig aus der Verankerung gedreht, dass es schwer sein würde, das zu reparieren.

Josh hob die Augenbrauen und deutete mit dem Daumen auf Ambers Haus. »Ich glaube, es gibt Ärger.«

Travis wollte nicht hinüber zur Terrasse schauen, aber er tat es trotzdem. Dort stand Amber mit einer riesigen Packung Donuts und war kreidebleich. Mit weit aufgerissenen Augen starrte sie ihn an. Und er fühlte sich wie der schlimmste Mann auf der ganzen Welt.

Als sich ihre Blicke trafen, begannen ihre Lippen zu zittern. Sie knallte die Donuts auf den Tisch und lief hinein. Die Terrassentür flog zu, doch trotzdem konnte er das laute Schluchzen hören.

»Scheiße«, murmelte er und fuhr sich mit einer Hand durch die Haare. Amber Davis hatte ihn schon oft wütend angeschaut, aber noch nie so verletzt wie eben. Er musste zu ihr und ihr erklären, was geschehen war, dass er nichts dafür konnte.

»Was war das denn?«, fragte Aidan und rieb sich immer noch den Ellenbogen.

Josh schaute Travis an. »Waren das ihre Sachen im Gartenhaus? Wolltest du deswegen nicht, dass wir da reingehen?«

Travis biss die Zähne zusammen. »Ganz genau deswegen, und jetzt hat Aidan es vermasselt.«

Nach dem zu urteilen, wie Amber sich gestern wegen des Gartenhauses benommen hatte, war er sich nicht sicher, ob sie ihm das verzeihen würde.

Aidan schaute ihn erstaunt an. »Ich wusste nicht, dass ich da nicht reingehen soll. Du hättest es mir sagen müssen.«

»Das habe ich.« Travis brüllte fast.

»Komm schon, er konnte das nicht wissen«, sagte Cody, der dazugekommen war.

»Ich werde jetzt zu ihr gehen, und wehe, einer von euch öffnet diese Tür noch einmal.«

»Ich ganz sicher nicht«, sagte Aidan und wandte sich ab.

Cody nickte Travis zu. »Ich werde das Schloss wieder anbringen.«

Als Travis Luft holte, fügte er hinzu: »Und nein, ich werde ganz sicher nicht hineinschauen.«

»Danke«, sagte Travis und klopfte ihm auf die Schulter. Dann joggte er hinüber zu Ambers Haus, um Schadensbegrenzung zu betreiben.

Sollte er an die Terrassentür klopfen oder lieber vorn klingeln? Er spürte die Blicke seiner Freunde im Rücken. Bestimmt lachten sie sich halb tot über ihn. Aber das war ihm gleich. Er konnte den Gedanken, dass Amber sauer auf ihn war, nicht ertragen.

Da die anderen ihn auf der Terrasse sehen würden und er sich diese Schmach nicht geben wollte, ging er um das Haus herum und klingelte an der Tür. Nichts geschah. Er klingelte noch einmal, aber der Ton hallte nur durchs Haus und er hörte keine Schritte.

Er klopfte an die Tür. Wieder nichts. Ob sie ihn nicht hörte? Er überlegte, ob er ihren Namen rufen sollte, doch das war unsinnig, wenn sie das Klingeln schon nicht hörte oder es ignorierte.

Travis wollte gerade sein Handy aus der Tasche holen, in das er heute Morgen ihre Nummer eingespeichert hatte, doch dann fiel ihm ein, dass er es auf dem Küchentresen hatte liegen lassen. Er lief zu seinem Haus hinüber, griff nach dem Handy und tippte auf ihre Nummer. Er hörte das Freizeichen, aber sie nahm nicht ab. Nach vier Mal Klingeln ging ihre Mailbox ran. Es war ein netter, freundlicher Text und es tat ihm fast weh, ihre Stimme zu hören.

»Verdammt«, murmelte er und drückte noch mal auf ihren Namen.

»Alles klar bei dir?«, hörte er eine Stimme. Kyle stand in der Terrassentür.

»Nein«, fuhr Travis ihn an. »Sie macht die Tür nicht auf und geht auch nicht ans Telefon.«

Kyle trat zu ihm und schaute aus dem Fenster auf Ambers Haus. »Ist es eigentlich Zufall, dass du das Haus neben ihrem gekauft hast?«

Travis entschied sich, darauf nicht zu antworten. Wieder rief er bei ihr an. Und erneut hörte er nur ihre Stimme auf der Mailbox. Er legte auf.

»Kennst du den Typen?«, fragte Kyle auf einmal.

»Wen?«

Travis fuhr herum. Vor Ambers Haus parkte ein schwarzer

BMW und ein Mann stand vor ihrer Haustür. Gerade drückte er auf die Klingel. Er schaute sich um und vorbei an ihrem Haus in den Garten.

»Wer ist das denn?«, rutschte es Travis heraus und er bemerkte selbst, dass er die Hände zu Fäusten geballt hatte.

Kyle hob die Schultern. »Keine Ahnung, aber anscheinend will er auch zu ihr. Teures Auto, das er da fährt. Passt gar nicht zu Amber, so einer.«

Travis biss die Zähne zusammen, als er sah, wie der Typ sein Handy aus der Tasche zog und es sich dann ans Ohr hielt. Einen kurzen Moment später lächelte er und sagte etwas.

»Bei ihm hat sie anscheinend abgenommen«, bemerkte Kyle unnötigerweise.

»Spar dir deine Kommentare.«

Travis stemmte die Arme in die Hüften und sah, wie der Kerl nickte und widerlich grinste. Und dann öffnete sich tatsächlich die Tür und er steckte das Handy wieder ein.

Von hier aus konnte Travis Amber nicht sehen, sondern nur ab und zu einen Arm und den Teil ihres Beines. Anscheinend lehnte sie in der Tür.

Sie bat den Kerl nicht herein und sie fiel ihm auch nicht gleich um den Hals. Immerhin. Ob der Typ ihr Date von gestern Abend war? Oder jemand anderes?

»Hast du den hier schon einmal gesehen?«, fragte Travis Kyle.

Der hob die Augenbrauen. »Du weißt schon, dass ich seit über fünfzehn Jahren an der Westküste lebe, oder? Keine Ahnung, wer das ist.«

Travis verschränkte die Arme und beobachtete, wie die beiden miteinander sprachen. Jetzt zeigte der Kerl auf Travis' Haus.

Er traf die Entscheidung schnell. Sie hatte die Tür auf und würde mit ihm reden müssen, wenn er jetzt hinüberging.

Er stürmte aus der Haustür und nahm gerade noch wahr,

wie Kyle etwas hinter ihm herrief. Doch er wollte nicht auf ihn hören. Bestimmt war es wieder etwas Vernünftiges.

Als er die Einfahrt entlangstürmte, lachte der Typ gerade dämlich über etwas. Ambers Augen wurden groß, als sie Travis sah.

»Am«, rief er. »Wir müssen reden.«

Der Mann drehte sich um und für einen kurzen Moment sah Travis Enttäuschung auf seinem Gesicht. Was war das denn? Doch er hatte keine Zeit, sich auch noch darum zu kümmern.

»Ich will nicht mit dir reden«, sagte Amber und machte einen Schritt zurück ins Haus.

»Hey, du wolltest mich doch vorstellen«, sagte der Typ und am liebsten hätte Travis ihm klargemacht, dass er verschwinden sollte.

»Nein, das wollte ich nicht.«

»Aber du hast es versprochen.«

»Gar nichts habe ich versprochen«, fauchte Amber und ging noch einen Schritt zurück.

Travis ahnte, dass sie die Tür gleich zumachen würde. Mit einem Satz drängelte er sich an dem Kerl vorbei und stellte einen Fuß in die Tür.

»Wir müssen reden«, sagte er. »Ich kann nichts dafür. Aidan hat es einfach aufgemacht.«

»Lass mich in Ruhe«, rief sie und ihre Stimme kippte.

»Nicht, bevor wir gesprochen haben. Es ist doch überhaupt nicht schlimm, was da drin ist.«

»Ich will nicht darüber reden. Schon gar nicht mit dir.«

Ihr Blick war hart und sie atmete schnell. Ihre Worte fühlten sich wie Messerstiche an.

»Am, es ist ganz anders, als du denkst. Ich kann nichts dafür.«

Er machte einen Schritt auf sie zu, doch im nächsten Moment fühlte er eine Hand auf seinem Oberarm, die ihn zurückhielt.

»Hey, Freundchen, was soll das?«, fragte der Typ. »Wenn sie nicht mit dir reden will, solltest du sie lassen.«

Dieser Kerl besaß doch wirklich die Frechheit, ihn an der Schulter zurückzuziehen.

Travis wirbelte herum, packte ihn an seinem Poloshirt und hob drohend eine Faust.

»Travis«, schrie Amber.

»Misch dich nicht ein«, hörte Travis sich zu dem Typen sagen. »Und jetzt verpiss dich.« Er schubste den anderen die drei Stufen von der Veranda herunter.

»Ich gehe nur, wenn sie es sagt«, keuchte der und sprang wieder herauf. Dieses Mal packte er Travis am T-Shirt.

»Mike«, rief Amber jetzt. »Hört beide auf, sofort.«

Die beiden Männer starrten sich wütend an, dann lächelte Mike und sagte: »Würde ich ja, aber er hat angefangen.«

»Weil du hier nichts zu suchen hast«, fuhr Travis ihn an.

»Es reicht«, rief Amber und wollte gerade die Tür schließen, als Mike Travis abrupt losließ, sodass dieser stolperte und zur Tür sprang.

»Hey, Baby.«

Travis wurde so schlecht bei diesen Worten, dass er den Kerl beinahe von hinten niedergerungen hätte.

»Würde es dich sehr stören, wenn ich zu Kyle rübergehe und mich selbst vorstelle? Ich glaube, dort hinten ist er.«

Mit großen Augen starrte Amber ihn an. »Du spinnst total.«

»Komm schon, wenn du dich lieber mit deinem Freund unterhalten willst, kann ich das auch eben allein machen.«

Travis erinnerte sich dunkel daran, dass Amber etwas davon erzählt hatte, dass ihr Date gestern Abend gern Kyle kennenlernen wollte.

Amber verschränkte die Arme und rote Flecken erschienen auf ihren Wangen. Travis war sich sicher, dass er sie noch nie so wütend erlebt hatte, doch wenn er ehrlich war, machte es sie noch schöner.

»Verschwindet! Alle beide. Mir reicht es.«

»Aber …«, setzte Travis an, doch sie durchbohrte ihn fast mit ihrem Blick.

»Kein Wort mehr. Es interessiert mich nicht, was du zu sagen hast. Ich habe dir vertraut und du hast mein Vertrauen missbraucht.«

Entsetzt starrte Travis sie an. Das konnte sie nicht ernst meinen. Er konnte doch gar nichts dafür.

Mike grinste Travis überheblich an. Doch dann wandte Amber sich an ihn.

»Und was dich angeht. Nein, ich erlaube dir nicht, Kyle anzusprechen. Ich will dich nicht mehr sehen. Und ich will, dass du meine Nummer löscht. Das mit dir waren zwei Dates zu viel.«

Mike war anscheinend noch nicht bereit, aufzugeben. »Aber ich könnte ihn kurz fragen. Es hat doch gar nichts mit dir zu tun.«

Amber blähte die Nasenflügel auf. »Es hat eine ganze Menge mit mir zu tun, denn du benutzt mich, um an ihn ranzukommen. Aber das kannst du dir abschminken. Und nur zu deiner Information, der Typ da drüben ist nicht Kyle, sondern sein Bruder. Jetzt verschwinde endlich. Ich will dich nie wiedersehen.«

Travis konnte sich ein triumphierendes Grinsen nicht verkneifen, doch das Gefühl, über diesen Mike gewonnen zu haben, verschwand schnell, als er sah, wie böse Amber war.

Er wagte noch einen Versuch. Er breitete die Hände aus und trat einen Schritt auf sie zu. »Bitte, Am, kannst du mir nicht wenigstens zuhören? Ich würde es so gern erklären. Außerdem sahen die Sachen überhaupt nicht schlimm aus. Ich dachte, dass du vielleicht eine Leiche dort vergraben hast. Aber diese Meerjungfrauensachen sind doch nicht …«

Weiter kam er nicht, denn Amber schluchzte.

»Du hast dich überhaupt nicht geändert, Travis, und

vermutlich wirst du das auch nie. Du bist immer noch so unsensibel und gemein wie früher. Ich wünschte, du hättest das Haus nicht gekauft.«

Dann schmiss sie die Tür so heftig zu, dass einer der Blumentöpfe an der Wand herunterfiel. Für die sonst so beherrschte Amber war das eine ziemlich große Geste.

»Was für eine Zicke«, brummte Mike und wandte sich zögernd zum Gehen.

»Was hast du gesagt?«, fuhr Travis ihn an.

»Dass sie eine Zicke ist, und verklemmt obendrein.«

Travis konnte nicht anders. Er holte aus und versetzte dem Arschloch einen Kinnhaken. Es tat so gut! Er hatte sich bisher nur einmal in seinem Leben geprügelt, damals war er Anfang zwanzig gewesen. Es hatte etwas Befreiendes, diesem Typen eine reinzuhauen.

Mike taumelte rückwärts, fing sich aber ziemlich schnell wieder und stürzte sich nun seinerseits auf Travis. Und ziemlich schnell merkte er, dass Mike viel mehr Erfahrung mit dem Kämpfen hatte als er selbst.

Sein Gegner verpasste ihm erst einen Schlag in den Bauch, sodass Travis die Luft wegblieb und er mit einem Stöhnen zusammensackte, dann nahm er ihn in einen Würgegriff und zerrte ihn auf den Boden.

»Du willst dich mit mir anlegen?«, zischte Mike. »Da hast du dich aber getäuscht.«

»Schluss«, rief eine Stimme und vage nahm Travis wahr, dass auf einmal Cody und Kyle neben ihnen standen. Cody riss Mike von ihm weg und Kyle hielt Travis zurück, als er sich wieder auf den Kerl stürzen wollte.

»Hört auf«, sagte Kyle bestimmt. »Das bringt doch nichts.«

Auf einmal straffte Mike die Schultern. »Sind Sie Kyle Crawford?«, fragte er beinahe ehrfurchtsvoll.

Was für ein Arsch, dachte Travis und seine Hand zuckte.

»Der bin ich. Und Sie?«

»Mike Delani. Ich hatte Amber schon die ganze Zeit gefragt, ob sie mich Ihnen vorstellen kann. Wie gut, dass wir uns hier zufällig treffen.«

Travis war kurz davor, ihm wieder eine reinzuhauen, doch Kyle hielt ihn immer noch an der Schulter fest.

»Ich glaube, es wäre das Beste, wenn wir diese kleine Versammlung auflösen, bis jeder einen kühleren Kopf hat«, sagte Cody.

»Könnte ich vielleicht Ihre Telefonnummer bekommen? Ich würde Sie so gern ein paar Dinge fragen. Ich bin ein großer Bewunderer Ihrer Arbeit.«

Dieser Mike benahm sich wie ein Fangirl. Widerlich.

Kyle wollte gerade etwas erwidern, als Travis sich zu ihm umdrehte.

»Amber hat ihm verboten, dich anzusprechen, und wollte dich ihm auch nicht vorstellen.«

Kyle hob die Augenbrauen. »Ach, ist das so?«

Mike hob die Schultern. »Ich glaube, sie wollte es später machen. Aber da wir uns gerade sowieso zufällig hier treffen, können wir ja schon einmal einen Termin ausmachen.«

Travis warf Kyle einen Blick zu, der ihn auffing und sofort verstand. Er schüttelte bedauernd den Kopf. »Wenn Amber das nicht will, wird es einen Grund haben. Ich würde gern erst mit ihr sprechen.«

Mike zog eine Grimasse und warf einen Blick auf das Haus. »Ich glaube, sie ist gerade ziemlich angepisst. Warum, weiß ich nicht«, er warf Travis einen Blick zu, »deswegen wird sie jetzt bestimmt nicht die Tür öffnen.«

Kyle zuckte die Schultern. »Dann muss es eben warten. Ich melde mich, falls sie mir grünes Licht gibt. Amber hat ja bestimmt Ihre Nummer. Schönen Tag noch.«

Er drückte Travis' Schulter und zog ihn mit sich davon. Travis warf dem Typen noch einen wütenden Blick zu und folgte seinem Freund, während Cody Mike zu seinem Auto begleitete und dafür sorgte, dass er auch tatsächlich wegfuhr.

Als sie außer Hörweite waren, schaute Kyle ihn an. »Was war das denn?«

Travis wischte die Frage mit einer Handbewegung fort. »Ich muss mit Amber sprechen.«

»Das habe ich gesehen. Und warum?«

»Weil ich ihr Vertrauen missbraucht habe und mich entschuldigen will.«

»Wegen des Gartenhauses? Oder ist da noch mehr zwischen euch?«

»Gar nichts ist zwischen uns«, fuhr Travis ihn an.

»Wenn du meinst«, sagte Kyle und beobachtete ihn genau.

Travis rieb sich über den Bauch, es schmerzte noch immer.

»Warum hast du dich eigentlich mit diesem Typen geprügelt?«

»Weil er Amber eine verklemmte Zicke genannt hat.«

Kyle sagte nichts, aber sein Blick sprach Bände. Langsam fing es an zu nerven.

Cody trat zu ihnen. »Wie wäre es, wenn wir für heute Schluss machen? Aidan hat etwas fürs Barbecue mitgebracht, aber da wir hier keinen Grill haben, müssten wir zu jemand anderem fahren.«

»Ich habe keinen Hunger«, sagte Travis.

Er warf einen Blick zu Ambers Haus hinüber. Ganz still lag es da, als ob sie nicht zu Hause wäre. Auf der Terrasse stand die Schachtel mit den Donuts.

»Ich werde noch einmal mit ihr sprechen.«

Kyle schüttelte den Kopf. »Das würde ich sein lassen.«

»Sag mir nicht, was ich tun soll«, fuhr Travis ihn an, obwohl er wusste, dass sein Freund recht hatte. Aber er konnte nicht anders, er musste wissen, dass Amber ihm verzieh.

»Warum ist sie eigentlich sauer auf dich?«, fragte Cody.

»Ich will nicht darüber sprechen.«

Die anderen kamen zu ihnen herüber und auf einmal fühlte Travis sich im Kreis seiner Freunde unwohl.

»Warum steht ihr hier herum?«, fragte Josh.

»Travis hat es sich mal wieder mit Amber verscherzt«, erklärte Bradley. »Wie damals in der Schule, als er ihr ständig Streiche gespielt hat.«

Josh grinste. »Ich glaube, Amber war immer nur sauer auf dich, Travis. Das hat sich anscheinend nicht geändert. Ob es so eine gute Idee ist, dass ihr beide Nachbarn seid?«

Kyle warf seinem Bruder einen warnenden Blick zu.

Travis fühlte, wie die Wut sich in seinem Bauch zu sammeln begann. Klar, er war immer derjenige gewesen, der nur Ärger machte und dem man nicht trauen konnte. Warum sollte sich daran etwas geändert haben, seit sie in der Schule gewesen waren? Die Crawford-Brüder wussten ja nicht, wie es war, wenn man von vornherein wie der letzte Abschaum behandelt wurde.

»Können wir eigentlich die Donuts noch essen?«, fragte Bradley jetzt und rieb sich den Bauch. »Wäre doch schade, wenn die verderben, nur weil Travis es sich mal wieder mit Amber versaut hat.«

»Bradley«, warnte Kyle ihn, doch der hob die Schultern.

»Stimmt doch.«

»Ich schlage vor, dass wir jetzt zu Josh oder Bradley fahren und dort das Barbecue machen«, sagte Cody. Auch er behielt Travis im Auge.

»Wieso machen wir es nicht hier?«, fragte Aidan und schaute sich um. »Oder hast du immer noch keinen Grill?«

Travis schüttelte den Kopf und fühlte sich gegenüber den Crawford-Brüdern, die nie Probleme in ihrem Leben zu haben schienen, auf einmal so furchtbar inadäquat.

»Mann, Travis«, sagte Bradley prompt, »so wird das aber nichts mit dem spießigen Leben, wenn du es noch nicht einmal schaffst, dir einen Kühlschrank und einen Grill anzuschaffen.

Für Amber, die immer alles zusammenhat, muss das ein Graus sein.«

»Bradley«, fuhr Kyle ihn an. »Hör auf damit!«

»Ach komm, großer Bruder, wir machen doch nur Spaß. Travis versteht das schon, oder?« Er klopfte ihm auf die Schulter.

Doch auf einmal verstand Travis keinen Spaß mehr.

»Ihr könnt mich alle mal und zwar kreuzweise«, brummte er, lief zu seinem Truck und sprang hinein. Er musste weg und nachdenken. Der einzige Ort, wo er das wirklich konnte, war am Meer. Vielleicht würde er dann einen Weg finden, dass Amber wieder mit ihm sprach.

7

KYLE

Ruhelos ging Kyle auf der Terrasse auf und ab und schaute immer wieder zu Ambers Haus hinüber. Er kannte Travis schon sein Leben lang, aber so wie heute hatte er ihn noch nie erlebt. Und obwohl er sich gerade um tausend andere Dinge kümmern musste, machte er sich Gedanken um seinen Freund. Keine Sorgen, aber Gedanken.

Travis war jemand, der immer wieder auf die Füße fiel, und auch wenn er sich in Schwierigkeiten brachte, ging in der Regel alles gut aus. Aber das mit Amber war irgendwie anders.

Normalerweise nahm Travis alles auf die leichte Schulter, doch heute war er ernsthaft sauer gewesen. Kyle wusste noch aus Highschoolzeiten, dass Travis ziemlich in Amber verschossen gewesen war, auch wenn sie nie offen darüber gesprochen hatten. Dass diese Gefühle anscheinend immer noch da waren, hätte er niemals gedacht. Aber warum sonst sollte Travis so reagieren?

Und was hatte das Gartenhaus damit zu tun?

Aidan trat neben ihn und schaute ebenfalls zu Ambers dunklem Haus hinüber. Die Sonne war bereits untergegangen und sie hätte das Licht schon lange einschalten müssen, doch alles blieb dunkel. Die Donuts standen immer noch auf der Terrasse.

»Ich glaube, ich habe Mist gebaut«, sagte Aidan zerknirscht.

Kyle verschränkte die Arme. »Das glaube ich auch.«

»Wenn ich gewusst hätte, dass Travis euch ausdrücklich gesagt hat, dass wir die Finger vom Schuppen lassen sollen, hätte ich ihn nicht aufgemacht. Ich dachte wirklich, dass da Werkzeuge drin sind.«

»Hast du denn gesehen, was darin ist?«, fragte Kyle.

Sein jüngerer Bruder schüttelte den Kopf. »Da waren nur Kisten, ziemlich ordentlich gepackt und beschriftet. Das sah eher wie Sachen von Amber aus und nicht wie von Travis oder dem alten Barry, der vorher hier gewohnt hat.«

»Du meinst, da ist etwas von ihr drin und sie wollte nicht, dass wir es sehen?«

Aidan nickte. »Ob ich mich bei ihr entschuldigen soll?«

Kyle nickte. »Dann wäre sie zumindest nicht mehr sauer auf Travis.«

Sein Bruder grinste. »Wie ich ihn kenne, ist ihm ziemlich egal, ob Amber sauer auf ihn ist.«

Kyle schwieg dazu und nach einem Moment fragte Aidan: »Du meinst, es ist ihm nicht egal? Läuft da was zwischen den beiden?«

»Keine Ahnung«, brummte Kyle. Allerdings würde er es Travis wünschen. Amber würde ihm guttun, sie wäre so etwas wie ein sicherer Fels in seinem aufgewühlten Meer. Sein bester Freund hatte schon genug schlimme Dinge in seiner Familie erlebt, er konnte gut jemand Verlässlichen wie Amber gebrauchen.

Aidan runzelte die Stirn und es wirkte, als ob er gedanklich Puzzleteilchen zusammensetzte. Schließlich hob er die Augenbrauen. »Ich glaube, du hast recht. Da ist was zwischen den beiden. Sonst hätte sie sich nicht so aufgeregt. So habe ich Amber noch nie erlebt.«

Kyle wandte sich um und schaute zum Grill hinüber, den Josh aus seinem Haus geholt hatte, damit sie hierbleiben und auf Travis warten konnten. Allerdings ahnte Kyle schon jetzt, dass der heute Abend nicht wiederkommen würde. Wenn Travis zum Denken am Meer war, blieb er oft stundenlang, manchmal, wenn es ganz schlimm kam, sogar ganze Tage weg. Trotzdem wollte er hier sein, falls sein Freund wieder auftauchte.

»Musst du dich nicht ums Essen kümmern?«

Aidan hatte innerhalb kurzer Zeit ein Menü zusammengestellt, das Kyle nicht einmal in den besten Restaurants in Seattle bekam. Es gab Smoken Brisket, Ziegenkäse mit mariniertem Paprika, Süßkartoffelsalat und frittierte grüne Tomaten. Außerdem hatte es diesen Südstaatengeschmack, den man nirgendwo sonst bekam. Kyle spürte, wie sehr er das vermisst hatte.

Aidan schüttelte den Kopf. »Das braucht noch einen Moment.« Er verschränkte die Arme. »Aber noch mal zurück zu Amber und Travis. Wenn die beiden wirklich was miteinander haben, hat er sich deswegen so aufgeregt. Ist Amber jetzt sauer auf ihn, weil ich das Gartenhaus aufgemacht habe?«

»Gut möglich.«

Aidan schüttelte den Kopf, dann ging er zur Treppe.

»Wo willst du hin?«, fragte Kyle.

»Mit Amber reden und ihr erklären, dass ich es war. Dass Travis nichts damit zu tun hatte.«

Zweifelnd warf Kyle einen Blick hinüber zum dunklen Nachbarhaus. »Ich denke nicht, dass sie aufmacht.« Aber die Idee war gut, das musste er Aidan anrechnen. Er konnte manchmal sehr unbedarft sein und genau wie Bradley verscherzte er es sich ab und zu mit Leuten, weil er so wenig diplomatisch war. Aber er war auch immer schnell dabei, wenn es darum ging, sich zu entschuldigen. Und er meinte es immer ernst.

»Einen Versuch ist es wert.«

Zehn Minuten später, Kyle hatte sich gerade eines von den selbst gebrauten Bieren genommen, die Bradley beigesteuert hatte, war Aidan wieder da.

»Sie hat nicht aufgemacht«, sagte er und fuhr sich durchs Haar.

Bradley kam herüber und stieß seinen Bruder an. »Du hast es echt verbockt.«

»War doch keine Absicht«, erklärte Aidan. »Travis ist bestimmt auch sauer deswegen.«

Kyle rechnete es seinem Bruder hoch an, dass er sich Gedanken um Travis machte. Sein bester Freund war früher bei ihnen zu Hause ein und aus gegangen und Kyles jüngeren Brüdern immer wie ein großer Bruder gewesen.

»Die kriegen sich schon wieder ein«, sagte Bradley. »Das war doch immer so.«

»Und was ist, wenn es dieses Mal anders ist?«, sagte Josh vom Tisch aus, der ihr Gespräch anscheinend mit angehört hatte. »Ich für meinen Teil habe Travis noch nie so erlebt.«

Aidan zog eine Grimasse und nahm einen Schluck von seinem Bier. »Travis ist bestimmt am Meer. Da brauche ich gar nicht aufzutauchen, wenn ich nicht vorher mit Amber gesprochen habe.«

»Ruf sie einfach an. Wenn sie nicht an die Tür geht, dann doch bestimmt ans Telefon. Du könntest sie bitten, rauszukommen«, schlug Josh vor.

Kyle musste fast lächeln, dass seine Brüder und sein Freund sich solche Gedanken machten. Auch wenn sie sich oft gegenseitig auf den Arm nahmen und es manchmal rau zuging, waren sie doch eine eingeschworene Gemeinschaft, die immer zusammenhielt. Von ihrer Mutter hatten sie gute Grundwerte mitbekommen, nach denen sie alle lebten, und darunter war auch Liebe den Mitmenschen gegenüber, vom anderen immer nur das Beste anzunehmen und sich gegenseitig den Rücken zu stärken.

Als er daran dachte, wie es gerade in Seattle war, in seinem Unternehmen, mit seinen Freunden, oder besser gesagt Bekannten, wurde ihm das Herz schwer. Diese Art von brüderlicher Gemeinschaft und die tiefe Freundschaft, die ihn nicht nur mit Travis und Cody, sondern auch mit seinen drei Brüdern verband, hatte er dort nicht. Dabei hatte er das immer geglaubt und sich darauf verlassen, dass er und seine Geschäftspartner sich auch in schweren Zeiten beistehen würden. Doch nun, da es zu schweren Zeiten gekommen war, wusste er auf einmal nicht mehr, was er von seinen Geschäftspartnern halten sollte. Eines war sicher, mit den Männern, mit denen er heute zusammengearbeitet hatte, wäre ihm nie das passiert, was er gerade in Seattle durchmachte.

Auf einmal vermisste er es, in Carolina Creek zu leben. Allerdings wusste er auch, dass ihm genau das, diese Nähe, die Tatsache, dass jeder über jeden Bescheid wusste und jeder sich in die Angelegenheiten von anderen einmischte, nach zwei Wochen auf die Nerven gehen würde. Wahrscheinlich schon früher.

»Gute Idee«, sagte Aidan jetzt. »Ich rufe sie an. Wer hat ihre Nummer?«

Ratlos schauten sie einander an, alle schüttelten den Kopf.

»Travis hat sie bestimmt«, meinte Bradley mit einem Grinsen, das er sich jedoch schnell verkniff, als Kyle ihm einen bösen Blick zuwarf.

»Niemand?«, fragte Josh. »Das kann doch nicht sein.«

Cody hob die Schultern. »Gab es da nicht einmal diesen Typen, der ihre Cousine derart gestalkt hat, dass es bis zu einem Gerichtsbeschluss kam? Ich glaube, seitdem hält sie ihre Nummer geheim.«

»Kennen wir nicht jemanden, der ihre Nummer haben könnte?«, fragte Bradley.

Wieder schüttelten alle den Kopf, bis schließlich Cody zögernd sagte: »Nur Hanna. Ihre deutsche Freundin, mit der sie vorhin telefoniert hat. Oder ihre Eltern. Aber ich glaube, die fallen in Ohnmacht, wenn um diese Uhrzeit ein Kerl anruft und nach der Nummer ihres kleinen Mädchens fragt.«

Kyle wusste, dass Cody recht hatte. Ambers Eltern waren schon immer sehr behütend gewesen. Deswegen hatte Amber in der Schule den Spitznamen Cinderella getragen, weil sie immer zu Hause hatte mithelfen müssen und selten auf Partys gehen durfte. Und seit, wie Cody gesagt hatte, dieser eine Kerl ihrer Cousine immer wieder zu nahe gekommen war, hatte sie sich noch mehr zurückgezogen und ihre Eltern schützten sie.

»Mit Mister Davis will ich mich nicht anlegen. Der versteht sicher keinen Spaß«, sagte Bradley. »Dann also die Deutsche.«

Aus irgendeinem Grund schauten alle auf einmal Kyle an. Er schluckte. Vorhin, als Amber mit Hanna telefoniert hatte, hatte er sich wie ein Schuljunge benommen und war nicht zur Terrasse gegangen. Ihm war nicht klar gewesen, dass Amber noch Kontakt zu ihr hatte. Es war wie ein Schock gewesen.

»Hat jemand die Nummer von dieser Hanna?«, fragte Josh jetzt.

Wieder schüttelten alle den Kopf und Kyle fragte sich, ob er zugeben sollte, dass er wusste, dass sie auf LinkedIn zu finden war. Da war zwar keine Telefonnummer angegeben, aber zumindest wäre sie dort erreichbar. Er hatte gesehen, dass sie sehr aktiv auf dem Netzwerk war. Allerdings hatte er es bisher immer vermieden, ihre Seite anzuschauen, weil er wusste, dass sie sehen konnte, wer ihr Profil besuchte. Er wollte nicht, dass sie dachte, dass er sich für sie interessierte.

»Deutschland ist uns sechs Stunden voraus«, erklärte er. »Das bringt uns gar nichts. Sie schläft sicher. Und wir brauchen Ambers Nummer jetzt.«

Josh schaute Kyle an. »Kannst du sie nicht irgendwo im Internet finden? Wir können doch zumindest probieren, sie zu erreichen. Sie könnte Amber sagen, dass sie rauskommen soll.«

Aidan nickte. »Das, oder ich versuche, Steinchen an ihr

Schlafzimmerfenster zu werfen. Oder Cody bricht in ihr Haus ein. Das kannst du doch bestimmt.«

Er sagte es mit einem Grinsen, doch Cody warf ihm einen finsteren Blick zu. Es hatte in der Schulzeit mal eine Geschichte gegeben, als Cody großes Geschick bewiesen hatte, als sie in eine Turnhalle eingebrochen waren, um dort eine Party zu feiern. Es war eine Mutprobe für sie alle gewesen, leider hatte die Polizei es mitbekommen und Cody hatte die Nacht auf der Wache verbracht und danach den ganzen Sommer Hausarrest gehabt.

Josh sagte: »Komm schon, Kyle, du hast mir mal erklärt, dass man jeden im Internet finden kann, wenn man sich nur Mühe gibt. Vielleicht findest du ja sogar Ambers Nummer. Und wenn das nicht, dann zumindest die von dieser Hanna.«

Am liebsten hätte Kyle sich davongemacht und zu Travis an den Strand gesetzt. Doch dann zog er seufzend sein Handy aus der Tasche. Es war ja für einen guten Zweck. Das würde Hanna sicherlich auch verstehen.

Er schaute nur kurz, ob er Amber auf irgendeinem sozialen Netzwerk fand, doch da war sie nicht. Zumindest nicht unter ihrem vollen Namen. Und er konnte auch keine Telefonnummer von ihr finden. Obwohl, oder vielleicht gerade weil, sie in der Personalabteilung eines großen Unternehmens arbeitete, hatte sie nicht ein einziges Profil irgendwo.

Schließlich öffnete Kyle seine LinkedIn-App und gab zögernd Hannas Namen ein. Es gab mehrere Hanna Beckers, doch er erkannte ihr Foto sofort. Sie hatte sich seit der Highschool nicht sehr verändert. Sie war einfach nur erwachsener geworden.

Sein Magen kribbelte unangenehm. Er öffnete ihr Profil und seine Augen flogen über ihren Lebenslauf. Sie hatte viel Erfahrung in der Kommunikationsbranche gesammelt und auch Führungserfahrung. Eine Firma sagte ihm etwas, ansonsten schienen es eher kleinere deutsche Agenturen zu sein.

Immer wieder wanderte sein Blick zu ihrem Foto und bei dem Gedanken, mit ihr in Verbindung zu treten, zog sich alles in ihm zusammen.

Endlich rang er sich durch und wollte ihr gerade eine Nachricht schreiben, doch das System sagte ihm, dass er ein Kontakt von ihr sein musste, um das tun zu können. Genau das, was er jahrelang vermieden hatte.

Als das System ihn fragte, ob er sie als Kontakt hinzufügen wollte, tippte er auf Ja. Er hatte die Möglichkeit, eine Nachricht zur Kontaktanfrage hinzuzufügen. Einen Augenblick zögerte er, dann schrieb er: *Hallo Hanna, ich habe eine Bitte an dich. Können wir kurz telefonieren? Kyle*

Er schickte die Nachricht ab, bevor er weiter darüber nachdenken konnte. Trotzdem starrte er noch ein paar Minuten auf das Display seines Handys.

»Hast du sie?«, fragte Aidan schließlich.

Kyle schüttelte den Kopf und wollte gerade sein Handy einstecken, als er eine Nachricht erhielt. Das System meldete ihm, dass Hanna Becker seine Kontaktanfrage angenommen hatte.

Sie war noch wach? Verdammt, erst jetzt merkte er, dass er gehofft hatte, dass sie schon im Bett wäre und er um den Anruf drum rum käme. Aber vielleicht wollte sie ja gar nicht mit ihm sprechen.

8

HANNA

Hanna angelte ihr Handy vom Tisch und schaltete es lustlos an. Wie immer waren viel zu viele Nachrichten reingekommen. Ob sie noch ein bisschen arbeiten sollte? Oder wäre es besser, wenn sie die nächste Folge der amerikanischen Serie schaute? Oder sie könnte auch einfach ins Bett gehen, doch da würde sie sowieso nur wach herumliegen.

Seit sie am frühen Abend mit Amber telefoniert hatte, war sie unruhig. Obwohl sie ganz genau wusste, warum es so war, wollte sie es sich nicht eingestehen. Sie war längst über Kyle hinweg. Und er ganz sicher auch über sie. Das war er ja schon damals gewesen, kaum dass sie wieder in Deutschland gelandet war.

Es war merkwürdig gewesen, ihn zu sehen. Auch wenn sie ihn auf dem Display ihres Handys kaum hatte erkennen können. Trotzdem hatte es ihr fast den Atem genommen. Ob Amber etwas davon gemerkt hatte?

Sie hatte eine merkwürdige Sehnsucht gefühlt, als sie mit ihrer Freundin telefoniert und die ihr erzählt hatte, dass Cody, Travis und Kyle ganz in ihrer Nähe standen. Von Josh und

Bradley einmal abgesehen. Es war, als ob alle wieder zusammen wären, die ganze Clique, und nur sie war nicht dabei.

Dabei war das albern. Ihr Highschooljahr war schon fast zwanzig Jahre her. Zwanzig Jahre, in denen viel passiert war. Und dann auch wieder nichts. Es schien, als wäre es gestern gewesen, als sie mit den anderen aus ihrem Jahrgang am Strand bei Sonnenuntergang gefeiert hatte.

Schon oft hatte sie sich nach dem leichten Leben in der kleinen Südstaatenstadt gesehnt. Es war das schönste Jahr ihres Lebens gewesen. All ihre Sorgen um die Ehe ihrer Eltern hatte sie dort vergessen können. Es war einfach perfekt gewesen.

Jedes Mal, wenn sie an Carolina Creek dachte, überkam sie diese Sehnsucht, die an ihr zerrte. Am liebsten hätte sie mit Amber auf der Terrasse gesessen und den Jungs – oder besser gesagt Männern – beim Arbeiten zugeschaut. Es war tausend Mal besser, als allein in ihrer schicken, aber so furchtbar sterilen Wohnung zu hocken.

Sie vermisste die Südstaaten mit ihren freundlichen Menschen, dem immer blauen Himmel, dem Eistee und den Nachmittagen auf der Veranda.

Sie schaute ihre E-Mails durch und sah, dass sie eine Kontaktanfrage auf LinkedIn bekommen hatte. Um diese Uhrzeit? Es war bereits nach zwei Uhr nachts.

Sie öffnete die Mail und als sie den Namen sah, hätte sie beinahe das Handy fallen lassen. Sie war von Kyle.

Warum hatte er ihr nach all den Jahren eine Anfrage geschickt? Weil er sich vorhin erinnert hatte, dass es sie gab?

Obwohl sie es nicht wollte, gab sie alle paar Monate seinen Namen in die Suchmaschine ein und schaute sich an, was über ihn geschrieben wurde. Es war wie eine geheime Sucht, etwas, das sie sich nicht einmal selbst gern eingestand. Sie fühlte sich wie eine Stalkerin.

Sie hatte die Gründung seines Unternehmens verfolgt und wie er immer erfolgreicher wurde. Manches Mal hatte sie darüber nachgedacht, wie es wohl wäre, wenn sie damals mit ihm zusammengekommen wäre. Ob er dann auch dieses Unternehmen in Seattle gegründet hätte? Ob sie dann noch zusammen wären? Bestimmt nicht. Dabei hatte sich der Kuss so richtig angefühlt. Aber das waren vielleicht nur die Hormone einer Sechzehnjährigen gewesen.

Warum meldete er sich jetzt bei ihr? Eigentlich war sie sich ziemlich sicher gewesen, dass er das Mädchen aus Deutschland, das ein Austauschjahr an seiner Schule verbracht hatte, schon längst vergessen hatte. Nur sie hatte nichts vergessen. Irgendwann war sie überzeugt gewesen, dass sie nur eine von vielen Trophäen für ihn gewesen war. Er war der beliebteste Junge in ihrem Jahrgang gewesen und nicht wenige Mädchen hatten ihn angeschmachtet. Bestimmt hatte er in seiner Schulzeit viele Mädchen geküsst. Doch damals war ihr der Moment magisch und besonders erschienen, so als gäbe es etwas zwischen ihnen, das die große Liebe sein könnte. Aber dann hatte er sich nie wieder bei ihr gemeldet.

Für einen Moment dachte sie darüber nach, die Anfrage zu löschen, doch dann packte sie die Neugier. Sie tippte darauf, nahm die Anfrage an und sah erst dann, dass er ihr eine Nachricht in das Kontaktformular geschrieben hatte. Er wollte mit ihr telefonieren?

Hanna setzte sich auf und ihr Herz schlug auf einmal schneller.

Sie konnte nicht mit ihm telefonieren. Das ging auf gar keinen Fall.

Fahrig schob sie sich eine Haarsträhne hinters Ohr und rückte ihr Oberteil zurecht. Erst dann fiel ihr auf, dass niemand sie sehen konnte.

Was wollte er von ihr? Was für eine Bitte war das? Ging es um Amber? Ihre Freundin war vorhin ein wenig merkwürdig gewesen.

Nun, da sie die Anfrage angenommen hatte, konnte sie nicht

mehr so tun, als ob sie seine Nachricht nicht gesehen hätte. Aber telefonieren ging wirklich nicht.

Doch dann hatte sie eine Idee. Schnell schrieb sie zurück: *Hallo Kyle, wie schön, von dir zu hören. Was gibt es?*

Mehrmals überlegte sie hin und her, ob sie *Liebe Grüße, Hanna* darunterschreiben sollte, tippte es und löschte es wieder. Dann schickte sie die Nachricht einfach ohne den Gruß ab.

Sie zog die Beine an, starrte auf das Handy und fragte sich, wie lange es dauern würde, bis er antwortete.

Einen Augenblick später sah sie, dass er die Nachricht gelesen hatte. Dann sagte ihr das System, dass er eine Nachricht schrieb.

Es war merkwürdig, zu wissen, dass er auf der anderen Seite des Ozeans saß und ihr in genau diesem Moment schrieb.

Damals, als sie sechzehn gewesen war, hatte es das noch nicht gegeben und sie hätten höchstens mit Briefen, teuren Telefonanrufen oder einer gelegentlichen E-Mail über den Computer ihres Vaters in Kontakt bleiben können.

Hanna fragte sich, ob sie in Kontakt geblieben wären, wenn es damals schon dieselbe Technologie gegeben hätte wie heute. Jede Sechzehnjährige war doch mit ihrem Handy verwachsen. Und bei ihr wäre es sicherlich nicht anders gewesen. Vielleicht hätten sie und Kyle ja doch eine Chance gehabt.

Seine Nachricht erschien und wieder klopfte ihr Herz schneller. Es war so albern. Sie war in einer Beziehung, auch wenn die sich gerade als schwierig erwies, und er bestimmt auch, so gut wie er aussah und so erfolgreich wie er war. Außerdem war all das mit ihnen fast zwanzig Jahre her. Sie musste dieses Herzklopfen abstellen.

Es geht um Amber. Nichts Schlimmes, mach dir keine Sorgen. Aber wir brauchen deine Hilfe. Rufst du mich kurz an?

Und dann stand da seine Handynummer.

Hanna starrte darauf. Sie konnte ihn nicht anrufen. Aber

wenn es um Amber ging, konnte sie auch nicht einfach nichts unternehmen.

Nach kurzem Zögern tippte sie: *Ich kann gerade nicht sprechen, bin unterwegs. Schickst du mir eine Sprachnachricht? Hier ist meine Nummer.*

Ihr Finger schwebte über dem Senden-Button, dann tippte sie darauf und die Nachricht schoss zu ihm über den Atlantik.

Hanna schmiss das Handy neben sich aufs Sofa und vergrub das Gesicht in den Händen. Sie benahm sich wie ein Teenager. Warum hatte sie gelogen, dass sie nicht sprechen konnte und unterwegs war? Das würde er ihr doch sowieso nicht glauben, schließlich war es hier halb drei Uhr nachts.

In vier Stunden würde sie wieder aufstehen müssen, sie sollte wirklich ins Bett gehen. Doch sie blieb auf dem Sofa sitzen und starrte auf ihr Handy.

Schließlich vibrierte es und tatsächlich war da eine Sprachnachricht von ihm. Es dauerte ein paar Minuten, bis sie den Mut fand, sie abzurufen.

Seine Stimme zu hören, war ein Schock. Sie erinnerte sich an so vieles von ihm, sogar an seinen Geruch, aber sie hatte vergessen, wie schön seine Stimme war.

Es dauerte einen Moment, bis sie merkte, dass sie gar nicht zuhörte, was er sagte, sondern nur dem Klang seiner Stimme lauschte. Sie hielt die Nachricht an und spielte sie von Anfang ab.

»Hallo Hanna, hier ist Kyle. Danke, dass du meine Nachricht um diese Zeit noch beantwortet hast. Ich brauche dringend Ambers Handynummer. Ich muss mit ihr sprechen. Oder besser gesagt, mein Bruder muss mit ihr sprechen, weil er sich entschuldigen muss.«

Im Hintergrund hörte sie das Gemurmel von anderen Stimmen. Waren das etwa seine Brüder? Hörten sie zu?

»Wir sind noch in Travis' Haus. Er wohnt jetzt neben

Amber, wie du ja vermutlich weißt. Wir haben schon geklingelt, aber sie macht nicht auf, weil sie sauer auf Travis ist.«

Er stockte.

»Sorry, ist eine längere Geschichte. Aber es wäre nett, wenn du mir Ambers Handynummer schickst. Danke.«

Er hielt kurz inne und für einen kurzen Moment war nur das Zirpen der Zikaden zu hören, das so vertraut war, dass es wehtat, und sie an die lauen Sommerabende erinnerte. Oh, wie gern wäre sie jetzt in Carolina Creek.

»Ich hoffe, es geht dir gut.«

Damit endete die Sprachnachricht.

Hanna starrte auf das Handy. Dann hörte sie sich die Nachricht erneut an, und dann noch einmal.

Schließlich wurde ihr klar, dass sie ihm antworten musste. Aber sie konnte ihm nicht Ambers Nummer schicken. Ihre Freundin war sehr speziell, was das anging, seit ihre Cousine von diesem Stalker belästigt worden war, und hielt ihre Nummer geheim. Kein Wunder, dass Kyle und die anderen die Nummer nicht hatten.

Sollte sie sich da tatsächlich einmischen? Amber würde einen Grund haben, wenn sie wütend auf Kyles Bruder war. Aber es interessierte sie doch, was vorgefallen war.

Hanna entschied sich, Amber selbst anzurufen.

Sie tippte: *Ich rufe Amber an und frage sie, ob es okay ist, ihre Nummer rauszugeben.*

Er schien auf ihre Antwort gewartet zu haben, denn kaum hatte sie ihre Nachricht abgeschickt, sah sie, dass er zurückschrieb.

Oder bitte sie einfach, die Haustür zu öffnen, weil ich mit ihr sprechen will.

Sie antwortete mit *Okay* und schaute noch einen Moment auf das Handy. Dann öffnete sie Kyles Profil auf LinkedIn und sah sich sein Foto an. Er sah so gut aus mit seinen dunklen Haaren, den braunen Augen und dem Dreitagebart. Er war schon immer muskulös gewesen, aber als sie sich das letzte Mal gesehen hatten, in den frühen Morgenstunden nach dem Prom, dem Abschlussball der Highschool, war er noch ein Jugendlicher gewesen. Jetzt war er ein Mann. Jemand, der ein Unternehmen gegründet hatte, in dem Tausende von Mitarbeitern für ihn arbeiteten, und vermutlich in Geld schwamm. Trotzdem war er immer noch der Kyle, der damals dieses Bauchkribbeln bei ihr verursacht hatte, das sie immer energisch verdrängt hatte, weil sie in Deutschland einen Freund gehabt hatte.

So wie sie auch jetzt einen Freund hatte, der allerdings Hunderte von Kilometern von ihr weg wohnte und dem sein Job wichtiger war als sie.

Mit einem Seufzen schloss sie die App und wählte Ambers Nummer. Es dauerte lange, bis ihre Freundin ranging.

»Hast du schon geschlafen?«, fragte Hanna.

Amber seufzte. »Nein, aber ich liege im Bett.«

»Es ist doch erst halb neun.«

»Na und?«

»Was ist denn passiert?«

Sie hörte, wie Amber sich aufsetzte. »Woher weißt du, dass etwas passiert ist?«

Hanna zögerte, dann sagte sie: »Kyle hat mich eben über LinkedIn kontaktiert, weil er deine Nummer nicht hat. Er wollte sie gern haben, aber ich möchte sie nicht einfach rausgeben.«

Amber seufzte. »Danke.«

»Warum will er denn deine Nummer? Er meinte, dass sein Bruder sich bei dir entschuldigen müsse.«

Amber lachte freudlos auf. »Sein Bruder muss sich nicht bei mir entschuldigen, eher Travis. Aber das macht er sowieso nicht, weil er überhaupt kein Gefühl dafür hat, wenn er andere Menschen verletzt. Das war schon immer so und anscheinend wird sich das auch nicht ändern.«

Sie klang so bitter, dass Hanna sie am liebsten in den Arm

genommen hätte. Schon damals in der Highschool war Travis oft ein Thema bei ihnen gewesen, weil Amber sich ständig über ihn geärgert hatte und er sie für das geeignete Opfer für seine Späße hielt. Hanna hatte so manches Mal vermutet, dass es nur seine Art war, auszudrücken, dass er Amber eigentlich mochte, doch davon hatte ihre Freundin nichts hören wollen.

Vorhin, als Hanna Travis über die Kamera gesehen hatte, war sie erstaunt gewesen, was für ein gut aussehender Mann aus dem schlaksigen Jungen geworden war, der in der Schule als das Problem gegolten hatte. Dabei hatte sie nie gesehen, dass er wirklich schlimme Dinge gemacht hatte. Er hatte meistens nur flapsige Antworten gegeben und oft im Unterricht nicht aufgepasst. Aber sein Vater schien ein Problem in Carolina Creek gewesen zu sein und so hatten alle daraus geschlossen, dass Travis, der in einem Trailerpark aufgewachsen war, auch ein Problem war.

»Erzählst du mir, was genau passiert ist? Als wir telefoniert haben, war doch noch alles gut.«

Amber zögerte, dann seufzte sie. »Du weißt doch, wie Travis ist. Man kann sich einfach nicht auf ihn verlassen.«

Hanna schwieg, denn sie wusste, dass das die beste Möglichkeit war, ihre Freundin zum Reden zu bringen. Und tatsächlich fuhr Amber fort: »Ich hatte dir doch erzählt, dass ich all die Sachen, die ich für die Meerjungfrauenakademie zusammengestellt habe, in den Schuppen im Garten getan habe. Das ist aber eigentlich Barrys Gartenhaus, er hat es mich nur benutzen lassen. Und bisher war ja auch alles gut, denn Barry ist da nie hingegangen. Aber gestern, als Travis gekommen ist, wollte er reinschauen.« Sie seufzte. »Natürlich habe ich ihn nicht gelassen. Ich würde eher sterben, als dass gerade er die Sachen sieht. Aber ich konnte sie auch nicht so schnell wegräumen. Hier im Haus kann ich sie nicht stapeln, meine Eltern würden das sofort sehen, wenn sie das nächste Mal kommen. Vermutlich muss ich eine Storage Unit anmieten. Das hätte ich schon längst tun sollen. Oder ich sollte die Sachen am besten einfach vernichten.«

Sie schwieg und Hanna nutzte die Gelegenheit, um zu sagen: »Du darfst die Sachen auf gar keinen Fall vernichten. Dafür hast du viel zu viel Geld investiert. Von Herzblut einmal ganz zu schweigen.«

»Aber ich war so dumm, dass ich sie da drin gelassen habe. Ich konnte ja nicht ahnen, dass ausgerechnet Travis das Haus kauft. Wenn ich das gewusst hätte, wären die Sachen schon längst woanders. Oh, ich war so dumm!«

»Du bist nicht dumm, Süße. Du konntest doch nicht wissen, dass das passiert. Aber warum genau bist du jetzt sauer auf Travis?«

Amber schwieg einen Moment. »Weil ich dachte, dass er sich geändert hätte. Ich habe ihn gestern und heute Morgen gebeten, auf keinen Fall in das Gartenhaus zu schauen, und er hat es mir hoch und heilig versprochen. Ich hatte sogar ein Vorhängeschloss besorgt, das nicht funktioniert hat, und während ich bei der Arbeit war, hat er eines gekauft und den Schuppen verschlossen.«

»Das klingt doch ganz gut«, sagte Hanna vorsichtig. Sie war schon immer der Meinung gewesen, dass Travis kein so schlechter Kerl war, wie Amber dachte.

Ihre Freundin lachte bitter. »Heute waren ja die anderen da und haben ihm geholfen, den Garten aufzuräumen. Nachdem wir telefoniert hatten, bin ich losgefahren und habe Donuts für alle besorgt. Irgendwie ist es ja doch schön, dass ich nicht mehr nur die alten Leute als Nachbarn habe, und Aidan, Josh und Cody sind wirklich nett.«

Als sie nicht weitersprach, fragte Hanna: »Was ist dann passiert?«

»Als ich zurückgekommen bin, war das Gartenhaus offen und Travis stand in der Tür und schaute sich die Sachen an. Irgendjemand hat gelacht. Sie haben sich über mich lustig gemacht, wie immer. Wie konnte ich nur so dumm sein? Von Travis hatte ich gar nichts anderes erwartet.«

»Bist du dir sicher, dass er sich die Sachen angeschaut hat?«

»Sehr sicher! Er hat es später sogar zugegeben. Er wusste genau, was drin ist. Oh Gott, es ist mir so peinlich. Was denken sie denn jetzt von mir?«

Hanna seufzte. »Ach Süße, ich würde dich so gern in den Arm nehmen.«

Sie hörte, wie Amber schluchzte.

»Was stört dich denn am meisten?«, fragte Hanna vorsichtig.

»Dass ich dachte, er hätte sich geändert. Wir haben uns gestern Abend so schöne Nachrichten geschrieben. Es war wirklich richtig nett. Aber heute macht er so etwas. Ich bin so enttäuscht.«

»Hat er denn etwas dazu gesagt, als du ihn erwischt hast?«

Amber stieß die Luft aus. »Er ist noch mal zur Tür gekommen, aber ich war so wütend, dass ich gar nicht mit ihm reden konnte. Und dann war da auch noch dieser Mike, mit dem ich gestern ein Date hatte. Er ist einfach vorbeigekommen, ich weiß noch nicht einmal, woher er meine Adresse hat. Und dann hat Travis sich mit ihm geschlagen. Ich bin so wütend auf ihn.«

Hanna versuchte zu begreifen, aber es fiel ihr schwer. »Liegt dir denn etwas an diesem Mike?«

»Ach was, überhaupt nicht. Der ist furchtbar. Er wollte durch mich nur Kyle kennenlernen. Er war wie ein Fangirl.«

Überrascht stellte Hanna fest, dass ihr Herz kurz stolperte, als Amber Kyles Namen erwähnte. »Also bist du sauer auf Travis, weil er gegen deinen Willen in dein Gartenhaus geschaut, sich über deine Meerjungfrauensachen lustig gemacht und sich dann mit deinem Date geprügelt hat?«, versuchte Hanna, alles zusammenzufassen.

Amber schwieg einen Moment. »So in etwa.«

»Und jetzt verkriechst du dich im Bett?«

»Genau. Mit einem Jumbobecher Notfalleiscreme.«

Sie seufzte. »Welche Sorte?«

»Rocky Road. Mit extra vielen Marshmallows.«

Hanna schloss die Augen und stellte es sich vor. »Ich wäre so gern bei dir. Dann könnten wir gemeinsam löffeln und uns über die Männer aufregen.«

Amber seufzte. »Das wäre so schön. Ich glaube, ich muss ausziehen. Travis treibt mich sonst in den Wahnsinn. Ich will nicht, dass er mir ständig Streiche spielt oder ich immer damit rechnen muss, dass er wieder etwas tut, was ich blöd finde.«

Hanna ließ ihre Worte auf sich wirken. »Kann es denn sein, dass Travis vielleicht gar nichts Schlimmes gemacht hat? Dass alles nur ein Missverständnis war?«

»Bist du jetzt etwa auf seiner Seite?«

»Nein, aber wenn Kyle sich die Mühe macht, mich auf LinkedIn zu kontaktieren, und mir eine Sprachnachricht schickt, muss an der Sache mehr dran sein.«

Amber schwieg, aber Hanna hörte, wie ihre Freundin Eis aß.

»Was hat denn Kyles Bruder damit zu tun?«

»Welcher?«

»Das hat er nicht gesagt.«

Eine ganze Weile war es still. Unten fuhr ein Polizeiwagen mit Martinshorn durch die Straße, die Uhr in der Küche zeigte drei Uhr an.

Schließlich sagte Amber: »Was genau wollte Kyle?«

»Er sagte, dass sein Bruder sich bei dir entschuldigen muss, aber dass du die Tür nicht aufmachst.«

»Vorhin hat es geklingelt, aber ich dachte, es wäre Travis. Oder dieser Mike. Und auf beide habe ich keine Lust.«

»Willst du dir nicht anhören, was er zu sagen hat? Vielleicht war es ja doch ein Missverständnis.«

Amber brummte etwas und aß anscheinend noch einen Löffel Eis.

»Komm schon, Süße, du bist doch sonst immer diejenige, die mich daran erinnert, dass es immer zwei Versionen einer

Geschichte gibt und dass die Geschichte, die man sich erzählt, nicht immer die Wahrheit sein muss. Und du hast eigentlich immer recht.«

»Das ist unfair«, stöhnte Amber.

»Ich weiß, aber ich will verhindern, dass du aus deinem schönen Haus ausziehst, nur weil es mit Travis ein Missverständnis gab. Wenn er das wirklich alles so gemacht hat, darfst du gern sauer auf ihn sein und ausziehen und zu mir sagen: Ich wusste es doch! Aber hör dir bitte wenigstens an, was Kyle zu sagen hat.«

Einen Moment lang war es still, dann sagte Amber. »Kyle ist tatsächlich nicht derjenige, der sich einen Spaß mit so etwas erlauben würde. Vor allem nicht, wenn er dafür dich nachts stört. Warum bist du überhaupt noch auf?«

»Ich kann nicht schlafen.«

»Immer noch der Job?«

»Ja.«

Sie hatte eigentlich heute Nachmittag mit Amber darüber sprechen wollen, weil ihre Freundin immer so pragmatische Lösungen hatte. Hanna sah ein, dass sie etwas ändern musste, weil diese vielen Arbeitsstunden und die geringe Zeit, die sie für sich und ihr Privatleben hatte, sie zermürbten. Aber nachdem sie heute Nachmittag mitbekommen hatte, dass Kyle in der Nähe war, hatte sie schnell aufgelegt.

Sie seufzte. »Aber darüber sprechen wir jetzt nicht, nur damit du eine Ausrede hast, um nicht mit Kyles Bruder reden zu müssen. Also, soll ich ihm deine Nummer geben oder gehst du raus? Ich glaube, sie sind bei Travis auf der Terrasse.«

Amber schien aus dem Bett zu krabbeln und hinüber zum Fenster zu gehen. Sie hörte, wie sie die Lamellen an ihrer Jalousie auseinanderschob.

»Ja, da sitzen sie alle.«

»Ist Travis auch da?«

»Ich kann ihn nicht sehen.« Amber zögerte. »Glaubst du,

dass Kyle nur gesagt hat, dass es sein Bruder ist, um mich rauszulocken, und eigentlich Travis mit mir sprechen will?«

Hanna atmete tief durch. »Ich glaube nicht, dass Kyle so etwas machen würde.« Allerdings kannte sie ihn auch nicht mehr richtig. Was wusste sie schon über ihn. Doch der Kyle, den sie mit sechzehn gekannt hatte, hätte so etwas niemals getan. Dafür war er als ältester von vier Brüdern schon immer zu verantwortungsbewusst gewesen.

Amber seufzte. »Ich fürchte, es gibt nur einen Weg, das herauszufinden.«

Hanna lächelte. »Ich bin gespannt. Rufst du mich gleich an? Ich will wissen, wie es ausgeht.«

»Du solltest schlafen. Es ist schon spät.«

»Glaubst du wirklich, dass ich schlafen kann, wenn bei euch eine so spannende Geschichte abgeht? Ich will wissen, was passiert ist. Am besten arbeite ich jetzt eine Runde und schlafe gar nicht mehr.«

Amber seufzte. »Tu, was du nicht lassen kannst. Ich ruf dich gleich an.«

»Hab dich lieb«, sagte Hanna.

»Ich dich auch«, antwortete ihre Freundin. »Bis gleich.«

Als sie aufgelegt hatte, holte Hanna ihren Laptop und klappte ihn auf. Sie begann zu arbeiten und erst zwei Stunden später merkte sie, dass Amber nicht zurückgerufen hatte. Sie schaute auf ihr Handy, ob Kyle noch online war. Sie tippte: *Ist alles okay?*

Die Antwort kam prompt.

Ich denke schon. Danke für deine Hilfe.

Dann war er offline.

Hanna runzelte die Stirn und ließ den Kopf ans Sofa sinken. Wie gern wäre sie jetzt in Carolina Creek.

9

AMBER

Amber rieb sich über die Oberarme, obwohl es gar nicht kalt war. Sie schaute die beiden Brüder an, die vor ihrer Haustür standen. Kyle schubste Aidan leicht an und der trat vor.

»Ich glaube, ich muss mich bei dir entschuldigen.«

»Wofür?«, fragte Amber und war erstaunt, wie betreten der sonst so souveräne Aidan war.

»Ich wusste nicht, dass Travis den anderen anscheinend unter Androhung der Todesstrafe verboten hat, ins Gartenhaus zu gehen. Ich brauchte Werkzeug und dachte, dass da welches drin ist. Das Brett, an dem das Vorhängeschloss war, war so morsch, dass ich es einfach abmachen konnte. Als ich den Schuppen geöffnet hatte, war Travis so sauer auf mich, dass er mich zu Boden geworfen hat.«

Abwesend rieb er sich über den Arm. Dann hob er die Schultern und wie immer sah er wie ein zerknirschter Junge aus, dem man nichts übel nehmen konnte. Etwas, das er bei Frauen schon oft zu seinem Vorteil eingesetzt hatte, wie Amber wusste.

»Im nächsten Moment warst du auf der Terrasse und bist

durchgedreht. Ich weiß nicht genau, worum es geht, aber anscheinend habe ich das Falsche gemacht.«

Ambers Hals wurde eng. »Hast du«, bestätigte sie ihm.

Er lächelte betreten. »Das tut mir leid. Ich wollte nicht, dass du sauer bist. Auch nicht auf Travis. Er kann echt nichts dafür. Ich glaube, er war noch nie so wütend auf mich, oder auf sonst jemanden.«

Kyle nickte bestätigend.

Auf einmal begann Ambers Bauch zu kribbeln. Doch dann straffte sie die Schultern. »Das hätte er mir ja auch sagen können.«

Eine kleine Stimme in ihrem Hinterkopf sagte ihr, dass er genau das versucht hatte, doch dass sie ihm nicht geglaubt hatte. An Kyles Gesichtsausdruck sah sie, dass er das Gleiche dachte.

Sie stieß die Luft aus. »Aber er hätte ja nicht hinschauen müssen, was darin ist.«

Aidan hob die dunklen Augenbrauen. »Aber es waren doch nur Boxen. Was ist denn so schlimm daran?«

Kyle versetzte seinem Bruder wieder einen Stoß. »Das geht dich nichts an. Wenn Amber nicht will, dass wir das sehen, müssen wir das respektieren.«

Sie nickte. »Und Travis hat es sich anscheinend genauer angeschaut.«

Aidan schüttelte den Kopf. »Dafür hatte er gar keine Zeit. Du warst sofort da und dann hat er versucht, dir alles zu erklären. Cody war auch dabei, er kann es bestätigen.«

Amber presste die Lippen zusammen. Sie kannte Travis zu gut. Er würde eine solche Gelegenheit immer ausnutzen, vor allem wenn er sich einen Scherz auf ihre Kosten erlauben konnte. Und das hier war ein gefundenes Fressen für ihn.

»Travis bleibt Travis«, sagte sie. »Er macht nur Ärger. Er hat sich dann ja sogar mit Mike geprügelt.« Sie hatte es vom Fenster aus gesehen.

»Dein Date von gestern Abend? Der hatte es aber auch verdient.«

Es war ja nicht so, dass Amber viel an Mike lag, aber das erstaunte sie doch. Sie verschränkte die Arme. »Und warum bitte schön?« Aus ihrer Sicht waren solche Prügeleien primitiv.

»Er hat dich eine verklemmte Zicke genannt und das hat Travis ihm nicht durchgehen lassen.«

Fassungslos starrte Amber ihn an. Travis hatte sich ihretwegen mit Mike geprügelt? Es wunderte sie überhaupt nicht, dass Mike das über sie gesagt hatte. Wenn sie ehrlich war, hatte sie von Anfang an gewusst, dass er ein Typ war, der nicht gut mit Zurückweisung klarkam. Trotzdem machte es sie wütend, dass er so etwas über sie sagte. Und das vermutlich nur, weil sie ihm verboten hatte, mit Kyle zu sprechen.

Ein warmes Gefühl breitete sich in ihrem Bauch aus. Obwohl sie Prügeleien immer noch ablehnte, war es doch etwas anderes, wenn sich ein Mann für sie schlug. Dabei war es im Grunde albern.

Sie hob die Schultern. »Es ist mir gleich. Wenn sie meinen, sie müssen das tun, dann sollen sie, aber ich will nichts davon wissen.«

Aidan schien anderer Meinung, aber er sagte nichts mehr dazu. Stattdessen fragte er: »Kannst du mir verzeihen? Wenn ich gewusst hätte, dass du nicht willst, dass wir den Schuppen öffnen, hätte ich es nicht gemacht. Aber es war wirklich nicht Travis' Schuld.«

Amber schluckte. »Schon in Ordnung.«

Erleichtert grinste Aidan. »Dann ist ja gut. Das heißt, du bist nicht mehr böse auf Travis?«

»Das habe ich nicht gesagt.«

Doch in ihrem Inneren hatte sich etwas verändert. Hanna hatte doch recht gehabt, es war ein Missverständnis gewesen. Travis hatte nicht um sie zu ärgern das Gartenhaus geöffnet. Im Gegenteil. Wenn sie Aidan glauben konnte, und das tat sie, denn er hatte tatsächlich auf dem Boden gelegen, als sie auf die Terrasse gekommen war, hatte Travis sogar alles getan, um ihre Privatsphäre zu schützen.

Und sie hatte ihm vorgeworfen, unzuverlässig zu sein. Sie wusste gar nicht mehr, was sie ihm alles an den Kopf geworfen hatte, aber sie hatte gesehen, wie verletzt er gewesen war.

Amber dachte an ihren kleinen Briefaustausch und wie charmant er gewesen war. Sie erinnerte sich, wie er sie hochgehoben und vor der Schlange gerettet hatte. Wie er sie einfach ins Haus getragen hatte, als ob sie nichts wiegen würde, und wie er sich um sie gekümmert hatte. Es hatte sich gut angefühlt, sehr gut sogar. Deswegen war sein vermeintlicher Verrat ja auch so schlimm gewesen.

Auf einmal pochte ihr Herz unangenehm heftig in ihrer Brust.

»Aidan«, sagte Kyle, »geh doch schon einmal vor. Ich glaube, die Jungs warten noch auf einen Nachschlag.«

Aidan lächelte und fragte Amber: »Willst du auch etwas? Es gibt Brisket.«

Doch Amber hatte keinen Hunger, und das kam nicht nur von dem halben Jumbobecher Eiscreme, also schüttelte sie den Kopf.

»Du verpasst etwas«, sagte Aidan, hob grüßend die Hand und schlenderte hinüber zur Terrasse, wo Amber Cody, Josh und Bradley sitzen sah.

Kyle wartete, bis sein Bruder außer Hörweite war, dann schaute er Amber ernst an. »Er versucht wirklich, mit dir alles richtig zu machen.«

»Aidan?«, fragte Amber, obwohl sie wusste, dass er nicht seinen Bruder meinte.

»Travis. Und das war schon immer so. Du bedeutest ihm viel zu viel.« Er lächelte. »Er hat nur manchmal eine merkwürdige Art, das auszudrücken.«

Ambers Knie wurden zittrig. Konnte es sein, dass das wegen

Travis war? Sie wehrte den Gedanken ab, doch er kehrte zurück.

Kyle beobachtete sie still, dann nickte er. »Wenn du ihn suchst, er ist am Strand. Der Parkplatz in der Nähe vom Pier. Dort geht er immer hin, wenn er nachdenken will.«

Amber wollte sagen, dass sie Travis nicht suchte, doch sie brachte kein Wort heraus, sondern nickte nur.

Kyle erwiderte das Nicken und wandte sich ab.

Wie erstarrt stand Amber da und versuchte, diese neuen Gefühle zu fassen. Es konnte nicht sein, dass sie etwas für Travis empfand, das war überhaupt nicht möglich. Sie musste sich irren.

Doch eines war klar: Sie hatte ihm zu Unrecht alles Mögliche an den Kopf geworfen und ihn ganz sicher damit verletzt. Wenn es so schlimm war, dass Kyle für ihn vorsprach, hatte Travis sich ihre Worte mehr zu Herzen genommen, als sie gedacht hatte. Vor allem wenn seine Freunde jetzt bei ihm auf der Terrasse saßen und grillten und er am Strand war, um nachzudenken.

Auf einmal hatte sie ein schlechtes Gewissen. Sie schaute auf die Uhr. Halb zehn. Wenn sie sich beeilte, konnte sie kurz zum Strand fahren, mit ihm sprechen und wäre spätestens in einer Stunde wieder hier. Morgen früh hatte sie ein Gespräch mit ihrer Chefin. Da wäre es gut, wenn sie früh ins Bett ging. Und wenn sie das mit Travis geklärt und sich entschuldigt hatte, würde sie auf jeden Fall besser schlafen können. Sie hasste es, in dem Wissen ins Bett zu gehen, sich mit jemandem zu streiten.

Amber schnappte sich ihren Autoschlüssel und den Kapuzenpulli ihrer Uni. Sie würde gleich wieder da sein.

10

TRAVIS

Als das Auto auf den Parkplatz einbog und das Licht der Scheinwerfer erst kurz den Strand und dann seinen Pick-up erleuchtete, dachte Travis darüber nach, wieder zu fahren. Vermutlich waren es irgendwelche Teenager, die einen Platz zum Knutschen suchten. Oder Touristen, die nachts schwimmen wollten. So etwas passierte immer wieder und dann wunderten sie sich, wenn es auf einmal einen Haiangriff gab.

Der Wagen parkte und einen Moment lang geschah gar nichts. Travis starrte weiterhin auf das dunkle Meer hinaus, auf dem sich der Mondschein spiegelte. Vermutlich doch zwei Jugendliche, die knutschen wollten und jetzt debattierten, ob sie es tun sollten, wenn er hier war. Doch er würde sich von ihnen nicht vertreiben lassen. Er war nur genervt, dass er mit seinen Gedanken nicht allein sein konnte.

Dann öffnete sich eine Autotür und schloss sich wieder. Also doch Touristen? Aber es blieb bei einer Tür.

Er nahm Schritte wahr und jemand räusperte sich. Über das Rauschen der Wellen konnte er es kaum hören.

»Travis?«

Er erstarrte, als er Ambers Stimme erkannte. Spielte ihm seine Fantasie gerade einen Streich?

Langsam drehte er sich um. Doch da stand sie tatsächlich. In Shorts, Ballerinas und einem Kapuzenpulli der NC State University. Der Wind zerrte an ihren dunklen Locken, die sie offen trug. Das Mondlicht ließ ihr Gesicht silbrig wirken.

Ihre Blicke trafen sich und sie lächelte unsicher. »Störe ich?«

Er war so perplex, dass er darauf keine Antwort hatte.

Sie seufzte. »Dumme Frage. Natürlich störe ich, schließlich bist du bestimmt hergekommen, um allein zu sein.«

Er fühlte, wie er nickte, und kam sich dämlich vor.

»Ich bleibe auch nicht lange. Ich wollte mich nur entschuldigen«, stieß sie hervor.

Endlich schaffte Travis es, sich zu bewegen. Er sprang von der offenen Ladeklappe seines Pick-ups und machte einen Schritt auf sie zu. »Du brauchst dich nicht zu entschuldigen. Im Gegenteil, ich möchte dich um Verzeihung bitten. Ich hätte Aidan sagen sollen, dass er den Schuppen nicht öffnen soll, aber da das Vorhängeschloss dran war, habe ich nicht mehr darüber nachgedacht.«

Sie nickte. »Ich weiß. Aidan hat mir alles erklärt. Er hat sich auch schon entschuldigt.«

Verwirrt starrte Travis sie an. »Aidan hat sich entschuldigt?«

Mit einem Lächeln hob sie die schmalen Schultern. »Kyle hat ihn gezwungen.«

»Trotzdem, ich hätte besser aufpassen müssen. Ich hatte es dir versprochen, nicht er.«

Lange schaute sie ihn einfach nur an, dann nickte sie langsam. »Das hattest du.«

»Also bist du mir nicht mehr böse?«

Sie zögerte, dann schüttelte sie den Kopf.

Erleichterung durchflutete ihn. Amber war in ihrem Leben schon oft böse auf ihn gewesen, aber dieses Mal hatte es sich anders angefühlt, wichtiger irgendwie. Schließlich war es nicht nur um einen blöden Scherz oder einen kleinen Streich gegangen, sondern darum, dass sie ihm vertraut hatte.

Sie kaute auf ihrer Unterlippe, dann gab sie sich einen Ruck. »Es tut mir leid, was ich an der Haustür gesagt habe. Ich war unfair. Ich glaube nicht wirklich, dass du noch so bist wie früher. Das hätte ich nicht sagen sollen. Ich war nur so verletzt.« Sie hob das Kinn. »Es tut mir wirklich leid.«

Sein Herz schlug schneller und am liebsten hätte er die Hand nach ihr ausgestreckt und sie berührt, doch das traute er sich nicht. Irgendetwas entspann sich gerade zwischen ihnen und das wollte er nicht durch eine unbedachte Berührung kaputtmachen.

»Ist schon in Ordnung. Ich habe dir das Leben früher wirklich schwer gemacht. Woher sollst du wissen, dass ich das heute nicht mehr tun würde?«

Sie zögerte und es sah aus, als wolle sie etwas sagen, aber dann wandte sie den Blick ab und schaute aufs Meer hinaus. Sie war so schön im Mondlicht.

»Kommst du oft hierher?«, fragte sie.

Er nickte, bevor er darüber nachdenken konnte. »Schon seit ich ein eigenes Auto habe. Ich habe viele Nächte hier verbracht.«

Sie wandte sich ihm wieder zu. »Kyle sagte, dass du immer hierherkommst, wenn du nachdenken musst.«

Er hob die Schultern. »Es gab in meinem Leben viel zum Nachdenken.«

Oder er hatte einfach nur dem Wohnwagen entfliehen wollen.

»Ich hätte dich gar nicht für jemanden gehalten, der viel nachdenkt«, sagte sie und schaute ihn mit einem Stirnrunzeln an.

Das altbekannte Gefühl stieg in ihm auf und er drängte es zurück. Sie würde ihn immer für den Jungen aus dem Trailerpark halten, der es nicht aufs College geschafft hatte. Travis zog eine Grimasse und setzte sich wieder auf die Ladeklappe seines Pick-ups. »Dann ist es vermutlich wohl auch so.«

Auf einmal wurden ihre Augen groß und sie legte sich eine Hand auf den Mund. »Oh Gott, ich habe dich schon wieder in eine Schublade gesteckt. Es tut mir leid.«

»Braucht es nicht«, sagte er.

Sie trat näher. »Das tut es aber. Ich habe mich eben genau dafür entschuldigt und dann tue ich es sofort wieder. Dabei hast du mir heute gezeigt, dass du dich geändert hast.«

»Schon gut«, sagte er. Sie stand jetzt so nahe bei ihm, dass eine ihrer Haarsträhnen seinen Arm berührte, als der Wind damit spielte. Es war viel zu nah.

»Darf ich?«, fragte sie und zeigte auf den Platz neben ihm.

Er nickte brüsk, war sich aber nicht sicher, ob es eine gute Idee war, wenn sie so dicht neben ihm saß.

Etwas umständlich kletterte sie hinauf und am liebsten hätte er sie hochgehoben, aber er wusste, dass er es nicht schaffen würde, die Hände wieder von ihr zu lösen, wenn er sie erst einmal anfasste.

Sie zog die Beine an und umschlang sie mit den Armen. Ihr Blick wanderte auf das dunkle Meer hinaus. »Worüber denkst du nach, wenn du hier bist?«

Er schaute sie von der Seite an und ihr Anblick nahm ihm den Atem, so wie es der Wind auf dem Meer manchmal tat, wenn er mit dem Boot draußen war.

»Über alles Mögliche.«

»Zum Beispiel über den Garten?«

Er nickte.

»Worüber noch?«

»Andere Projekte. Mein Leben.« Er zögerte und dann sagte er es doch: »Heute habe ich über dich nachgedacht.«

Sie schien nicht überrascht, sondern schaute ihn von der Seite an. »Sicher hast du dir überlegt, wie es passieren konnte, dass du so eine durchgeknallte Nachbarin hast, oder?«

Sie sagte es mit einem Lächeln, doch er hörte die Anspannung in ihrer Stimme.

»Du bist nicht durchgeknallt.«

»Heute habe ich mich aber so gefühlt. Vor allem als ich dich auf der Treppe so angeschrien habe.«

Sie senkte den Kopf. Zu gern hätte er die Hand nach ihr ausgestreckt.

»Du hast nur etwas beschützt, was dir wichtig ist. Da kann man manchmal etwas irrational reagieren. Vor allem wenn man Sorge hat, dass der andere es einem kaputtmacht oder sich darüber lustig macht. Was ja oft das Gleiche ist.«

Wieder kaute sie auf ihrer Unterlippe. »Du sagst das, als würdest du das Gefühl kennen.«

Als sie den Blick hob, hatte er für einen kurzen Moment das Gefühl, als ob sie direkt in seine Seele blicken würde. Erschrocken wandte er sich ab und starrte in die Dunkelheit.

Er kannte das Gefühl nur zu gut. Es hatte nicht vieles in seinem Leben gegeben, das ihm viel bedeutet hatten, aber ein paar gab es schon. Die Zeit mit Kyles Familie gehörte dazu, die Freundschaft der Crawford-Brüder und ein paar andere Dinge. Wie der Hund zum Beispiel. Und alles hatte sein Vater regelmäßig torpediert.

»Woran denkst du?«, fragte sie leise.

Er war selbst erstaunt, als er sich sagen hörte: »Als ich elf war, habe ich einen streunenden Hund gefunden. Er war total abgemagert und ich habe ihn mit Essensresten gefüttert. Die ganze Zeit hatte ich Angst, dass mein Vater es mitbekommen würde, aber ich konnte auch nicht damit aufhören, weil der Hund mir so leidtat. Und dann hat er ihn eines Tages doch entdeckt.«

Als er schwieg, fragte sie: »Was ist passiert?«

Er hob die Schultern. »Er hat ihn so heftig getreten, dass der Hund jaulend am Boden lag. Ich bin auf meinen Vater los. Zum Glück war er so betrunken, dass ihm die Koordination fehlte, und ich konnte ihm ein paar Schläge verpassen. Dann bin ich weggelaufen.«

»Was war mit dem Hund?«

»Er hatte sich in ein Gebüsch verkrochen. Ich habe ihn zum Tierarzt gebracht. Doc Murphy hat ihn versorgt und mir versprochen, einen guten Platz für ihn zu organisieren.«

Er hatte den Hund nie wiedergesehen und als er erwachsen geworden war und mehr über die Welt wusste, hatte er sich gefragt, ob der Tierarzt ihn eventuell eingeschläfert hatte. Bis heute hatte er sich nicht getraut, danach zu fragen. Er war Doc Murphy immer noch dankbar, dass er sich geweigert hatte, das mühsam gesparte Fluchtgeld, das Travis in einer Dose in seinem Versteck am Bach aufbewahrt hatte, als Bezahlung anzunehmen. Dieses Geld hatte Travis immer das Gefühl gegeben, einen Ausweg zu haben.

Eine Weile schwiegen sie, dann sagte Amber: »Das muss furchtbar für dich gewesen sein. Aber der Hund wird es dir sicher gedankt haben.«

»Möglich«, sagte Travis.

»Ich habe mir nie Gedanken darüber gemacht, wie es für dich gewesen sein muss, mit einem Vater wie deinem aufzuwachsen.«

Travis erstarrte und auf einmal fiel es ihm schwer, zu atmen. Angestrengt starrte er in die Dunkelheit. Sie wusste ja nicht einmal einen Bruchteil von dem, was in dem Trailer passiert war. Vermutlich wusste sie nur, was man sich in der Stadt über seinen Vater erzählte. Dass er ein Trinker gewesen war, der seine Familie verprügelte.

»Das ist Vergangenheit«, sagte er.

»Ja«, antwortete sie leise, »zum Glück für dich und deine Mutter. Aber weißt du, was ich erstaunlich finde?«

Travis war sich nicht sicher, wo dieses Gespräch hinführte. Warum sagte sie so etwas? Und vor allem wusste er nicht, wie er reagieren sollte. Es hatte etwas Unwirkliches, hier mit Amber zu sitzen, die so überbehütet aufgewachsen war, und sich über seinen gewalttätigen Vater zu unterhalten. Er war kurz davor, aufzustehen und zu gehen.

Travis starrte auf das Meer hinaus und auf einmal fühlte er eine große Sehnsucht, zu tauchen. Dort unten war alles so still und man musste nicht reden. Auf der anderen Seite hatte es etwas Wunderbares, Ambers Nähe zu fühlen, zu spüren, wie ihre Haare manchmal seine Haut berührten. Er biss die Zähne zusammen und merkte erst jetzt, dass sie tatsächlich auf eine Antwort von ihm wartete.

»Was denn?«, fragte er mit rauer Stimme.

»Obwohl es so schwierig bei euch zu Hause war, warst du immer derjenige, der am meisten Unsinn im Kopf hatte. Es schien, als wärst du immer vergnügt und würdest den nächsten Streich planen. Du hast immer Scherze gemacht und das Leben so leicht genommen.«

Er wusste genau, was sie meinte. Die Schule war sein sicherer Hafen gewesen. Während andere sie hassten, hatte er dort durchatmen und so sein können, wie es eigentlich seiner Natur entsprach.

Amber lehnte sich leicht gegen ihn und er fragte sich, ob sie wusste, was sie damit in ihm auslöste.

»Ich bin froh, dass er dir das nicht genommen hat. Ohne deine Scherze wäre unsere Schulzeit viel langweiliger gewesen.«

Travis schaute sie an und begriff, dass sie das ernst meinte. Kurz war er versucht, der Intimität der Situation mit einem Scherz zu entgehen, darüber, dass sie ihn an den meisten Tagen doch lieber auf den Mond geschossen hätte, als einen weiteren blöden Spruch von ihm zu ertragen. Doch irgendetwas in ihren Augen ließ ihn schweigen.

Ernst erwiderte sie seinen Blick und für eine Weile schauten sie sich einfach nur an.

Es war der perfekte Moment, hier am Meer, das er so liebte,

in der Nacht, Mondschein und Amber neben ihm, die ihn viel mehr zu verstehen schien, als er es jemals für möglich gehalten hätte.

Als sich der Moment in die Länge zog und sie den Blick nicht abwandte, aber auch nichts sagte, beugte er sich vor, und bevor er selbst so richtig begriff, was er da machte, versuchte er, sie zu küssen.

Er fühlte, wie sie erstarrte, und wusste, dass sie sich abwenden würde, bevor sie es tat. Entsetzt darüber, was er angerichtet hatte, senkte er den Kopf und wäre am liebsten im Erdboden versunken. Er hatte es vermasselt. Obwohl, das war nicht ganz richtig. Er hatte wieder einmal vergessen, dass er keine Chance bei Amber hatte. Sie mochte Mitgefühl mit ihm haben, vielleicht sogar einfach nur Mitleid, aber mehr war da nicht.

»Travis«, sagte sie leise.

»Vergiss es«, stieß er hervor. »Tut mir leid.«

Er sprang vom Auto und ging ein paar Schritte in Richtung Strand, in der Hoffnung, dass sie nach Hause fahren würde, um ihnen weitere Peinlichkeiten zu ersparen. Allerdings wusste er nicht, wie er neben ihr wohnen sollte, nachdem das hier passiert war.

Angestrengt starrte er in die Dunkelheit hinaus und versuchte, im Gleichklang mit dem Wellenrauschen zu atmen. Das hatte bisher immer geholfen. Wenn er sich irgendwann umdrehte, war sie hoffentlich weg.

Er schrak zusammen, als sie ihn auf einmal am Arm berührte. »Travis«, sagte sie wieder leise und es tat ihm weh, wenn sie seinen Namen aussprach. Am liebsten hätte er es ihr verboten.

»Vergiss einfach, dass das eben passiert ist. Ich hätte es besser wissen müssen.«

Sie trat um ihn herum und stellte sich so vor ihn, dass er sie anschauen musste. »Was hättest du besser wissen müssen?«

Er biss die Zähne aufeinander und in seiner Brust braute sich ein unheilvolles Knurren zusammen. »Dass du mich nicht küssen willst. Also vergiss es einfach, okay?«

Einen Moment war sie ganz still. »Das werde ich nicht«, sagte sie schließlich.

Travis schloss die Augen, weil er es nicht mehr ertrug, sie anzuschauen. »Komm schon, Amber, fahr nach Hause.«

»Ich will aber nicht. Ich würde gern hierbleiben. Bei dir. Darf ich?«

Verwirrt schaute er sie an, dann begriff er. »Ich brauche dein Mitleid nicht«, beschied er ihr und ging an ihr vorbei noch ein paar Schritte auf den Strand hinaus. Eine weiße Krabbe huschte geisterhaft vor seinen Füßen davon.

Doch sie ging noch immer nicht, sondern folgte ihm. Was musste er tun, damit sie ihn in Ruhe ließ? Ins Meer gehen?

Wieder stellte sie sich vor ihn, und wenn er ehrlich war, bewunderte er ihre Hartnäckigkeit, auch wenn sie anstrengend war. Aber das hatte sie schon immer weit gebracht.

Amber verschränkte nun ebenfalls die Arme und schaute ihn von unten herauf an. Er versuchte, ihren Gesichtsausdruck zu deuten, und zu seiner Überraschung meinte er, Ärger in ihrem Blick zu sehen.

»Wann hörst du eigentlich auf, zu glauben, dass du schlechter als wir anderen bist?«

»Wie bitte?« Er war sich sicher, dass er sich verhört hatte.

Ihr Gesicht wurde ein wenig weicher. »Immer wenn du unsicher wirst, ziehst du dich zurück und wendest dich ab, um deine wahren Gefühle zu verbergen.«

Sie hatte recht, das wusste er, aber ihm war nicht klar gewesen, dass ihr das aufgefallen war.

»Meine Gefühle sind mein Problem.«

Sie seufzte und schüttelte den Kopf. »Du musst nicht immer alles mit dir allein ausmachen.«

»Was wird das hier? Ein Problemgespräch? Eine Therapiesitzung?«

Er wollte sich wieder abwenden, aber sie hielt ihn am Arm fest.

»Wenn du dich so benimmst, wird es vielleicht eines.«

»Du brauchst dir keine Sorgen zu machen, dass ich mich ins Meer stürze, nur weil du mich nicht küssen wolltest. Fahr einfach nach Hause, Amber, und lass mich in Ruhe.«

Er konnte ihr Mitleid nicht ertragen. Wieder einmal war er das Problem, um das andere sich kümmern mussten.

»Siehst du, es ist schon wieder so«, sagte sie.

Er atmete tief durch. »Was ist schon wieder so?«

Warum konnte sie nicht einfach gehen?

»Du versuchst, dich abzuwenden, weil du glaubst, dass du nicht gut genug für mich bist. Und wenn du den einsamen Wolf spielst, ist das der beste Schutz vor Zurückweisung.«

Sprachlos schaute er sie an. Wie kam sie auf solche Ideen? Und es war eigentlich nichts, was er mit ihr diskutieren wollte. Oder mit sonst jemandem.

»Du hast selbst einmal gesagt, dass du etwas Besseres willst als mich. Und wie ich sehe, ist es immer noch so. Deswegen solltest du jetzt gehen.«

Die Überraschung, die er in ihrem Gesicht sah, machte ihn merkwürdig zufrieden.

»Das habe ich nie gesagt«, protestierte sie.

»Natürlich hast du das. Es war sogar hier an diesem Strand.«

»Und wann soll das gewesen sein?«

»In unserem Abschlussjahr. Es war eine der wenigen Partys, zu der du auch kommen durftest. Als wir am Feuer saßen, hast du vor allen gesagt, dass du es gar nicht abwarten kannst, aus Carolina Creek herauszukommen, weil du dann endlich den Mann findest, den du heiraten wirst. Und er würde etwas Besseres sein.«

Ungläubig starrte sie ihn an. Und dann schien sie sich auf

einmal zu erinnern. Ihre Wangen wurden rot, das konnte er selbst im Mondlicht sehen, und sie wandte den Blick ab.

Er wollte gerade nachsetzen und ihr sagen, dass es bisher nicht so wirklich geklappt hatte, als sie die Schultern hob und ihn betreten anschaute.

»Ich war so dumm. Ich glaube, ich wollte nur angeben, weil ich endlich mal etwas anderes sein wollte als die langweilige Amber, die so berechenbar war.«

All seine Mauern fielen innerhalb eines Herzschlags in sich zusammen. Am liebsten hätte er sie berührt, doch sie hatte eben so unmissverständlich klargemacht, dass sie das nicht wollte, dass er einfach nur dastand und sie anschaute.

»Du warst nie langweilig«, sagte er schließlich. »Ganz im Gegenteil. Ich war damals oft hier am Strand und habe über dich nachgedacht, darüber, wie ich dich so beeindrucken könnte, dass du erkennst, dass es auch hier brauchbare Männer gibt.«

Mit weit aufgerissenen Augen schaute sie ihn an und nie war sie ihm schöner erschienen als in diesem Moment. Es kostete ihn alle Beherrschung, sie nicht anzufassen. Noch nie war er so lange mit ihr allein gewesen. Und noch nie hatten sie auch nur ansatzweise über solche Dinge gesprochen.

»Das wusste ich nicht«, sagte sie und wandte den Blick ab. Dann schaute sie auf ihre Füße und er wusste, dass sie ihm gleich mitteilen würde, dass sie sich sehr geehrt fühlte, aber dass sie leider nicht das Gleiche empfand wie er. Um sich diesen schmerzhaften Moment zu ersparen, nickte er. »Ich glaube, ich werde nach Hause fahren und schauen, ob die anderen noch da sind.«

Er wollte sich gerade abwenden, als sie die Hand nach ihm ausstreckte und sie ihm auf den Arm legte. Er starrte auf ihre Finger, unfähig, den Blick loszureißen.

»Geh nicht«, bat sie.

Es dauerte einen Moment, bis er es schaffte, eine Antwort zu formulieren. Sie verwirrte ihn einfach so sehr.

»Ich glaube, wenn ich weiterhin mit dir hier am Strand bin, macht das die Dinge unnötig kompliziert. Lass uns heute Abend einfach vergessen.«

Amber atmete tief durch und griff nach seiner Hand, unwillkürlich schlossen sich seine Finger um ihre. »Das will ich nicht.«

»Was willst du dann?«

Er hörte selbst, dass er verzweifelt klang, und er hasste es. Aber er verstand sie einfach nicht.

Sie lächelte sanft und schaute zu ihm auf. »Ich weiß es nicht genau. Das alles ist sehr verwirrend für mich. Bis gestern warst du Travis, mit dem ich zusammen zur Schule gegangen bin. Aber jetzt …« Sie führte den Satz nicht zu Ende, sondern hob nur die Schultern.

Doch er musste es wissen. »Und jetzt? Was bin ich jetzt?«

Sie lächelte so süß, dass sein Herz sich schmerzhaft zusammenzog. »Jetzt bist du mein neuer Nachbar, der viel attraktiver ist, als ich gedacht hatte, und der auf charmante Art und Weise mit mir flirtet. Allerdings bin ich mir nicht ganz sicher, ob es wirklich so ist oder ob ich mir das nur einrede. Einfach, weil es so nett ist.«

Sein Herz hämmerte in seiner Brust, als er begriff, was sie gerade gesagt hatte. Er verstärkte den Griff um ihre Finger und sie lächelte.

»Ich fand es zum Beispiel sehr …«, sie suchte nach dem richtigen Wort, »aufregend, als mein neuer Nachbar mich vor der Schlange gerettet hat und mich nur im Handtuch ins Haus getragen hat.« Sie lächelte spitzbübisch. »Allerdings bin ich mir sehr sicher, dass ich das nicht zugelassen hätte, wenn dieser neue, aufregende Nachbar nicht auch mein alter Schulfreund Travis gewesen wäre.«

Er war unfähig, auch nur ein Wort zu sagen, aber er hielt

ihre Hand fest, damit sie begriff, dass er ihr zuhörte. Nicht nur das, er saugte jedes ihrer Worte in sich auf.

Sie wurde wieder ernst. »Ich muss zugeben, dass ich das alles ziemlich verwirrend finde, aber auch schön, einfach weil es so vertraut ist. Und deswegen konnte ich dich nicht küssen.«

Er räusperte sich. »Weil ich zu vertraut bin?«

Betreten hob sie die Schultern. »Ich glaube, ja, aber ich weiß es eben nicht. Ich muss mir erst noch klar werden, was das alles bedeutet. Und deswegen will ich noch nicht nach Hause, sondern mich weiter mit dir unterhalten. Natürlich nur, wenn du magst.«

Ein Gefühl stieg in Travis auf, etwas, das er schon sehr lange nicht mehr gefühlt hatte, zumindest nicht, wenn es um Amber ging.

Hoffnung.

»Das heißt, ich müsste dich davon überzeugen, dass ich mehr der neue Nachbar bin als dein alter Schulfreund Travis?«

Ihre Augen begannen zu glitzern und dann hoben sich ihre Mundwinkel. Es war ein wunderbarer Anblick.

»Das hört sich nach einem guten Plan an. Aber ich kann nichts versprechen, okay? Vielleicht bleibst du auch nur mein alter Schulfreund.«

»Das Risiko werde ich eingehen.«

Es war mehr, als er seit Jahren zu hoffen gewagt hatte.

Amber lächelte und wischte sich eine Haarsträhne aus dem Gesicht, die der Wind dahin geweht hatte. »Es gibt da noch etwas, das du wissen solltest.«

»Und das wäre?«

»Ich küsse nicht beim ersten Date.«

Ein Kribbeln breitete sich in ihm aus. »Dann ist das hier ein Date?«

»Ich wäre dafür, es so zu nennen«, sagte sie. »Du auch?«

Er nickte, äußerlich ruhig, doch innerlich war er in Aufruhr. »Gern.«

Travis atmete tief durch und auf einmal löste sich ein Knoten in seiner Brust, von dem er nicht gewusst hatte, dass er da gewesen war. »Darf ich dich noch etwas fragen?«

»Alles«, sagte sie, ohne darüber nachzudenken, und biss sich auf die Lippe.

Er war versucht, sie beim Wort zu nehmen und ihr eine fiese Frage zu stellen, doch dann ließ er es, denn das war Schulfreund Travis, den er jetzt hier nicht gebrauchen konnte. Wie hatte sie es gesagt? Der neue Nachbar Travis war überraschend attraktiv und flirtete charmant mit ihr. Das wollte er sein.

»Ab welchem Date küsst du denn?«

»Frühestens ab dem dritten. Aber …« Sie brach ab und schüttelte den Kopf. Wieder wurden ihre Wangen rot.

»Aber was?«, hakte er nach.

Nachdenklich schaute sie ihn an, dann entschied sie sich dafür, ihm zu vertrauen, er konnte es ihr regelrecht ansehen. »Aber in den letzten Jahren hat es keiner zum dritten Date geschafft.«

»Was ja nur heißt, dass du einen ausgewählten Geschmack hast.«

Es sollte ein Kompliment sein, aber es brachte die Unsicherheit in ihm wieder zum Schwingen. Doch er beschloss, dass er es zum dritten Date schaffen würde. Und nicht nur bis dahin, er würde die Dates mit ihr irgendwann nicht mehr zählen können.

Amber hob die Schultern, sagte aber nichts. Sein Blick wanderte über ihr Gesicht und blieb an ihren sinnlichen Lippen hängen. Auf einmal kam ihm ein Gedanke. Wenn sie über das zweite Date seit Jahren nicht hinausgekommen war, hatte sie seitdem vermutlich niemanden geküsst. Denn wenn er eines wusste, dann war es das, dass Amber Davis sich an ihre eigenen Regeln sehr strikt hielt.

In diesem Moment nahm er sich eines vor: Der Nächste, der sie küsste, würde er sein.

11

AMBER

Als sie langsam zum Auto zurückgingen, konnte Amber kaum glauben, was gerade passierte. Sie hatte tatsächlich ein Date mit Travis Miller. Das fühlte sich ziemlich merkwürdig an, doch wenn sie darüber nachdachte, dass sie ein Date mit ihrem sexy Nachbarn hatte, war das etwas ganz anderes. Auf einmal fiel es ihr leichter, Travis in einem anderen Licht zu sehen.

Sie schaute ihn von der Seite an und stellte fest, dass er hier am Strand noch attraktiver war. Auf seinen dunkelblonden Haaren schimmerte das Mondlicht, das T-Shirt, an dem der Wind zerrte, zeigte seine breite Brust und seine kräftigen Oberarme. Sein markantes Gesicht hatte in seiner Ernsthaftigkeit etwas von einem Krieger.

Amber merkte, dass sie ihn ganz anders sah als noch vor wenigen Tagen. Bisher hatte sie immer an den lachenden Travis gedacht, dessen Augen funkelten, wenn einer seiner Scherze funktioniert hatte. Aber wenn er so ernst war, mochte sie ihn genauso gern.

Er warf ihr einen Blick zu und sie zwang sich, ihm standzuhalten. Die Anziehungskraft, die er auf sie ausübte, war ungewohnt, aber es verursachte ein angenehmes Kribbeln, das sie schon seit Jahren nicht mehr gespürt hatte. Zumindest bei keinem von diesen Typen, die sie auf einer Onlineplattform kennengelernt hatte.

Jetzt hatte sie also ein überraschendes Date mit ihrem neuen Nachbarn. Doch sie war froh, dass er nicht nur ihr Nachbar war, sondern auch Travis. Denn mit einem Mann, den sie noch nicht kannte, wäre sie niemals allein nachts an den Strand gefahren. Aber bei Travis fühlte sie sich sicher. Er würde niemals etwas tun, was sie nicht wollte. Das hatte er vorhin gezeigt, als er versucht hatte, sie zu küssen.

Der Gedanke an den Moment machte ihre Knie schwach. Sie war zu überrascht gewesen, als dass sie es hätte zulassen können. Aber schon in dem Moment, als er sich abgewandt hatte, hatte sie es bereut. Dieses Gefühl brachte sie völlig durcheinander. Wo würde das mit ihnen hinführen?

Als sie am Auto ankamen, schaute Travis sie an. »Dir ist kalt«, stellte er fest.

Amber wollte den Kopf schütteln, aber sie musste zugeben, dass ihr tatsächlich kalt war. Der Wind hier am Meer hatte aufgefrischt und sie trug zwar den Kapuzenpullover, jedoch nur Shorts. »Ich will aber noch nicht zurück«, sagte sie schnell und wunderte sich selbst über ihre Worte. Gerade konnte sie sich nicht vorstellen, wieder zu ihrem Haus zu fahren und dort womöglich auf Kyle und die anderen zu treffen, die dann irgendwelche dummen Bemerkungen machen würden. Das hier war noch zu neu, als dass sie bereit war, es mit jemandem zu teilen.

»Am besten setzen wir uns rein«, sagte Travis und wies auf die Fahrerkabine.

»Aber dann können wir das Meer nicht sehen.«

Der Ozean beruhigte sie so sehr.

»Doch. Komm mit«, sagte er.

Er öffnete die hintere Tür seines Pick-ups, räumte schnell

ein paar Sachen auf den Vordersitz und wies dann auf die Rückbank, die ein breites Fenster zur Ladefläche hatte. »Wenn du dich dahin setzt und ich gegenüber, können wir das Meer sehr gut sehen.«

Amber erkannte, dass er recht hatte. Schnell kletterte sie hinein und setzte sich mit dem Rücken an die Seitenwand. Es war angenehm, dem Wind zu entkommen, und auch gleich viel leiser.

Travis setzte sich ihr gegenüber und schloss die Tür. Es dauerte einen kleinen Moment, bis sie ihre Beine sortiert hatten, und Amber musste darüber lachen.

»Ich glaube, so habe ich noch nie hier am Strand geparkt«, sagte sie und setzte mit den Fingern Anführungszeichen um das Wort parken. Die meisten Teenager kamen auf diese abgelegenen Parkplätze, die kaum ein Tourist kannte, um hier rumzuknutschen. Auch sie hatte das einmal gemacht, aber das war schon lange her und es war nicht besonders toll gewesen.

Travis grinste. »Du hast gesagt, dass du beim ersten Date nicht küsst. Deswegen halte ich brav Abstand.«

In seinen Augen funkelte der Schalk und Amber staunte darüber, wie leicht es manchmal mit ihm war. Es war eben doch gut, dass sie sich schon kannten.

Sein Ausdruck wurde ernster. »Darf ich dich etwas fragen?«

»Klar«, sagte sie.

Er zögerte einen Moment. »Warum wolltest du nicht, dass ich die Sachen im Gartenhaus sehe?«

Alles in Amber zog sich zusammen, als sie an den Moment am Nachmittag dachte, als sie ihn in der offenen Tür des Schuppens gesehen hatte. Sie senkte den Blick. »Weil es mir unangenehm ist.«

Es gab Tage, da hatte sie erfolgreich verdrängt, was sie in dem Schuppen lagerte, und Barry hatte sie nie darauf angesprochen. Es war so einfach gewesen, die Sachen zu vergessen, auch wenn es manchmal wie ein Stein im Schuh gedrückt hatte, als sie darüber nachgedacht hatte, was sie mit all den Dingen machen sollte.

»Was genau ist dir unangenehm?«, fragte er. »Dass alles mit Meerjungfrauen zu tun hat?«

Misstrauisch schaute sie ihn an. Fast erwartete sie, dass der alte Travis auftauchte und ihr mit scheinbar harmlosen Fragen eine Falle stellte, nur um sie dann später vor allen bloßzustellen. Aber hier war niemand, vor dem er sie lächerlich machen konnte.

»Willst du das wirklich wissen?«, fragte sie und ihr Hals war auf einmal wie zugeschnürt.

Er nickte. »Danach zu urteilen, wie wütend du warst, müssen die Sachen dir viel bedeuten. Aber ich habe noch nicht ganz verstanden, was es eigentlich ist und warum das so ein Problem für dich ist.«

Amber verschränkte die Arme und schaute aus dem Rückfenster hinaus aufs Meer. »Eigentlich sollte nie jemand davon erfahren.«

Geduldig wartete er, dass sie weitersprach. Sie warf ihm einen Blick zu. Er schien wirklich ehrlich daran interessiert, um was es sich handelte. Ihr Bauch begann zu kribbeln. Nicht einmal Hanna kannte das Ausmaß dessen, was sich im Gartenhaus befand.

Sie dachte an das Vorhängeschloss, das er extra für sie besorgt hatte, auch wenn er es falsch angebracht hatte. Aber sie wusste, dass das keine Absicht gewesen war. Er hatte wirklich ihr Geheimnis beschützen wollen. Sie dachte an seine Geschichte mit dem Hund, die er ihr vorhin anvertraut hatte. Seine Trauer um den Hund und darüber, wie sein Vater sich verhalten hatte, war echt gewesen. In dem Moment, als er ihr davon erzählt hatte, war ihr eine Gänsehaut über den Rücken gelaufen, denn auf einmal hatte sie einen ganz anderen Travis gesehen.

Sie spürte, dass sie ihm davon erzählen wollte.

»Versprichst du mir, dass du nicht lachst?«

Er hob die Augenbrauen. »Warum sollte ich lachen?«

Weil du es immer tust, hätte sie fast geantwortet, doch dann wusste sie auf einmal, dass das nicht mehr stimmte, sondern dass das nur ein altes Bild von ihm war, das sie immer noch aufrechterhielt.

»Wenn du willst, schwöre ich dir, dass niemals jemand außerhalb dieses Wagens davon erfährt, wenn du es nicht möchtest.«

Amber atmete tief durch. »Ich mag Meerjungfrauen«, gestand sie und auf einmal fühlte sie sich wie in einem Meeting der Anonymen Alkoholiker. Da war auch immer der erste Schritt, dass man sich eingestand, was man war.

Abwartend schaute er sie an.

»Du findest das nicht blöd?«, fragte sie.

Er schüttelte den Kopf. »Nein. Ich mag gern S'mores Pizza. Das findest du doch sicher auch nicht blöd.«

Amber seufzte. »Ich bin aber eine erwachsene Frau Mitte dreißig und nicht mehr zwölf.«

»Mir war nicht klar, dass es eine Altersbegrenzung dafür gibt.«

»Andere sehen das nicht so. Meerjungfrauen sind etwas für kleine Mädchen.«

Ihr war es selbst manchmal peinlich, wie sehr sie alles anzog, was mit Meerjungfrauen zu tun hatte. Es gab sogar Tage, da glaubte sie, dass Meerjungfrauen echt waren. Es half ihr, die langweilige Welt um sie herum besser zu ertragen.

»Wer sind die anderen?«, fragte er vorsichtig.

Sie hob die Schultern. »Alle. Natürlich meine Eltern. Meine Chefin bestimmt auch.«

Und bisher war sie davon ausgegangen, dass Travis und seine Freunde ebenfalls dazugehörten.

Er lächelte und zu ihrer Überraschung strich er sanft über ihren Fußrücken. Fast wäre sie zurückgezuckt. »Deswegen hast du diesen türkisfarbenen Glitzernagellack und die Gummistiefel.«

»Das ist dir aufgefallen?« Erstaunt schaute sie ihn an.

»Ich fand es nett. Es war etwas, was ich bei dir nicht erwartet habe.«

Amber biss die Zähne zusammen. »Siehst du? Genau das meine ich. Es ist nichts, was man bei mir erwartet, und wenn die Leute das mitbekommen, nimmt mich niemand mehr ernst.«

»Ich nehme dich ernst«, sagte er einfach und ein warmes Gefühl breitete sich in ihr aus, denn sie wusste, dass er es so meinte. »Hast du deswegen all diese Sachen im Gartenhaus verstaut, damit niemand mitbekommt, dass du Meerjungfrauen magst?«

Amber zog die Beine an und schlang ihre Arme darum. Nachdenklich, wie viel sie ihm erzählen sollte, schaute sie aufs Meer hinaus. Zu ihrem Erstaunen wartete er geduldig, bis sie weitersprach. Und genau das war es, was sie dazu brachte, es ihm zu sagen.

»Die Sachen in dem Gartenhaus sind noch etwas anderes.«

»Aber es hat auch mit Meerjungfrauen zu tun, oder?«

Sie nickte und ein nervöses Kribbeln erfasste sie. Dann gab sie sich einen Ruck. Er hatte ihr auch vertraut, als er ihr die Geschichte mit dem Hund erzählt hatte.

»Vor ein paar Jahren habe ich mir in den Kopf gesetzt, einen Onlineshop aufzubauen. Ich wollte dort alles Mögliche verkaufen, was mit Meerjungfrauen zu tun hat. Poster, Ausmalbücher, Fischschwanzdecken, Kostüme, Notizblöcke, Schwimmflossen, Schmuck.«

Jetzt, da sie es erzählte, kam es ihr so dämlich vor und sie schloss die Augen.

»Ich habe fast ein Jahr lang jeden Abend daran gearbeitet, Ideen gesammelt, mich stundenlang bei Pinterest herumgetrieben, das Design entworfen, Waren produzieren lassen. In ziemlich großen Stückzahlen, denn so war es günstiger. Ich war mir so sicher, dass der Shop gut laufen würde. Ich habe fast mein ganzes Erspartes da reingesteckt.«

Der Gedanke daran raubte ihr wie immer die Luft zum Atmen. Sie war so dumm gewesen.

Amber fühlte seine Hand auf ihrem Fuß. Die Berührung tat gut.

»Was ist passiert, dass du den Shop nicht aufgemacht hast?«

Sie krümmte sich bei der Erinnerung. »Zwei Arbeitskolleginnen waren mal da, weil wir zusammen ausgehen wollten. Sie haben ein paar der Sachen gesehen und angefangen, sich darüber zu unterhalten, dass die eine Büroassistentin ihren sicheren Job bei uns in der Firma gekündigt hat, weil sie Illustratorin für Kinderbücher werden wollte, und jetzt für ein paar Dollar ihre Sachen auf Etsy verkauft und nebenher an der Kasse bei Walmart sitzt, um über die Runden zu kommen. Sie fanden es dämlich, dass jemand auf solche Ideen kommt, mit dem Hobby Geld zu verdienen. Außerdem wären Meerjungfrauen schon längst wieder out.«

Er sagte nichts, aber sie fühlte seine Präsenz. Irgendwie tat es gut, dass er schwieg. So konnte sie endlich diese Dinge einmal aussprechen.

»Ich habe so getan, als würde ich es auch bescheuert finden, und habe ihnen gesagt, dass es nur für den Kindergeburtstag einer Freundin sei, was ich da vorbereite. Den ganzen Abend sind die beiden immer wieder auf das Thema zurückgekommen und mir war so schlecht, weil ich nie gesagt habe, was ich wirklich vorhatte. Ich habe mich so geschämt, dass ich meinen Traum so einfach verraten habe. Und dann habe ich angefangen, ihn selbst infrage zu stellen. Auf einmal erschien er mir auch dämlich und als dann meine Eltern am Wochenende zu Besuch kommen wollten, habe ich Barry gefragt, ob ich die Sachen in sein Gartenhaus stellen kann. Meine Mutter schaut gern im ganzen Haus nach, ob ich alles sauber gemacht habe, und sie hätte es bestimmt gefunden.«

Eine Weile war es still und sie hörte nur das Rauschen der Wellen und ihren eigenen Atem. Sie war Travis dankbar, dass er das nicht kommentierte.

»In den nächsten Wochen habe ich mich selbst davon überzeugt, dass es eine dumme Idee war. Es war mir peinlich, wie viel Geld ich da reingesteckt hatte, und am liebsten hätte ich die Sachen entsorgt. Aber jedes Mal, wenn ich in den Schuppen gegangen bin, habe ich es nicht übers Herz gebracht. Ich dachte immer, dass ich es vielleicht spenden kann. An eine Schule oder ein Sommercamp. Für Mädchen sind die Sachen perfekt. Aber ich kann mich nicht trennen. Vermutlich weil ich nicht bereit bin, den Traum aufzugeben.« Sie seufzte. »Jedes Mal, wenn tatsächlich die Tochter einer Bekannten Geburtstag feiert, bin ich versucht, ihnen das alles anzubieten.« Sie lachte, aber es endete eher in einem Schluchzen. »Ich hatte früher richtige Pakete geplant. In einem war sogar ich enthalten.«

Er hob die Augenbrauen. »Du?«

Amber spürte, wie ihre Wangen heiß wurden, und sie hoffte, dass er es im Licht des Mondes nicht sah. »Ich wollte mich als Meerjungfrau verkleiden und auf den Geburtstagen mit den Mädchen üben, wie man mit einer Schwanzflosse schwimmt. Ich habe es die Meerjungfrauenakademie genannt.«

Sie sah, wie er schluckte. »Du als Meerjungfrau?«

Sofort baute sich ein innerer Widerstand in ihr auf. »Was ist so schlimm daran?«

Wieder strich er ihr über den Fuß. »Schlimm ist daran gar nichts. Ganz im Gegenteil. Das würde ich zu gern sehen.«

Als Amber es schaffte, den Gedanken niederzuringen, dass er sich bestimmt nur über sie lustig machte, merkte sie, wie ihr Herz schneller schlug. »Wirklich?«, fragte sie vorsichtig.

Er lächelte. »Hast du das schon oft gemacht?«

Sie zögerte, dann nickte sie. »Früher hatte eine Freundin

von mir ein Haus mit Pool, da konnte ich das ausprobieren, wenn sie nicht da war. Und im Urlaub habe ich das auch schon gemacht.«

Wenn sie ehrlich war, hatte sie sogar ihre Urlaubsziele in der Karibik allein danach ausgesucht, ob sie dort mit ihrem Meerjungfrauenschwanz üben konnte. Sie war richtig gut gewesen. Doch seit einem Jahr hatte sie es nicht mehr gemacht. Jetzt fühlte sie zum ersten Mal, wie sehr es ihr fehlte.

»Dann wolltest du deswegen also gern einen Pool in den Garten bauen.«

Sie nickte. »Aber das ist jetzt ja egal.«

Er runzelte die Stirn. »Warum?«

»Weil du den Garten zu einem Gemeinschaftsgarten umfunktionierst«, erinnerte sie ihn. »Und das ist so wichtig für Oakridge. Ich finde es wirklich ein tolles Projekt. Und so wichtig ist der Pool auch nicht, denn ich mache das mit den Geburtstagen und dem Onlineshop ja sowieso nicht.«

Travis lehnte sich zurück und betrachtete sie nachdenklich. »Willst du wirklich deinen Traum einfach so aufgeben, nur weil deine beiden Kolleginnen das gesagt haben?« Er klang ehrlich verwundert.

Amber seufzte und schaute wieder auf das dunkle Meer hinaus. Hier im Auto mit Travis, der erstaunlich gut zuhören konnte, schien auf einmal so viel mehr möglich. Doch sie wusste, dass es gefährlich war, den Traum zu träumen. Dann schlug man später nur noch härter auf dem Boden der Tatsachen auf.

»Ich würde es schon gern machen, aber wenn ich ehrlich bin, habe ich Angst, was die Leute von mir denken. In meiner Firma dürfte es niemand erfahren, denn dadurch, dass ich in der Personalabteilung arbeite, muss ich seriös sein. Das heißt, wenn ich die Meerjungfrauenakademie gründen will, müsste ich meinen Job kündigen, und das kann ich mir nicht leisten. So einfach ist das. Und außerdem …«

»Außerdem was?«, fragte er nach.

Es dauerte einen Moment, bis Amber sich entschied, ihm die Geschichte zu erzählen. »Versprichst du mir, dass du niemals jemandem gegenüber erwähnst, was ich dir jetzt erzähle?«

Er legte sich eine Hand aufs Herz. »Ich verspreche es.«

Amber knetete ihre Hände. »Als ich klein war, hat mein Vater einmal den Job gewechselt. Er ist auch Personalreferent in einem großen Unternehmen gewesen, aber als ich ungefähr acht Jahre alt war, hat er sich in den Kopf gesetzt, dass er lieber Hundetrainer werden wollte. Erst ging alles gut, auch wenn er ziemliche Gehaltseinbußen hinnehmen musste. Da er damit gerechnet und dafür gespart hatte, war das nicht so schlimm, aber es wurde nicht besser und sein eigenes kleines Unternehmen bekam keine Kunden. Er hat unsere Krankenversicherungen gekündigt und dann hat meine Mutter sich den Fuß gebrochen. Um die Arztrechnungen zu bezahlen, hätte er entweder eine Hypothek auf unser Haus aufnehmen oder in seinen Job zurückkehren müssen, den sein Chef ihm zu dem Zeitpunkt noch einmal angeboten hatte. Er hat sich dafür entschieden, den sicheren Weg zu gehen, und hat den Job angenommen. Doch seitdem hat er mir immer wieder gesagt, dass es gefährlich ist, wenn man seinen Träumen folgt. Es hat ihn in seinen Grundfesten erschüttert, dass wir fast unser Haus verloren hätten, nur weil er das machen wollte, wovon er schon als Kind geträumt hatte.«

Travis betrachtete sie ganz genau. »Ich kann verstehen, dass es deinem Vater Angst macht. Aber du bist nicht dein Vater.«

Amber schüttelte den Kopf. »Nein, aber ich habe damals mitbekommen, wie schlecht es meinen Eltern ging. Das möchte ich niemals wieder erleben. Und du weißt genau wie ich, dass ein Onlineshop für Meerjungfrauenzubehör nicht so viel Geld einbringt, wie in einem großen Konzern zu arbeiten.«

»Aber kann es sein, dass du die echte Amber versteckst?«

Zu ihrer Überraschung nahm er ihren Fuß und streifte ihren

Ballerinaschuh ab. Seine Berührung kitzelte ein wenig und war gleichzeitig faszinierend intim. Mit dem Daumen, der noch ein wenig schmutzig von der Gartenarbeit war, strich er über ihre Fußnägel, die sie selbst so lackiert hatte. Es war aufwendig, aber sie liebte es, das jeden zweiten Freitagabend vor dem Fernseher zu machen. Es war ihr Ritual geworden, ein kleines Stückchen Freiheit, von dem nur sie wusste, denn meistens waren ihre Fußnägel in den Schuhen verborgen. Und jetzt wusste auch Travis davon.

Sie lehnte den Kopf zurück und betrachtete ihn. Ausgerechnet Travis kannte ihr Geheimnis und er ermutigte sie, den Traum nicht aufzugeben. Hätte ihr das jemand vor einer Woche gesagt, hätte sie es nicht geglaubt.

»Ich würde so gern sehen, was passiert, wenn du deinem Traum nachgibst und ihn auslebst.« Seine Stimme war sanft und lockend.

Ambers Mund wurde trocken und sie konnte nur auf seinen Daumen schauen, der immer noch über ihre Fußnägel strich.

»Ich glaube, du würdest eine Seite an dir entdecken, die dich selbst überrascht. Ist der sichere Job das wirklich wert?«

Amber zwang sich, den Blick von seiner Hand abzuwenden. »Ich habe lange dafür gearbeitet, um da hinzukommen, wo ich jetzt bin.«

Es war eine lahme Erklärung, das wusste sie selbst.

»Aber erfüllt er dich auch so wie das hier und die Dinge im Schuppen? Oder die Freude der Mädchen, wenn du auf einem Kindergeburtstag auftrittst?«

»Ich bin noch nie auf einem Kindergeburtstag aufgetreten, deswegen weiß ich das nicht«, erwiderte Amber.

Nachdenklich schaute er sie an. »Würdest du denn gern?«

Ein Gefühl durchfuhr Amber, das sie lange nicht zugelassen hatte. Es war eine tiefe Sehnsucht und sie nickte, bevor sie auch nur einen Moment weiter darüber nachdenken konnte. Zu gern würde sie einmal die strahlenden Gesichter der Mädchen sehen, wenn sie zum ersten Mal mit einem Meerjungfrauenschwanz schwammen. Und viel wichtiger noch, wenn sie sich wie eine Meerjungfrau fühlten. Es war ein magischer Moment, ein Gefühl von Freiheit, wie man es als Mädchen heute nur selten bekam. Sie hatte es selbst erfahren. Obwohl sie schon erwachsen gewesen war, hatte sie das Gefühl der Schwerelosigkeit geliebt. Sie hatte sich sexy gefühlt und auf eine besondere Art und Weise machtvoll, obwohl es ihr nicht im Geringsten darum ging, damit einen Mann zu verführen. Sondern sie liebte einfach dieses schwerelose Gefühl im Wasser.

»Zeigst du es mir irgendwann einmal?«, fragte Travis plötzlich.

Sie zog die Knie an, schlang die Arme darum und schüttelte den Kopf. »Ich weiß nicht.«

Irgendetwas in seinem Blick ließ sie innehalten. Es lag Bewunderung darin und eine Zärtlichkeit, die sie noch nie in den Augen eines Mannes gesehen hatte. War es möglich, dass gerade Travis sie verstand? Schließlich tauchte er auch viel, das wusste sie.

»Ich habe noch nicht einmal einen Pool, wo ich es dir zeigen könnte.«

»Wie wäre es mit dem Meer?«

Erschrocken sah sie ihn an. »Ich habe das noch nie im Meer getan. Und ehrlich gesagt weiß ich nicht, ob ich mir das zutraue.«

»Warum nicht?«

»Weil es am Pool immer einen Rand gibt, an dem ich mich zur Not festhalten kann. Außerdem mag ich den Gedanken nicht, dass ein Hai vorbeikommen könnte, denn die Gefahr, dass er mich mit einem Fisch verwechselt, ist vermutlich größer, wenn ich einen Meerjungfrauenschwanz trage.« Sie schüttelte sich bei dem Gedanken.

Travis betrachtete sie nachdenklich. »Ist ein Pool nicht zu

steril mit all dem Beton? Ich stelle es mir mit kleineren Fischen und Sand als Untergrund viel schöner vor.«

Amber hob die Schultern. »Es gibt ein paar Pools, die fast noch besser zu Meerjungfrauen passen als das Meer. Zumindest wenn sie richtig gestaltet sind und nicht einfach nur ein gekacheltes Becken.«

»Was heißt denn richtig gestaltet? Was braucht ein Pool, um zu einem guten Meerjungfrauenpool zu werden?«

Er schien ehrlich interessiert und Amber entspannte sich ein wenig.

»Wenn der Pool in Grün- oder Türkistönen gehalten ist und nicht in diesem grellen Blau. Wenn er Rundungen hat statt nur strenge Kanten. Wenn es versteckte Ecken gibt. Und die Beleuchtung ist ganz wichtig. Heller Sonnenschein ist zwar auch gut, aber am allerschönsten ist es abends in der Dämmerung, und wenn der Pool dann noch die richtige Beleuchtung hat, mit eingelassenen Lampen, die womöglich die Farben verändern, dann ist das gigantisch.«

Sie hatte sich in ihre Begeisterung geredet und hielt atemlos inne. Travis schmunzelte.

»Entschuldige«, sagte sie. »Ich würde das so gern einmal ausprobieren. Aber das ist vermutlich ein Traum, der sich nie erfüllen wird.«

Er schüttelte den Kopf. »Entschuldige dich niemals für deinen Traum, du nimmst ihm damit alle Energie.«

Die Worte klangen in Amber nach und sie spürte, wie wahr sie waren.

Travis beugte sich vor und griff nach ihrer Hand, die Amber ihm gern gab. »Versprichst du mir eins?«

»Was denn?«

»Gib diesen Traum noch nicht auf. Vielleicht ergibt sich irgendwann die Gelegenheit, dass du die Sachen noch brauchst. Und bis dahin können sie gern im Gartenhaus bleiben.«

Amber schüttelte den Kopf. »Du brauchst es doch für deine Gartengeräte.«

»Die kann ich auch woanders lagern.«

»Aber wenn dann ständig Leute im Garten sind, die nicht so sorgsam mit meinem Geheimnis umgehen, hätte ich ständig Angst, dass sie in den Schuppen schauen.«

Er legte den Kopf schief. »War das gerade ein Kompliment, dass ich sorgsam mit deinem Traum umgehe?«

Amber stutzte, dann musste sie lächeln. »Ich denke schon.«

»Das heißt, du verzeihst mir, dass ich genauer hingeschaut habe, als das Gartenhaus offen war?«

»Vielleicht war es sogar ganz gut«, sagte sie und war selbst überrascht über die Worte. »Ich habe schon lange nicht mehr darüber gesprochen und es fühlt sich so gut an. Ich glaube, du hast eine Sehnsucht in mir geweckt.«

Er starrte sie an und auf einmal wurde sie sich ihrer Worte bewusst.

»Also, bezogen auf meinen Traum, meinte ich.«

»Ich verstehe schon«, sagte er und lächelte. »Ist ja schließlich erst unser erstes Date.«

Ambers Herz begann schneller zu schlagen. Wann war es mit Travis so nett geworden?

Er atmete tief durch. »Du musst morgen arbeiten, oder?«

Sie nickte.

»Soll ich dich nach Hause bringen?«

Für einen klitzekleinen Moment schoss Amber das Bild durch den Kopf, dass er sie nicht nur bis zu ihrer Haustür brachte, sondern noch mit reinkam. Der Gedanke war überraschend, aber nicht unangenehm. Doch zu ihrer eigenen Verwunderung schüttelte sie den Kopf. »Ich will noch nicht gehen.«

Das Auto war wie ein Kokon, in dem sie und ihre Träume sicher waren, und sie war noch nicht bereit, das aufzugeben.

»Ein bisschen müde bin ich allerdings schon.«

In dem Moment, da sie es sagte, unterdrückte Travis ein Gähnen.

»Bin ich so langweilig?«, fragte sie, aber sagte es mit einem Lächeln.

Er schüttelte den Kopf. »Ich habe nur letzte Nacht kaum geschlafen.«

»Warum nicht?«

In dem Moment, da sie die Worte aussprach, begann ihr Bauch zu kribbeln. Mit einem Funkeln in den Augen schaute er sie an.

»Weil ich immer an dich denken musste, nachdem wir uns solche Briefe geschrieben hatten.«

Ihr erster Impuls war, ihm zu sagen, dass die Briefe nichts zu bedeuten hatten, doch dann wurde ihr klar, dass das nicht der Wahrheit entsprach. Es hatte sehr wohl etwas zu bedeuten. Es war eine nette Tändelei gewesen. Eine sehr nette und unerwartete vor allem.

Amber nahm all ihren Mut zusammen und sagte: »Ich habe auch nicht viel geschlafen.«

Sein Lächeln vertiefte sich. »Weil du noch an die Begegnung mit der Schlange denken musstest?«

Unwillkürlich erschauderte Amber, als er die Schlange erwähnte, doch dann schüttelte sie den Kopf. »Nicht deswegen.«

»Dann, weil du überlegt hast, wie du das Vorhängeschloss anbringen kannst?«

Amber lachte. »Du willst nur hören, dass ich sage, dass ich an dich gedacht habe.«

»Wie kommst du denn darauf?«, fragte er in gespielter Entrüstung und dann im nächsten Moment: »Und? Hast du?«

»Hätte ich einen Zettel mit drei Kästchen, würde ich jetzt *Vielleicht* ankreuzen.«

Er seufzte und griff sich theatralisch an die Brust. »Wenigstens ist es kein klares Nein.«

Amber erwiderte sein Lächeln und stellte fest, dass sie sich bei einem ersten Date noch nie so wohlgefühlt hatte. Sie schaute aufs Meer hinaus. Eigentlich wollte sie heute gar nicht mehr nach Hause gehen.

»Der Sonnenaufgang hier ist wunderschön«, sagte Travis, als ob er ihre Gedanken gelesen hätte.

Amber nickte. »Ich war schon seit Ewigkeiten nicht mehr zum Sonnenaufgang am Strand.«

Als Jugendliche hatten sie das manchmal gemacht, zumindest wenn Amber gedurft hatte, was nicht oft gewesen war.

»Dann sollten wir dafür sorgen, dass du mal wieder einen siehst«, sagte Travis und schaute auf seine Uhr. »Es sind nur noch ein paar Stunden.«

Amber wandte sich ihm zu. »Du willst hierbleiben?«

»Nur wenn du auch bleibst. Sonst bringe ich dich nach Hause.«

Der Gedanke, hierzubleiben, war sehr verführerisch. Und fast ein wenig verboten. Schließlich musste sie morgen arbeiten.

Als sie nichts sagte, fügte er hinzu: »Ich werde auch nicht versuchen, dich noch einmal zu küssen. Versprochen.« In seinen Augen stand ein Lächeln.

»Also gut, dann lass uns den Sonnenaufgang anschauen«, sagte sie leise. »Es kann aber sein, dass ich vorher einschlafe.«

»Ich wecke dich«, versprach er. Dann wurde sein Blick ernst und er streckte die Hand nach ihr aus. »Magst du zu mir kommen? Dann kannst du dich anlehnen.«

Unsicher schaute Amber ihn an und rasch fügte er hinzu: »Ich bin nicht böse, wenn du Nein sagst. Immerhin ist das unser erstes Date und anlehnen geht vermutlich erst beim zweiten, oder?«

Amber musste lächeln. »Anlehnen geht immer. Es muss nur der richtige Mann sein.«

Sein Gesicht leuchtete vor Freude auf, dann zog er sie zu sich herüber. Amber krabbelte zwischen seine Beine und lehnte sich vorsichtig an ihn. Seine Brust war hart und weich zugleich und sie konnte seinen Herzschlag an ihrem Rücken fühlen. Er schloss die Arme um sie und es fühlte sich so gut an, dass Amber aus Versehen zufrieden seufzte. Sie passte so perfekt in seine Arme, als ob das schon immer ihr Platz gewesen wäre.

»Gut so?«, flüsterte er.

»Ja.«

»Finde ich auch.«

Wenn Amber ehrlich war, konnte sie sich nicht daran erinnern, wann sie sich das letzte Mal so geborgen gefühlt hatte. Vielleicht noch nie in ihrem Leben.

12

AMBER

Als Amber erwachte, dauerte es einen Moment, bis sie begriff, wo sie war. Sie hörte das Wellenrauschen und das ruhige, stetige Schlagen eines Herzens unter ihrer Wange. Dann erinnerte sie sich und merkte, dass Travis die Arme immer noch fest um sie geschlossen hatte. Sie konnte sein Gesicht nicht sehen und wusste nicht, ob er schlief oder wach war.

Doch was sie fühlte, war seine Erektion direkt an ihrem unteren Rücken. Vielleicht hatte er die nur, weil es morgens war, aber Amber genoss den Gedanken, dass er sie erregend fand. Und das verwunderte sie selbst.

Sie öffnete die Augen und sah, dass der Himmel ein helles Grau angenommen hatte und Teile schon orange wurden. Die Sonne würde bald aufgehen.

Es war eine magische Nacht gewesen, obwohl zwischen ihnen nicht einmal etwas passiert war. Amber erlaubte sich den Gedanken, wie es wohl wäre, nach einer Liebesnacht neben Travis aufzuwachen. Erstaunt stellte sie fest, dass ihr der Gedanke nicht unangenehm war, ganz im Gegenteil. Doch damit würde sie sich später beschäftigen. Jetzt wollte sie den Sonnenaufgang sehen.

Sie rekelte sich und spürte, dass auch Travis sich bewegte. Sie wollte sich aufsetzen, doch er hielt sie fest. »Gleich«, murmelte er in ihr Haar und es kitzelte so herrlich.

Sie kuschelte sich wieder an ihn und nun schlang er auch noch die Beine um sie. Einerseits war sie vollkommen gefangen und andererseits einfach nur sicher. Sie seufzte wohlig und spürte, wie er lächelte.

»Lass uns den Sonnenaufgang anschauen«, sagte sie nach einem langen Moment des Wohlfühlens.

Widerstrebend ließ er sie los. Es dauerte einen Moment, bis sie ihre Arme und Beine entwirrt hatten, und beide lachten verlegen, als sie mit den Köpfen aneinanderstießen.

Doch dann hatten sie es geschafft. Die Morgenluft war kühl, aber angenehm. Als sie auf den Sand traten und gen Osten auf den Atlantik blickten, stellte Travis sich hinter sie. »Darf ich?«, fragte er und zog sie an sich.

Mit einem Seufzen lehnte Amber sich an ihn und das war Antwort genug.

Während die Möwen über ihnen kreisten und einige Pelikane vorbeisegelten, beobachteten sie schweigend, wie die Sonne aufging und sich langsam, aber stetig über den Horizont hob.

Amber fragte sich, wie sie heute zur Arbeit gehen sollte. Die vergangene Nacht hatte ihr Leben verändert, das spürte sie, auch wenn sie das Ausmaß noch nicht kannte. Doch es war der Beginn von etwas Magischem. Da Amber nicht viel Erfahrung mit solch wunderbaren Sachen hatte, schlich sich das Gefühl ein, dass sie darüber nachdenken musste. Am besten allein oder in einem Telefonat mit Hanna.

Es war der letzte Tag vor dem langen Labor-Day-Wochenende, vielleicht konnte sie sich einfach krankmelden. Aber sie hatte ein wichtiges Gespräch mit ihrer Chefin.

Amber seufzte.

»Alles in Ordnung?«, fragte Travis und sie genoss es, wie sein Brustkorb vibrierte, wenn er sprach.

»Ich habe gerade überlegt, ob ich heute einfach nicht ins Büro gehen soll.«

Sie konnte förmlich sehen, wie er die Augenbrauen hob. »Amber Davis, du willst schwänzen? Das kenne ich ja gar nicht von dir.«

Wenn sie ehrlich war, kannte sie sich so auch nicht.

»Müsste ich eines unserer Kästchen ankreuzen, ist es ein klares *Vielleicht*. Aber ich fürchte, ich muss gehen, weil meine Chefin um ein Gespräch gebeten hat.«

Er atmete tief durch. »Das ist gut, ich habe nämlich noch viel zu tun.«

Er sagte es zwar mit einem Lächeln, aber sie war trotzdem ein wenig verwirrt. »Dann passt es ja«, sagte sie unverbindlich. »Vielleicht sollten wir jetzt nach Hause fahren.«

Sie wollte sich losmachen, aber er hielt sie fest und zog sie wieder an sich. »Hast du heute Abend Zeit? Ich habe nämlich eine Idee, und wenn du Ja sagst, habe ich noch ein wenig zu organisieren. Deswegen habe ich heute keine Zeit für dich.«

Amber hielt den Atem an. »Du willst für mich etwas vorbereiten?«

Er nickte. »Es sei denn, du hast etwas dagegen.«

»Was ist es?«

»Das ist eine Überraschung.«

»Sag es mir trotzdem. Ich mag keine Überraschungen.«

Er lachte leise und wieder vibrierte sein Brustkorb so herrlich. »Das weiß ich, aber ich fürchte, dass ich es dir nicht sagen kann, weil ich noch nicht sicher bin, ob es klappt. Aber vertrau mir, es ist etwas Schönes.«

Es fiel Amber schwer, dem nachzugeben, doch schließlich gab sie sich einen Ruck. »Also gut.«

Die Sonne stand jetzt schon fast eine Handbreit über dem Horizont.

Travis atmete tief durch und senkte dann seinen Mund zu ihrem Ohr. Ein Schauder lief über ihren Rücken, als sie seinen Atem dort spürte.

»Zeigst du mir die Sachen im Gartenhaus?«

Amber biss sich auf die Lippe, schaute auf das glitzernde Meer hinaus und dachte über seine Bitte nach. Eigentlich hatte er es sich verdient, nachdem er sie gestern derart unterstützt hatte.

»Irgendwann gern.«

»Wie wäre es mit jetzt?«

Amber schluckte. »Es ist viel langweiliger, als du denkst.«

»Ich würde mir gern selbst ein Bild machen.«

Sie wandte sich in seinen Armen um. »Du willst das wirklich sehen?«

Er nickte ernst. »Lässt du mich?«

Sie atmete tief durch. »Ich weiß nicht.«

Auf einmal kamen ihr die Sachen so kindisch vor.

Er wartete, während sie unschlüssig einen Zeh in den Sand bohrte. »Brauchst du eine Entscheidungshilfe?«

Überrascht schaute sie ihn an. »Und wie soll die aussehen?«

Er grinste, holte sein Handy aus der Tasche und tippte etwas ein. Dann hielt er es ihr hin. »In Ermangelung von Papier und Stift muss es so gehen.«

Die aufgehende Sonne erhellte das Display so, dass sie einen Augenblick brauchte, um zu erkennen, was er geschrieben hatte. Er hatte in den Notizen eine Checkliste angelegt, drei Kästchen, und dahinter stand *Ja, Nein, Vielleicht*.

Amber musste lächeln. Travis war einfach wunderbar. Auf einmal fiel es ihr ganz leicht, auf Ja zu tippen.

Er drehte das Handy um und seufzte zufrieden. »Richtige Antwort.«

In gespielter Empörung schaute sie ihn an. »Ich dachte, es gibt keine richtigen oder falschen Antworten.«

»Es gibt immer eine Antwort, die in diesem Moment richtiger ist als die anderen.« Er streckte ihr die Hand hin. »Komm. Wir nehmen dein Auto.«

Sie ergriff seine Hand. »Und was ist mit deinem?«

»Das hole ich später. Ich habe jetzt keine Lust, allein zu fahren. Nicht nach der Nacht.«

Er grinste so verschmitzt, dass sie ihm am liebsten durchs Haar gefahren wäre.

Sie sprachen nicht viel auf dem Weg nach Hause. Es war ungewohnt, ihn neben sich sitzen zu haben, doch das machte es leichter, weiterhin in dem Augenblick mit ihm zu bleiben und nicht schon darüber nachzudenken, was heute auf ihrer To-do-Liste stand. Denn das tat sie normalerweise morgens, noch bevor sie richtig aufgestanden war. Sie ging erst einmal durch, was an diesem Tag anlag und wie sie alles bestmöglich organisieren konnte. Denn sie mochte keine Überraschungen, die dadurch entstanden, dass sie nicht gut genug geplant hatte.

Doch dieser Tag hatte noch gar nicht richtig angefangen und war schon so voller Überraschungen gewesen, dass sie eigentlich gar nicht weiter nachzudenken brauchte.

Als sie bei ihren Häusern ankamen, sah Amber, dass die anderen Jungs noch da sein mussten, denn ihre Autos parkten auf der Straße.

Auch Travis schien überrascht. »Sie haben hier übernachtet?«

»Ich glaube, sie haben sich gestern Abend Sorgen um dich gemacht. Willst du erst zu ihnen gehen?«

Er schüttelte den Kopf. »Wenn ich das mache, kommen wir nicht mehr zum Schuppen. Am besten schleichen wir uns durch deinen Garten.«

Und genau das taten sie. Es hatte etwas herrlich Verbotenes, als sie durch das taufeuchte Gras liefen. Die ersten Zikaden begannen schon zu zirpen und irgendwo sang ein Roter Kardinal, während Oakridge langsam erwachte.

Ambers Herz klopfte laut, dabei wusste sie nicht einmal genau, warum sie so aufgeregt war. Auf der Fahrt hierher hatte sie erstaunt festgestellt, dass sie Travis vertraute. Vielmehr noch wollte sie ihm die Sachen gern zeigen und ein klein bisschen hatte sie die Hoffnung, dass, wenn er schon so gut darauf reagierte, sie es vielleicht auch anderen erzählen konnte.

Endlich standen sie vor dem Gartenhaus. Amber nahm die Schlüssel, die Travis ihr gestern gegeben hatte, von ihrem Schlüsselbund und steckte einen davon ins Vorhängeschloss. Es klickte leise und dann öffnete es sich.

Sie warf Travis einen Blick zu und stellte verwundert fest, dass er auch aufgeregt war. Aus irgendeinem Grund beruhigte sie das.

Er sah so gut aus, wie er an der Holzwand lehnte und die Morgensonne sein Gesicht erleuchtete. Mit seinen Bartstoppeln und in den Arbeitsklamotten von gestern sah er verwegen aus, wie jemand, der sich nichts vorschreiben ließ. Und im Grunde war das schon immer so gewesen.

Bevor sie die Tür öffnete, hielt sie kurz inne und tauschte einen Blick mit ihm. Das hier war so richtig. Sie fühlte sich wohl mit ihm, geborgen und gesehen, aber gleichzeitig war es auch neu und aufregend. Sie erinnerte sich an seine Hände auf ihrer Haut, als er ihren Fuß gestreichelt oder sie im Handtuch ins Haus getragen hatte. Auf einmal wollte sie mehr davon und sie bereute, dass sie den Kuss nicht zugelassen hatte. Sie hätte eine Liebesnacht am Strand mit ihm haben können.

Dieser Gedanke erschreckte und erregte sie zugleich.

»Alles in Ordnung?«, fragte er und wirkte ein wenig besorgt.

Amber nickte und riss sich von seinem Anblick los. Dann öffnete sie die Tür.

Sie war lange nicht mehr hier gewesen und die vielen Boxen, die sich bis zur Decke und bis in den hintersten Teil des Raumes stapelten, nahmen ihr den Atem. Manchmal vergaß sie, wie viel sie damals wie in einem Rausch bestellt hatte. Hier lagen mehr als zehntausend Dollar in Waren, die sie aus ihren Rentenersparnissen genommen hatte. Wenn ihr Dad das wüsste, würde er sie vermutlich umbringen. Schnell schüttelte sie den Gedanken an ihre Eltern und all die anderen Menschen da draußen ab, die das be- und verurteilten, was sie getan hatte.

Amber griff nach Travis' Hand, einfach weil es ihr wie das Natürlichste der Welt erschien, und führte ihn in den Raum. Er machte keine Bemerkung darüber, wie viel es war, sondern wartete einfach.

»Was willst du sehen?«, fragte sie.

»Alles?«

Sie lachte freudlos. »Dafür haben wir keine Zeit.«

»Dann die Dinge, die du am schönsten findest.«

»Ich finde alles toll.«

Und das war die Wahrheit. Wenn sie in einen Laden käme, in dem es solche Sachen gab, müsste ihr jemand ihre Kreditkarte wegnehmen, damit sie ihn nicht leer kaufte.

»Dann das, worüber du dich am meisten freuen würdest, wenn es jemand von dir kauft.«

»Das ist leicht«, sagte sie und griff nach einer Box mit Lesezeichen. Sie wuchtete sie vom Stapel und war dankbar, als Travis sie ihr aus der Hand nahm. Alles, was mit Papier zu tun hatte, war schwer, wie sie festgestellt hatte, als die Boxen angekommen waren und sie sie später ins Gartenhaus tragen musste.

Sie nahm eine weitere Kiste heraus, die Travis ihr abnahm und beiseitestellte. In der waren die Glitzerstifte mit der Meerjungfrau obendrauf. Und dann hatte sie gefunden, was sie suchte.

»Hier«, sagte sie und öffnete die Box. »Das ist das Meerjungfrauenakademie-Starterpaket.«

Ihr Herz zog sich schmerzhaft zusammen, als sie die Beutel

aus schillerndem Kunststoff sah, die sie an einem Abend so liebevoll gepackt hatte. Sie erinnerte sich noch an die Aufregung, die sie erfasst hatte, als sie die Idee gehabt hatte.

»Darf ich?«, fragte er und nahm ihr einen Beutel aus der Hand, als sie nickte. »Was ist das alles?«

Amber wand sich unter seinem Blick, dann straffte sie die Schultern. Er würde sie nicht dafür kritisieren oder sich lustig machen, und wenn doch, hatte sie sich letzte Nacht sehr getäuscht.

»Da ist ein Block mit passendem Stift, eine Tasse mit einer Meerjungfrau drauf, die die Farbe verändert, je nachdem, ob man etwas Heißes oder Kaltes einfüllt. Wasserfestes Glitzer-Make-up, türkisfarbener Nagellack mit kleinen Strasssteinchen, ein Meerjungfrauenhandtuch, blaue Extensions für die Haare, glitzernde Bodylotion und ein Gutschein für einen Meerjungfrauenschwanz und ein passendes Bikinioberteil. Da ich die Größe von der Empfängerin nicht weiß, konnte ich das noch nicht reinpacken.«

Sie fühlte, wie ihre Wangen warm wurden, während sie beobachtete, wie Travis alle Artikel herausholte und anschaute. Am liebsten hätte sie ihm die Sachen aus der Hand genommen, aber sie hielt sich zurück.

Schließlich schaute er sich um. »Das hast du alles selbst entworfen?«

Amber nickte. »Einiges ist nicht so gut gelungen, aber …«

Sie brach ab, weil sie gar nicht wusste, warum sie das sagte. Eigentlich war sie stolz auf ihre Ideen gewesen, doch jetzt waren sie ihr peinlich.

Vorsichtig legte er den Beutel in die Kiste zurück. »Ich bin zwar nicht deine Zielgruppe, aber ich finde trotzdem, dass du das der Welt nicht vorenthalten solltest. Ich glaube, du würdest sehr viele Mädchen und Frauen glücklich machen.«

Amber zog die Augenbrauen hoch. »Frauen? Das glaube ich nicht. Welche erwachsene Frau will sich schon als Meerjungfrau verkleiden.« Erst dann fiel ihr auf, was sie gesagt hatte. »Außer mir natürlich.«

Er schüttelte den Kopf und schob ihr eine Haarsträhne hinters Ohr. »Warum zweifelst du so sehr an dir? Dafür gibt es keinen Grund. Du hast hier etwas Wunderbares erschaffen und ich fände es sehr schade, wenn niemand das zu sehen bekäme. Vor allem für dich fände ich es schade, denn ich glaube, dass du damit sehr erfolgreich wärst.«

Amber warf einen Blick auf die vielen Boxen. Das hatte sie auch einmal geglaubt, sonst hätte sie das alles nicht gemacht, aber irgendwie war ihr der Mut abhandengekommen. Unglaublich, dass gerade Travis ihr diesen wiedergab. Bei dem Gedanken, dass sie es vielleicht doch probieren sollte, wurde sie atemlos.

»Was denkst du gerade?«, fragte er.

»Ich habe ganz viele *Ja, aber …* im Kopf und versuche, sie zu vertreiben. Doch ich schaffe es nicht. Schließlich kann ich nicht einfach meinen Job kündigen.«

»Das musst du doch gar nicht.«

»Ich kann aber nicht einen Onlineshop für Meerjungfrauenzubehör betreiben und dann als Personalerin auftreten und Bewerbungsgespräche führen oder Führungskräfte unterstützen. Was ist, wenn die das rauskriegen?«

»Dann mach es doch unter einem Pseudonym. Sieh es als eine Art Kunst an und du bist dann eben die Künstlerin. Ich glaube nicht, dass jemand davon erfährt.«

Fassungslos schaute sie ihn an. Darüber hatte sie noch nie nachgedacht.

»Wenn du das sagst, hört es sich so einfach an.«

Er grinste. »Das ist es auch.«

»Aber …«, setzte sie an, doch er legte ihr einen Finger auf die Lippen und schüttelte den Kopf.

»Ich glaube, manche Dinge kann man nicht mit Denken begreifen, sondern muss sie fühlen. Darf ich dich fühlen lassen, wie es wäre, wenn du diesen Shop betreiben würdest und andere mit deinen Meerjungfrauensachen glücklich machst?«

Amber wurde leicht schwindelig, als sie ihn anschaute und er auf ihre Antwort wartete. Warum tat er das für sie? Womit hatte sie das verdient? Ja, sie wollte es gern ausprobieren, aber sie hatte auch Angst davor.

»Sag mir, ohne darüber nachzudenken, was du gerade fühlst«, bat er leise.

»Sehnsucht«, stieß sie hervor.

Er lächelte. »Sehnsucht ist ein guter Grund, um wenigstens einmal auszuprobieren, wie es sich anfühlt. Vertrau mir.«

Sie schluckte. »Das tue ich.«

Sein Lächeln vertiefte sich. »Gut, dann sehen wir uns heute Abend. Ich hole dich nach der Arbeit ab und du nimmst alles mit, was du an tollen Meerjungfrauensachen hast.«

Sie starrte ihn einfach nur an, bis er schließlich fragte: »Abgemacht?«

Amber nickte. Doch sie konnte den Blick nicht von ihm abwenden. Mit ihm war alles so leicht. Es schien, als ob sie alles tun könnte, und auf einmal wollte sie mehr von ihm.

»Travis?«, fragte sie leise.

»Sag nicht jetzt schon Nein«, bat er.

Sie schüttelte den Kopf. »Ich habe eben meine eigenen Regeln noch einmal überprüft.«

Er runzelte leicht die Stirn, sagte aber nichts.

»Ich glaube, es gibt einen Mann, bei dem ich eine Ausnahme machen würde.«

»Eine Ausnahme wovon?«

»Von der Regel mit dem ersten Date und dem Küssen.«

Eine ganze Horde von Schmetterlingen tummelte sich auf einmal in ihrem Bauch.

Travis wurde ernst. Aufmerksam schaute er sie an. »Was meinst du damit?«

Auf einmal wurden ihre Knie wackelig. »Ich würde mich

freuen, wenn du noch einmal versuchen würdest, mich zu küssen.«

Hatte sie das wirklich gesagt? War das nicht zu steif? Oder zu verwegen?

Travis' Atem ging auf einmal schneller. »Wirklich?« Seine Stimme klang rau.

Amber nickte.

Als er merkte, dass sie es ernst meinte, fuhr er sich durch die Haare und auf einmal wirkte er wieder wie ein Teenager. Amber musste lächeln, doch es geriet ein wenig zittrig.

Er trat auf sie zu, legte eine Hand auf ihre Wange und beugte sich vor. Doch kurz vor ihren Lippen hielt er inne. Seine grauen Augen musterten sie fragend. »Wenn das ein Scherz ist, um mir all meine blöden Sprüche heimzuzahlen, weiß ich nicht, ob ich das überlebe«, sagte er. Es sollte locker klingen, aber sie konnte die Ernsthaftigkeit dahinter spüren und ihr Herz zog sich vor Rührung zusammen.

»Mit Küssen mache ich keine Scherze«, flüsterte sie.

»Gut«, antwortete er und strich ihr mit dem Daumen über die Wange. »Ich nämlich auch nicht.«

Und dann endlich küsste er sie.

Seine Lippen waren weich und fordernd zugleich, aber das hatte sie nicht anders erwartet. Es war ein ungewohnt aufregendes Gefühl, das vertraut und richtig war. Es war, als hätte sie schon immer darauf gewartet, von Travis geküsst zu werden.

Sie schloss gerade die Augen, als sie eine Stimme von draußen hörte: »Travis, bist du das?«

Das war Kyle.

Sie erstarrten.

»Verdammt«, murmelte Travis an ihren Lippen und Amber flehte Kyle in Gedanken an, dass er wieder gehen möge. Doch dann hörten sie seine Stimme wieder, dieses Mal vorsichtiger: »Amber?«

»Bleib genau so stehen«, flüsterte Travis und ging zur Tür.

Amber schwankte ein wenig, als er sie losließ. Ihre Lippen kribbelten und hatten noch lange nicht genug.

Travis trat in den Garten. »Gib mir noch ein paar Minuten. Ich habe etwas zu erledigen«, hörte sie seine Stimme.

»Kann ich dir helfen?«, fragte Kyle.

»Nein.«

»Geht es dir gut?«

»Ja.«

»Wegen gestern Abend …«, setzte Kyle an, doch Travis unterbrach ihn.

»Später. Ich komme ins Haus, wenn ich fertig bin.«

»Weiß Amber, dass du hier drin bist?«

»Es ist nett, dass du dich sorgst, aber ich weiß, was ich tue. Bis gleich.«

»Ist wirklich alles in Ordnung?«

»Ja.«

Travis schrie das Wort fast und Amber konnte seine Frustration spüren. Es war die gleiche, die sie auch fühlte. Obwohl es nett war, dass Kyle sich sorgte, wollte sie doch einfach nur mit Travis allein sein.

»Okay, okay«, sagte Kyle. »Dann gehe ich …«

Mehr verstand sie nicht, denn Travis hatte bereits die Tür zugezogen.

Amber konnte nicht warten, bis er wieder bei ihr war. Sie lief zu ihm und warf sich in seine Arme. »Küss mich noch einmal«, bat sie flüsternd, weil sie nicht wusste, ob Kyle noch draußen stand und womöglich alles mit anhörte.

Und das tat er. Mit einem Stöhnen eroberte er ihren Mund, sodass Amber schon gleich ihre Lippen öffnete und er mit seiner Zunge in sie eindringen konnte. Sie ließ ihre Zunge mit seiner spielen, sanft zuerst, dann immer leidenschaftlicher, und als er sie an sich zog, wäre sie in seinen Armen fast dahingeschmolzen.

Es war alles genau so, wie es sein sollte, und sogar noch aufregender.

Schließlich beendete er den Kuss, widerstrebend ließ Amber es zu.

»Was ist?«, fragte sie und ihre Lippen kribbelten noch von dem Kuss.

Er lachte leise. »Das fragst du noch?«

Verwirrt schaute sie ihn an.

Travis legte den Kopf schief und strich ihr mit einem Kopfschütteln über die Wange. »Wenn wir jetzt nicht aufhören, könnte es sein, dass ich dich sofort in mein Bett schleife. Und da ich zum einen nur auf einer Matratze schlafe und zum anderen mein Haus voll mit den anderen ist, würde ich dich in dein Bett schleifen müssen und dann kommst du zu spät zur Arbeit und ich kann meine Überraschung nicht vorbereiten.« Er lachte leise. »Und jetzt rede ich vermutlich gerade so viel, um mich selbst davon abzuhalten, dich gleich wieder zu küssen.«

Amber war versucht, ihm zu sagen, dass sie überhaupt nichts dagegen hatte, wenn er sie in ihr Bett schleifte, doch dann riss sie sich zusammen. »Okay«, sagte sie. »Ich bin sowieso kein Mädchen, das gleich beim ersten Date mit einem Mann ins Bett steigt. Auch wenn ich meine Regeln beim Küssen etwas gelockert habe.«

Er seufzte und legte seine Stirn an ihre. »Es fällt mir sehr schwer, dich jetzt gehen zu lassen.«

Sie fuhr mit den Händen über seine Brust und stellte erstaunt fest, wie sehr sie das erregte. Sie wollte ihn, so sehr. Dabei hatte sie es eigentlich ganz langsam angehen wollen, denn sie hatte seit Jahren keinen Sex mehr gehabt, einfach weil es sich nie ergeben hatte und sie immer nur auf Idioten wie diesen Mike getroffen war. Dabei war der Mann, den sie wirklich küssen wollte und der auch sie wollte, all die Jahre in so greifbarer Nähe gewesen. Wie hatte sie ihn nur übersehen können?

»Wenn ich gewusst hätte, dass du so gut küsst, hätte ich das schon früher gemacht«, sagte sie mit einem Seufzen.

Zu ihrer Überraschung lachte Travis laut auf. Er wirkte wie befreit und sie genoss den Klang. Er nahm ihr Gesicht in beide Hände und schaute sie liebevoll an. »Ich glaube, es sollte genau so sein. Genau jetzt und genau hier. Wir haben immer noch so viel Zeit.«

Er küsste sie noch einmal ganz sanft auf den Mund, doch als sie die Lippen öffnete, um ihn erneut zu einem leidenschaftlicheren Kuss einzuladen, schüttelte er den Kopf.

»Ich sagte doch bereits, dass ich dich ins Bett zerre, wenn wir hier jetzt weitermachen. Lass es uns langsam angehen.«

Der Gedanke, dass er mit ihr schlafen wollte, ließ Ambers ganzen Körper vibrieren.

»Danke«, sagte sie.

Er hob die Augenbrauen. »Wofür?«

»Für diese Nacht.«

Wieder lachte er und sie legte die Hände auf seine Brust, um das Lachen unter ihren Fingern zu fühlen.

Er küsste sie federleicht auf den Mund. »Wenn du mir schon jetzt dankst, nachdem wir nur geredet und die ganze Nacht auf dem Rücksitz meines Autos verbracht haben, habe ich Hoffnung, dass dir die nächsten Nächte mit mir auch gefallen werden.«

»Ich mochte es, dass wir so viel geredet haben«, gestand Amber. »Ich habe noch nie jemandem so viel von alldem hier erzählt.« Sie wies auf die Boxen. »Du bist der Erste.«

Der verschmitzte Ausdruck verschwand. »Und ich fühle mich geehrt, dass du mir all das erzählt hast. Das war tatsächlich viel besser als Sex.«

Wieder kribbelte es zwischen ihren Beinen, als er das Wort erwähnte, aber sie ignorierte das Gefühl, denn gerade war etwas anderes wichtiger.

»Danke, dass du mir zugehört und so gute Fragen gestellt hast. Und danke auch, dass du mir von dir erzählt hast.«

Sie spürte, wie er sich ein klein wenig verspannte, deswegen griff sie nach seinen Händen und drückte sie. »Ich finde dich wunderbar und ich würde so gern noch mehr über dich erfahren.«

Erstaunt schaute er sie an, dann schüttelte er den Kopf. »Da gibt es gar nicht so viel zu erzählen, ich bin eigentlich ein ziemlich langweiliger Typ.«

Sie stellte sich auf die Zehenspitzen und schlang die Arme um seinen Hals. »Das finde ich überhaupt nicht.«

Es war nur ein einfacher Satz, aber es machte etwas mit ihm, das konnte sie fühlen. Er schien ein Stück zu wachsen und gleichzeitig entspannte er sich in ihren Armen. Auf einmal wusste sie, dass es spannend werden würde mit ihnen.

Vom Haus her waren Stimmen zu hören. Anscheinend waren die anderen auch wach.

»Also, hast du heute Abend Zeit für mich?«, fragte er schließlich. »So richtig hast du auf die Frage noch nicht geantwortet.«

Amber nickte. Eigentlich war dies ihr Abend, an dem sie ihre Fußnägel neu lackierte, doch Travis weiter zu erkunden war hunderttausendmal spannender.

»Gut. Ich schreibe dir eine Nachricht, was du mitbringen sollst, und hole dich um sieben ab. Okay?«

Amber musste sich bändigen, nicht nachzufragen, wohin es ging. Stattdessen flüsterte sie: »Ich freue mich.«

»Eines noch.« Er zögerte. »Darf ich mich heute hier ein wenig umschauen? Ich schwöre, dass ich den anderen nichts davon sage oder zeige.«

Amber schaffte es nicht gleich, zu antworten, doch schließlich nickte sie. In diesem Moment merkte sie, dass sie ihm ihre Träume anvertrauen konnte.

13

AMBER

Auf dem Parkplatz des Red Eye Cafés, wo sie morgens immer ihren Kaffee holte, suchte Amber sich den Parkplatz in der hintersten Ecke aus. Kaum hatte sie den Hebel in Parkstellung gelegt, wählte sie schon Hannas Nummer. Zum Glück nahm die schon nach dem zweiten Klingeln ab.

»Ist alles okay?«, fragte sie gleich.

»Ja«, sagte Amber, doch dann schüttelte sie den Kopf. »Oder besser gesagt, nein.«

»Was ist passiert? Hast du es dir mit Travis doch anders überlegt?«

Heute Morgen hatten sie schon kurz auf dem Weg zur Arbeit telefoniert und Amber hatte ihre Freundin auf den neuesten Stand gebracht, was die Ereignisse der vergangenen Nacht betraf. Aber sie hatten nur kurz sprechen können, weil Amber viele Meetings hatte, und auf keines hatte sie sich ausreichend vorbereitet, weil sie, seit sie gestern mit den Donuts wiedergekommen war, nicht mehr hatte arbeiten können.

»Vielleicht muss ich das«, sagte Amber leise und ihr Herz zog sich wieder zusammen. Doch sie drängte die Tränen zurück. Carolina Creek war eine Kleinstadt und wenn sie auf dem Parkplatz des beliebtesten Cafés des Ortes stand und weinte, würden es ihre Eltern und vermutlich auch Travis in weniger als einer Stunde wissen und dann musste sie sich vor ihnen verantworten.

»Erzähl«, forderte Hanna und Amber hörte, wie sie sich aufs Sofa fallen ließ.

»Erinnerst du dich daran, dass ich dir von dem Job erzählt habe, für den ich mich beworben habe?«

»Der an der Westküste, weil deine Firma da ein neues Büro aufmacht? Jetzt sag nicht, dass du den bekommen hast!«

Amber schloss die Augen und nickte. Wie immer konnte Hanna ziemlich schnell denken und hatte ein phänomenales Gedächtnis.

»Deinem Schweigen entnehme ich, dass dem so ist und du jetzt nicht weißt, was aus dir und Travis werden soll, wenn du ihn annimmst?«

Erst jetzt fiel Amber auf, dass Hanna sie nicht sehen konnte, aber anscheinend verstand ihre Freundin sie auch so. Meine Güte, wie oft hatte sie sich schon gewünscht, dass sie in derselben Stadt oder zumindest auf demselben Kontinent wohnten.

»Genau so ist es«, erklärte sie.

»Scheiße …«, murmelte Hanna. »Das ist echt blöd.«

Amber musste lächeln. Hanna war schon immer sehr direkt gewesen und ihr entspannter Umgang mit Schimpfwörtern war etwas gewesen, woran sie sich als brave Südstaatlerin erst einmal hatte gewöhnen müssen. Aber genau so war es.

»Wie sehr willst du den Job denn?«, fragte Hanna.

Amber hob die Schultern. »Bis gestern dachte ich noch, dass ich ihn unbedingt will. Ich fände es spannend, den neuen Standort aufzubauen. Ich wäre für das gesamte Personal dort zuständig und könnte viel mit ausgestalten. Allerdings ist er auch nicht so gut bezahlt und hoch dotiert, wie ich dachte. Es ist nur eine kleine Verbesserung gegenüber meinem Job hier. Aber es wäre eben mal woanders als North Carolina. Und Seattle soll so toll sein.«

Hanna schwieg eine Weile. »Kyle wohnt auch in Seattle«, merkte sie an.

Amber atmete tief durch. »Leider ist er nicht derjenige, den ich will.« Sie vergrub das Gesicht in den Händen. »Verdammt, ich wollte mich doch niemals so von einem Mann abhängig machen.«

»Whoa, jetzt mal ganz langsam«, sagte Hanna. »Nur weil du darüber nachdenkst, ob du einen Job annehmen sollst, weil du dich gerade verliebt hast, heißt das doch nicht, dass du dich von Travis abhängig machst. Ich finde, das ist einen zweiten Gedanken durchaus wert, schließlich ist das mit euch etwas Besonderes.«

Amber schüttelte den Kopf. »Aber es hat doch noch gar nicht richtig angefangen. Vielleicht wird es ja auch ganz furchtbar und ich sage am Montag schon, dass ich ihn nie wiedersehen will, weil er mal wieder einen dummen Witz über irgendetwas gemacht hat, was mir am Herzen liegt.«

»Glaubst du das wirklich?«

Amber konnte förmlich sehen, wie Hanna die Augenbrauen hob.

»Nein«, gestand sie leise. »So etwas wie letzte Nacht habe ich noch nie erlebt. Und dabei war es nicht einmal der Kuss, obwohl der auch umwerfend war, sondern die Tatsache, dass er mir zugehört hat, mich versteht und mich in meinen Träumen bestärkt.«

»Glaubst du nicht, dass er dich auch in deinem Traum bestärken würde, wenn der darin besteht, einen Job anzunehmen, der in Seattle ist?«

»Und was wird dann aus uns?«

Amber wusste selbst, dass sie wie ein zu müdes, weinerliches Kind klang, dem man nichts recht machen konnte.

»Wie lange hast du denn Zeit, darüber nachzudenken?«

Amber lachte bitter auf. »Weil ich mich selbst auf den Job beworben habe, gehen meine Chefs davon aus, dass ich ihn natürlich noch will.«

»Kannst du dir nicht Bedenkzeit ausbitten?«

Amber starrte auf die Mülltonnen des Red Eye und hob die Schultern. »Bestimmt.«

»Habt ihr jetzt nicht ein langes Wochenende? Bis Dienstag kannst du doch bestimmt nachdenken.«

»Das müsste gehen.«

»Was würde denn passieren, wenn du ablehnst? Wärst du deinen jetzigen Job dann auch los?«

»Ich weiß es nicht. Vermutlich würden sie dann jemand anderen für die Stelle in Seattle nehmen, denn ich bin ja nicht die Einzige, die sich beworben hat. Und einfach rausschmeißen werden sie mich hier bestimmt nicht. Außerdem hat mir meine Chefin gerade noch einmal gesagt, dass sie meine Arbeit sehr schätzt. Ich würde vermutlich weiter auf dieser Stelle stecken bleiben.«

Hanna schwieg und Amber wusste, dass ihre Freundin ihr Zeit zum Nachdenken geben wollte, denn das hier war eine Entscheidung, die nur sie allein treffen konnte. Trotzdem fragte sie: »Was würdest du denn tun?«

Es dauerte einen Moment, bis Hanna antwortete. »Ich weiß es nicht, wenn ich ehrlich bin. Du weißt, dass ich es liebe, zu arbeiten, und bisher habe ich immer den Job jedem Mann vorgezogen. Aber das lag auch daran, dass ich nie den Richtigen in meinem Leben hatte. Gestern noch hätte ich gesagt, dass du den Job auf jeden Fall annehmen musst. Auch wenn ich neun Stunden Zeitdifferenz etwas schwierig für uns beide finde, aber darum geht es nicht und das hätten wir auch hinbekommen.«

»Und was rätst du mir heute?«

Hanna seufzte. »Süße, es geht nicht darum, was ich dir rate.«

»Ich weiß, aber sag es mir trotzdem.«

»Ich kann dir nicht sagen, warum, aber ich glaube, dass das mit Travis und dir etwas Besonderes ist.«

»Aber was ist, wenn ich den Job absage und dann gefällt mir Travis doch auf einmal nicht mehr?«

»Es kann auch sein, dass du Travis in den Wind schießt, den Job in Seattle annimmst und dann feststellst, dass die Stelle total blöd ist. So etwas weiß man nie vorher. Meistens kann man es nur ausprobieren.«

Amber kniff die Augen zusammen. »Ich kann mich aber nicht entscheiden, welchen Weg ich gehen soll.«

Eine Weile schwiegen sie, dann sagte Hanna auf einmal: »Hast du einen Vierteldollar?«

»Warum?«

»Hast du einen oder nicht?«

Amber schaute sich im Auto um. In ihrer Handtasche war ganz sicher keiner, denn ihr Geldbeutel hatte nicht einmal mehr ein Münzfach. Doch vielleicht war im Handschuhfach einer. Sie kramte darin herum und entdeckte eine kleine Dose mit Münzen, die sie dort irgendwann einmal verstaut hatte, für den Fall, dass sie bei Aldi einkaufte. Das war ein deutsches Geschäft, wie Hanna ihr erklärt hatte, und merkwürdigerweise musste man dort einen Quarter haben, um sich einen Einkaufswagen nehmen zu können.

»Und was soll ich jetzt damit tun?«, fragte sie, als sie die Münze in der Hand hielt.

»Wirf sie.«

»Ich soll eine Münze werfen, um so eine Entscheidung zu treffen?«

Wie kam Hanna auf einen solchen Vorschlag?

»So etwas in der Art. Vertrau mir einfach. Also, welche Seite ist Seattle und welche Travis?«

Amber betrachtete den Quarter. »Travis ist der Adler. Seattle der Kopf.«

Sie hörte Hanna lachen.

»Warum lachst du?«

»Das erzähle ich dir gleich. Jetzt wirf schon.«

Amber kam sich albern vor, aber sie warf die Münze in die Luft. Als sie sie jedoch auffangen wollte, griff sie daneben und sie landete erst auf ihrem Schoß und rutschte dann in den Fußraum.

»Mist«, murmelte Amber.

»Was ist?«

»Sie ist runtergefallen.«

Amber beugte sich vor und suchte im Fußraum.

»Auf welcher Seite ist sie gelandet.«

Endlich sah sie die Münze. »Oh«, entfuhr es ihr.

»Welche Seite?«, drängte Hanna.

»Ich glaube, das gilt nicht. Weil sie im Fußraum gelandet ist.«

»Jetzt sag schon, welche Seite?«

Amber atmete tief durch und hob die Münze auf. »Kopf. Also Seattle. Aber ich werfe noch mal. Es soll ja auch Gültigkeit haben.«

»Okay«, sagte Hanna.

Amber warf erneut und dieses Mal fing sie. Als sie die Hand von der Münze hob, machte ihr Herz einen Sprung. Es war der Adler. Doch dann schüttelte sie den Kopf. »Ich kann doch nicht meine Lebensentscheidung mit einer Münze treffen«, sagte sie.

Hanna lachte. »Ist es wieder der Kopf?«

»Nein, es war der Adler.«

Hanna seufzte. »Pass auf, das Ganze war so gedacht: Du wirfst die Münze und schaust dann, wie du dich mit der Entscheidung, die die Münze für dich getroffen hast, fühlst. Wenn du enttäuscht bist, wolltest du eigentlich die andere Seite. Wenn du dich freust, weißt du, welche die richtige Entscheidung ist. Also, wie hast du dich gefühlt?«

Amber atmete tief durch. Ihr Herz hatte ganz eindeutig einen Sprung gemacht, als der Adler, der für Travis stand, gekommen war. »Ich habe mich mehr über den Adler gefreut«, gestand sie ihrer besten Freundin. »Aber ich glaube, das ist nur, weil es letzte Nacht so schön war, und von Seattle habe ich noch gar keine Vorstellung. Es ist noch so wenig greifbar.«

»Lass es doch erst einmal übers Wochenende wirken. Genieße den Abend mit Travis heute und schau, was sich entwickelt. Wenn du am Dienstag überzeugt bist, dass du lieber bei ihm bleiben willst, kannst du deinen Chefs immer noch früh genug Bescheid geben. Wie klingt das?«

»Ich will aber jetzt eine Entscheidung.«

Amber fuhr sich durch die Haare und hätte sie sich am liebsten gerauft. Sie konnte nicht gut mit Situationen umgehen, die nicht geklärt waren. Das brachte ihr ganzes Leben durcheinander.

»Die gibt es nicht immer gleich. Vor allem wenn es um das Herz geht, braucht es manchmal Zeit.«

»Du hast gut reden«, sagte Amber.

»Ja, habe ich, aber ich bin auch nicht verliebt.«

Amber dachte an Hannas Freund, der irgendwo in einer anderen Stadt in Deutschland lebte, aber sie sagte nichts.

»Komm schon, fahr nach Hause und lass dich von Travis ausführen. Hat er dir schon geschrieben, wo es hingeht?«

»Nein, aber er meinte, dass alles geklappt hat und er mich um sieben abholt.«

»Dann hast du ja noch zwei Stunden Zeit, dich zurechtzumachen.«

»Ich mag keine Überraschungen«, sagte Amber.

»Auch nicht, wenn sie so nett sind wie das mit Travis gestern Abend oder heute Morgen im Gartenhaus?«, fragte Hanna und Amber konnte sie lächeln hören. »War es nicht eine nette Überraschung, dass er so gut küsst?«

Als Amber an den Kuss dachte, wurden ihre Knie weich. Davon wollte sie mehr. Gefährlich viel mehr.

»Ich glaube, ich muss jetzt gehen. Danke für deine Hilfe.«

»Immer gern. Und wer weiß, bestimmt kannst du mir den Gefallen irgendwann zurückzahlen, wenn ich mal den Richtigen gefunden habe und mir jemand den Kopf zurechtrücken muss.«

»Das tue ich gern.«

»Sehr schön. Dann fahr jetzt nach Hause und mach dich bereit. Ich wünsche dir den allerschönsten Abend der Welt. Tu nichts, was ich nicht auch tun würde. Du hast es dir verdient.«

Amber dachte wieder an den Kuss und daran, was Travis über ihr Bett gesagt hatte. Durfte sie eigentlich beim zweiten Date mit jemandem schlafen?

14

AMBER

Punkt sieben Uhr stand er vor der Haustür und Amber öffnete sie mit klopfendem Herzen. Er starrte sie an und sagte nichts, also schaute sie an sich herunter. Sie trug ein langes Sommerkleid, das sie gekauft hatte, weil es mit den blauen und silbernen Farben aussah wie Wasser.

»Ich wusste nicht, was wir machen, deswegen habe ich ein Kleid angezogen. Aber ich kann mich auch umziehen, wenn es nicht passend ist.«

Es dauerte einen Moment, bis er antwortete. »Nein, das … Du kannst das gern anlassen.« Seine Stimme klang heiser.

Amber hatte die letzten zwei Stunden darüber nachgedacht, ob sie sich küssen würden, wenn er sie abholte, doch sie war zu keiner Antwort gekommen. Leider machte er keine Anstalten.

»Sagst du mir jetzt, was wir tun?«

Er lächelte geheimnisvoll. »Nimm all deine Meerjungfrauensachen mit. Gern auch dein wasserfestes Make-up.«

Amber zögerte. Eigentlich hatte sie Travis nicht als jemanden eingeschätzt, der auf viel Make-up stand, sondern eher als jemanden, der es natürlich mochte. Deswegen war sie sehr sparsam mit Make-up umgegangen.

Er musste ihr Zögern gespürt haben und lächelte. »Du siehst toll aus. Aber vielleicht hättest du es gern dabei, wenn du später siehst, was ich mit dir vorhabe.«

»Gehen wir schwimmen?«

Sein Lächeln vertiefte sich. »Auch.«

Amber atmete tief durch. »Dann brauche ich aber einen Moment. Soll ich das Make-up schon hier auftragen? Oder gehen wir vorher noch woanders hin?«

»Nein, wir gehen nirgendwo anders hin.«

»Ich bin gleich wieder da«, sagte sie und lief zurück ins Haus.

Er wollte also mit ihr schwimmen gehen, vermutlich in ihren Meerjungfrauensachen. Warum hatte sie nicht schon früher daran gedacht, dass er etwas in der Richtung mit ihr unternehmen würde? Es war so logisch nach ihrem Gespräch gestern Abend.

Merkwürdigerweise war sie zwar aufgeregt, aber sie hatte keine Angst, sich ihm so zu zeigen. Vor zwei Tagen wäre sie bei dem Gedanken, dass gerade Travis sie als Meerjungfrau verkleidet sehen würde, im Boden versunken.

Sie hielt sich mit dem Make-up etwas zurück, denn sie wollte nicht, dass es billig aussah. Doch es war immer noch viel mehr, als sie jemals für die Arbeit oder ein normales Date auftragen würde. Sie zog sich ihren türkis schillernden Bikini unter und rasierte sich sicherheitshalber noch einmal die Beine, obwohl sie das vorhin schon getan hatte und die ja sowieso im Fischschwanz versteckt sein würden.

Immer wieder dachte sie an den Job in Seattle und merkte, dass der, seit sie Travis die Tür geöffnet hatte, weiter in die Ferne gerückt war.

Als sie wieder auf der vorderen Veranda auftauchte, stellte sie fest, dass Travis noch immer genau da stand und ihr einfach nur entgegenschaute. Er hatte kein Handy in der Hand, auf dem er Aktienkurse anschaute oder Nachrichten schrieb, sondern er stand einfach an den Pfeiler ihrer Veranda gelehnt und wartete auf sie. Sie konnte ein Lächeln nicht unterdrücken.

Er kam ihr entgegen, Bewunderung lag in seinem Blick. »Ich habe mich den ganzen Tag auf dich gefreut.«

Ein warmes Kribbeln breitete sich in ihr aus.

Travis räusperte sich. »Außerdem habe ich mich gefragt, ob ich dich jetzt schon küssen darf. Aber ich bin zu keiner Antwort gekommen.«

Sie lächelte. »Ich habe mich das Gleiche gefragt.«

»Und hast du eine Antwort gefunden? Immerhin ist es unser zweites Date.«

»Und ich habe die Regeln verändert.«

»Das heißt, ich darf?«

Sie nickte atemlos.

Zärtlich küsste er sie und seine Finger fuhren über ihren Nacken, sodass sie eine Gänsehaut bekam. Zu ihrer Enttäuschung küsste er sie nicht mit Zunge, aber andererseits fing ihr gemeinsamer Abend auch erst an. Sehr vielversprechend, wie sie zugeben musste.

»Komm«, sagte er. »Wir müssen los.«

»Hast du irgendwo etwas reserviert?«, fragte sie und schloss die Tür ab. Er nahm ihr die Tasche mit den restlichen Meerjungfrauensachen ab.

»Ja und nein. Aber es ist trotzdem wichtig, dass wir pünktlich da sind.«

Travis öffnete ihr die Beifahrertür zu seinem Pick-up und sie kletterte hinein. Als sie einen Blick auf die Rückbank warf, wo sie gestern Abend gesessen hatten, entdeckte sie einen Korb, aus dem es verführerisch roch.

Er setzte sich auf den Fahrersitz und folgte ihrem Blick. »Aidan hat uns etwas zu essen zusammengestellt.«

»Oh«, sagte sie und fragte sich, ob er mit seinen Freunden über gestern Abend und darüber, was zwischen ihnen passiert war, gesprochen hatte.

Travis lenkte den Pick-up durch Oakridge und dann hinaus auf die Landstraße, die in Richtung des Flusses führte.

»Wir fahren nicht zum Meer?«, fragte sie.

Er schüttelte den Kopf. »Ich will doch nicht, dass du als Haiabendessen endest. In der Dämmerung sind sie am aktivsten, ich würde jetzt nicht ins Wasser gehen.«

Amber erschauderte und er griff nach ihrer Hand und drückte sie beruhigend.

»Und wohin fahren wir dann?«

»Das wirst du gleich sehen.«

Kurze Zeit später bog er in die Auffahrt ein, die zu der Merry Hall Plantation führte. Die alte Plantage war, seit Amber denken konnte, in Privatbesitz und sie war noch nie dort gewesen, obwohl sie ein Teil von Carolina Creek war. Die Besitzer lebten schon lange nicht mehr dort, aber die Plantage war immer noch sehr schick eingerichtet. Also schick für die Neunziger vermutlich. Zumindest erzählte man sich das. Selbst Cody, der dort arbeitete, war noch nie in dem großen weißen Herrenhaus gewesen. Er war nur in dem riesigen Pferdestall, wo er auch ein kleines Haus bewohnte, das früher dem Stallmeister zur Verfügung gestellt worden war. Auch das wusste Amber nur aus Erzählungen. Sie hatte es oft merkwürdig gefunden, neben einem so historischen Anwesen zu wohnen und noch nie dort gewesen zu sein.

Als sie in der Schule gewesen war, hatten sich ab und zu einige Jugendliche dorthin geschlichen. Meistens zu Halloween, weil sie es so gruselig fanden. Sie hatten sich die größten Horrorgeschichten erzählt. Manchmal hatten sich auch verliebte Paare dorthin getraut, doch Amber war nie darunter gewesen. So etwas Verbotenes würde sie niemals tun.

Auch jetzt hielt sie den Atem an, als Travis durch das riesige weiße Tor fuhr und sich vor ihnen eine Allee aus Steineichen erstreckte. Im Abendlicht sah es grandios aus, als das Spanische

Moos, das von den Bäumen hing, sanft im Wind hin und her schaukelte.

»Travis«, flüsterte sie, obwohl es keinen Grund dafür gab, leise zu sprechen. »Dürfen wir hier sein?«

Er grinste sie von der Seite an. »Hast du Angst, dass wir erwischt werden?«

Amber nickte. Der Gedanke, dass die Polizei sie beim Hausfriedensbruch erwischte, und dann am besten noch im Meerjungfrauenkostüm, war mehr, als sie ertragen konnte.

Er drückte ihre Hand wieder. »Keine Sorge. Es ist alles legal.«

»Weil Cody hier arbeitet?«

Er hob die Schultern. »Das auch. Er hat uns den Kontakt zum Besitzer vermittelt und Kyle hat ihn dann angerufen und den Unternehmer raushängen lassen. Deswegen konnten wir es für einen Abend mieten.«

»Du hast die Merry Hall Plantage gemietet?«

Hätte er ihr gesagt, dass er ihr echten Sternenstaub besorgt hatte, wäre sie nicht erstaunter gewesen.

Travis nickte und war anscheinend sehr zufrieden mit sich. »Ich hätte es zwar auch einfach so gemacht, aber ich wollte nicht, dass du den ganzen Abend Angst hast, dass uns jemand erwischt. Das wäre kontraproduktiv.«

Ganz langsam fuhr er die Allee entlang, an deren Ende das Herrenhaus zu sehen war. Es war eine echte Südstaatenplantage mit großen Säulen, bodentiefen Fenstern und allem, was dazugehörte. Amber blieb der Atem weg.

»Wir dürfen leider nicht ins Haus, aber das brauchen wir auch gar nicht.«

Amber blinzelte, als sie auf die mit einem Mosaik aus Ziegelsteinen gepflasterte Auffahrt vor dem Haus fuhren. Das Herrenhaus erhob sich majestätisch, alles war sehr gepflegt.

»Es ist eine Schande«, sagte sie.

Travis stellte den Motor ab. »Was meinst du?«

Amber seufzte. »So ein schönes Haus und keiner wohnt darin oder kann es sehen.«

Einen Moment schwieg Travis, dann sagte er: »Ja, es ist wirklich eine Schande, wenn so etwas Wunderbares versteckt wird.« Dabei drückte er ihre Hand und sie begriff, dass er nicht von dem Haus sprach.

Sie dachte an ihren Bikini, den sie trug, und an ihre Tasche auf dem Rücksitz. »Warum sollte ich eigentlich meine Meerjungfrauensachen mitnehmen?«

Travis grinste. »Das wirst du gleich sehen. Komm.«

Er kam auf ihre Seite herum, öffnete ihr die Tür und half ihr heraus. Normalerweise, wenn Männer das machten, fand Amber es albern. Aber nicht bei Travis. Es fühlte sich so anders an, nicht als ob es ein billiger Trick wäre, um sie schneller herumzukriegen, sondern weil er sie wirklich auf Händen tragen wollte. Es war ein wunderbares Gefühl.

Er nahm ihre Tasche und den Picknickkorb in die eine Hand und seine kühlen Finger schlossen sich um ihre.

Travis führte sie ums Haus herum und bevor Amber den Pool sehen konnte, sah sie die Spiegelung des Wassers in den Bäumen tanzen. Eine riesige knorrige Steineiche erhob sich über einem grünen Pool, der mit Unterwasserlampen angestrahlt war. In den Bäumen hingen Lichter und das Wasser glitzerte. Es war ein magischer Ort.

»Oh Travis«, entfuhr es Amber.

»Gefällt es dir?«, fragte er und klang beinahe ein wenig aufgeregt.

Sie nickte, unfähig, noch etwas zu sagen.

»Als du gestern den perfekten Pool beschrieben hast, musste ich an den hier denken. Ich habe ihn zwar noch nie mit den Lampen gesehen, aber er ist grün, hat keine Ecken, sondern Rundungen, und mit diesem Baum ist er einfach wie für eine Meerjungfrau gemacht.« Er machte eine entschuldigende Geste.

»Das Haus stört ein wenig, aber das denken wir uns einfach weg.«

»Und wir dürfen hier sein?«, fragte Amber ungläubig. Es war wie in einem Traum.

»Die ganze Nacht, wenn wir wollen. Und niemand wird uns stören, dafür wird Cody sorgen.«

Langsam ging sie auf den Pool zu, der sie magisch anzog. Die Lampen spiegelten sich auf dem Wasser und erst jetzt sah Amber, dass überall Kerzen aufgestellt waren. In der Nähe des Baumes gab es ein kleines Gartenhaus, in dem ebenfalls Kerzen brannten. Daneben stand ein Tisch, der festlich gedeckt war.

Travis war neben sie getreten. »Wir können entweder am Tisch essen oder am Beckenrand. Ganz wie du willst.« Noch immer klang er nervös.

Amber schaute ihn an. »Das ist so wunderschön.«

Er lächelte, beinahe schüchtern. »Es freut mich, dass es dir gefällt.«

»Ich hatte keine Ahnung, dass es diesen Pool gibt. Vermutlich wäre ich sonst schon einmal heimlich hergekommen.«

Jetzt vertiefte sich sein Lächeln. »Wenn du bereit bist, etwas Verbotenes zu tun, musst du etwas schon sehr wollen.«

Amber senkte den Kopf, als ihr der Gedanke kam, dass sie auch für Travis etwas Verbotenes tun würde. Noch nie hatte jemand etwas so Schönes für sie getan.

»Und ich darf wirklich darin schwimmen?«, fragte sie und dachte an ihre Meerjungfrauensachen.

»Wir können hier am Pool tun und lassen, was wir wollen. Und ich hoffe sehr, dass du ihn benutzen willst.« Er zögerte. »Es gibt da nämlich noch etwas.«

»Noch eine Überraschung?«

Er nahm ihre Hand. »Es sei denn, du möchtest keine Überraschungen mehr, weil du sie ja eigentlich nicht magst.«

Amber musste lächeln. »Diese Überraschung ist die allerschönste, die ich je bekommen habe.« Sie war gespannt, was er noch geplant hatte.

»Komm mit«, sagte er und führte sie um das Becken herum zu dem kleinen Poolhaus. Zu ihrer Überraschung war dort ein Tisch aufgebaut, auf dem ein Laptop stand. Er war mit zahlreichen Stickern verziert, die alle etwas mit Surfen, Wellen und Tauchen zu tun hatten. Ganz eindeutig Travis' Laptop. Daneben lag eine große Kamera.

Auf einmal prickelte Ambers Nacken. »Was ist das?«

»Ich wollte dir etwas zeigen.«

Er klappte den Laptop auf und atmete tief durch. »Ich hoffe, es ist okay für dich.«

Er öffnete einen Ordner mit scheinbar Hunderten von Fotos und ordnete sie in einer Galerie an. Nach kurzem Zögern klickte er auf das erste Foto.

Amber keuchte auf, als sie erkannte, was darauf war. Der Block mit den Meerjungfrauen, hübsch dekoriert mit Muscheln und Sand. Er klickte sich durch die Bilder und sie sah den Schmuck, die Stifte, die Fischschwanzdecken und all die anderen Dinge, die in den Boxen im Gartenhaus waren. Alles war toll arrangiert, mit Muscheln, Sand, einem Fischernetz, zum Teil mit Wasser, auf dem die Sonne glitzerte.

»Das ist wunderschön, Travis.« Sie wandte sich zu ihm um. »Hast du die etwa gemacht?«

Er nickte. »Ich hatte ein wenig Zeit zu überbrücken und wir hatten den Pool schon ab heute Mittag gemietet. Da habe ich die Gelegenheit genutzt.«

»Wofür sind die?«, fragte Amber, obwohl sie es ahnte.

Travis nahm ihre Hände. »Für deine Website und deinen Onlineshop.«

Sie wollte etwas einwenden, doch er schüttelte den Kopf.

»Du musst sie nicht gleich verwenden. Wenn du es erst in ein paar Jahren machst, ist es auch okay. Ich wollte nur, dass du sie hast, für den Fall, dass du es doch anfangen möchtest. Ich glaube nämlich, dass du das sehr gut unter einem Pseudonym aufziehen kannst. Niemand muss wissen, dass du dich dahinter verbirgst, und so kannst du Mädchen in den ganzen USA glücklich machen.« Er grinste. »Und Frauen natürlich auch. Ich könnte mir vorstellen, dass gerade bei Junggesellinnenabschieden so etwas gut ankommt.«

Amber warf einen Blick auf den Bildschirm, wo gerade ein Bild von einer türkisen Sonnenbrille mit ganz viel Glitzer zu sehen war. »Du kannst das wirklich gut.«

Er hob die Schultern. »Solche Flatlays und Produktfotos habe ich zum ersten Mal geschossen, aber ehrlich gesagt hat es Spaß gemacht. Ist mal etwas anderes als immer nur Wracks und Fische.«

Verwirrt schaute sie ihn an. »Du fotografierst beim Tauchen?«

Sie spürte sein Zögern und wie er sich ein wenig zurückzog, so als wäre es ihm unangenehm. »Erzähl mir mehr davon«, bat sie.

Er musterte sie schweigend, so als müsste er eine Entscheidung treffen. Schließlich sagte er: »Vor ein paar Jahren habe ich damit angefangen, bei den Tauchgängen eine Kamera mitzunehmen. Den Leuten gefielen die Bilder und irgendwann hat ein Magazin eines gekauft. Ich verkaufe immer mal wieder welche. Aber niemand in Carolina Creek weiß davon.«

Amber war für einen Moment sprachlos. Dann fragte sie: »Warum willst du nicht, dass die anderen davon wissen?«

Er hob die Schultern. »Weil sonst alle denken, dass ich übergeschnappt bin. Schließlich habe ich keine Ausbildung dafür, sondern habe mir alles selbst beigebracht.«

»Aber solange es gute Bilder sind, die die Leute kaufen wollen, ist es doch egal, ob du es gelernt hast oder nicht.«

»Ich glaube immer noch, dass bald jemand rausfindet, dass ich eigentlich ein Junge aus dem Trailerpark bin, der nur so tut, als wäre er Unterwasserfotograf.«

Amber schluckte. Es war ihrer Geschichte so ähnlich. Vielleicht verstand er sie deshalb so gut.

»Darf ich welche sehen?«

Travis wand sich körperlich und irgendwie war das niedlich. »Ein andermal vielleicht. Heute geht es um dich.«

Doch Amber schüttelte den Kopf. »Nein, heute geht es um uns und ich möchte alles über dich erfahren. Außerdem weiß ich, wie gut es sich anfühlt, wenn man seinen Traum, für den man sich fast schämt, mit jemandem teilt, den man …« Sie brach ab, weil ihr fast das Wort *liebt* herausgerutscht wäre.

Natürlich hatte er es gemerkt. »Den man?«, fragte er mit hochgezogenen Augenbrauen.

»Sehr mag und dem man vertraut«, sagte sie. Das war ja quasi so etwas wie lieben. Sie drückte seine Hände. »Glaub mir, das ist das Schönste, wenn man endlich darüber reden kann. Es wird ein Stück mehr Wirklichkeit.«

Er hob die Schultern. »Es war aber nie mein Traum, Unterwasserfotograf zu werden. Es hat sich einfach so ergeben.«

»Aber es war dein Traum, aus dem Trailerpark herauszukommen, erfolgreich zu sein und allen zu beweisen, dass du mehr bist als der Sohn deines Vaters. Und das hast du geschafft, auch wenn es dir schwerfällt, das einzugestehen. Du darfst darauf stolz sein, Travis.«

Seine Hände zitterten und er schaute hinüber zum Tisch, wo die Kamera lag. Für einen Moment glaubte sie, dass er sich abwenden würde, doch er tat es nicht. Schließlich schaute er sie wieder an. »Weißt du eigentlich, dass du immer Teil meines Traums warst?«

Stumm schüttelte sie den Kopf. Bis vor zwei Tagen hatte sie keine Ahnung gehabt, dass Travis irgendetwas für sie empfand, genauso wie sie nicht gewusst hatte, dass er auch für sie genau der Richtige war.

Er lächelte traurig. »Ich wollte immer gut genug sein, dass du mit mir zusammen sein willst. Aber das war ich nie.«

Schmerzhaft zog sich Ambers Herz zusammen. »Doch, das warst du immer. Ich habe nur nie genau hingeschaut. Und das tut mir leid.«

Er schaute sie liebevoll an. »Das muss es nicht. Schließlich habe ich meine Zuneigung auf eine ziemlich merkwürdige Art und Weise ausgedrückt. Ich glaube, ich habe niemand anderen in der Schule so viel geärgert wie dich.«

Amber musste lächeln. »Zum Glück hat sich die Art, wie du mir deine Zuneigung zeigst, ein wenig geändert.« Sie deutete auf den Pool und den Laptop. »So etwas hat noch nie jemand für mich getan.«

Ein Funkeln stahl sich in seine Augen. »Obwohl ich finde, dass du das mehr als verdient hättest, bin ich froh, dass noch kein anderer Kerl auf die Idee gekommen ist, so etwas für dich zu tun, sonst wärst du jetzt womöglich mit dem zusammen.«

»Ehrlich gesagt stelle ich es mir sehr schwer vor, das hier zu toppen. Das ist einfach wunderbar.« Sie schluckte. »Ich habe mich noch nie so gesehen gefühlt, genau so, wie ich bin.«

Zu ihrer Überraschung machte er eine etwas betretene Miene. »Da wir gerade davon sprechen … Ich bin noch nicht fertig mit meiner Überraschung.«

Ambers Knie wurden ein wenig weich. »Was denn noch?«

Er warf einen Blick zum Laptop. »Das mit den Produktfotos ist ja gut und schön, aber eigentlich brauchst du auch welche von dir. Vor allem, wenn du wirklich irgendwann einmal die Meerjungfrauenakademie starten willst. Und da hier der perfekte Ort ist und gerade richtig gutes Licht, vor allem später, wenn es dunkel ist, mit den Lampen im Pool, wollte ich dir anbieten, welche von dir zu machen.«

Ihr erster Impuls war, abzulehnen, doch er drückte ihre Hände und fügte hinzu: »Du musst die Bilder niemals jemandem zeigen. Ich bin der Einzige, der sie sieht, wenn du es nicht willst. Aber ich würde dir das gern schenken. Lässt du mich?«

Amber schaute in seine grauen Augen, die so hoffnungsvoll waren, und sie konnte gar nicht anders, als zu nicken. Allerdings schaffte sie es nicht mehr, etwas zu sagen.

»Gut, dann zieh dich um.«

Sie stellte sich auf die Zehenspitzen und küsste ihn auf die Wange. Wenn sie ihn jetzt auf den Mund küsste, würde sie sich nicht mehr von ihm lösen können.

Er wirkte ein wenig enttäuscht.

»Später«, flüsterte sie in sein Ohr. Und sie wusste schon jetzt, dass sie nachher noch viel mehr mit ihm tun würde. Sie konnte einfach nicht anders. Auch wenn das hier erst ihr zweites Date war.

Kurze Zeit später hatte sie sich umgezogen und saß am Rand des Pools, hinter ihr der lilafarbene Abendhimmel und die riesige Steineiche. Zu ihrer Überraschung war es ihr überhaupt nicht unangenehm, dass Travis sie so sah. Sie fühlte sich wohl in ihrem Kostüm, das sie schon so lange nicht mehr angehabt hatte. Und wenn sie ehrlich war, war es gar kein Kostüm für sie, sondern wie ihre zweite Identität. Doch das würde sie nicht einmal Travis erzählen.

Sie fühlte sich verführerisch, sexy und unglaublich weiblich. Wie auch nicht, wenn ein so großartiger Mann wie Travis sie so anschaute und all das hier für sie getan hatte.

Travis arrangierte Kerzen und eine Lampe in ihrer Nähe, dann sortierte er ihre Arme und Beine und strich schließlich ihre Haare über ihre Schulter, damit sie nach vorn fielen. Amber erschauderte bei der Berührung.

Schon manches Mal hatte sie darüber nachgedacht, sich die langen Haare abschneiden zu lassen, da sie im Job so unpraktisch waren, doch jetzt war sie froh, dass sie es nie getan hatte. Eine Meerjungfrau mit schulterlangen Haaren war nicht halb so sexy. Gut, es gab Extensions, aber so war es schöner.

Während Travis anfing, Fotos von ihr zu machen, sie bat, in die eine oder andere Richtung oder direkt zu ihm zu schauen, musste Amber immer wieder an die Produktfotos auf dem Laptop denken. Was war, wenn Travis recht hatte und sie den Onlineshop neben ihrem Job aufziehen konnte? Dann könnte sie nicht nur all die schönen Dinge herausholen, die sie im Gartenhaus hatte, und endlich an Menschen verschicken, die sich genauso über solche Dinge freuten wie sie. Sondern sie würde auch andere und vor allem sich selbst unglaublich glücklich machen.

Seit Travis aufgetaucht war, schien so viel mehr möglich. Doch etwas, das ihr auf einmal unmöglich erschien, war, den Job in Seattle anzunehmen. Wie sollte sie das, wenn hier so ein wunderbarer Mann war, der sie auf Händen trug?

Plötzlich bemerkte sie, dass das Klicken der Kamera aufgehört hatte. Travis schaute sie aufmerksam an.

»Was war das für ein ernster Gesichtsausdruck? Ist dir kalt?«

Schnell schüttelte Amber den Kopf. »Ich habe nur über den Onlineshop nachgedacht.«

Sie schämte sich für die kleine Lüge.

»Denk dran, du musst es nicht tun, nur weil ich die Fotos gemacht habe.«

»Ich weiß.« Sie lächelte. »Mach weiter, ich bekomme langsam Hunger.«

Er stand auf und legte die Kamera auf den Tisch. »Ich bin hier erst einmal fertig.«

»Oh, okay«, sagte Amber und wollte gerade ihren Fischschwanz ausziehen, als sie bemerkte, dass Travis sich das T-Shirt über den Kopf zog und sich an den Knöpfen seiner Shorts zu schaffen machte.

Fasziniert starrte sie ihn an. Er war noch besser gebaut, als sie es gedacht hatte. Seine Brust war breit, er war muskulös und auf seinem flachen, gebräunten Bauch lief ein Streifen dunkler Haare direkt in den Bund seiner Hose.

Ambers Mund wurde trocken. Sie war sich sicher, dass sie

noch nie mit einem so attraktiven Mann zusammen gewesen war. Und die Erkenntnis, dass sie ihn schon seit dem Kindergarten kannte, schockierte sie. Warum hatte sie immer auf den Datingplattformen nach dem Richtigen gesucht, wenn er anscheinend genau hier war?

Travis bemerkte ihren Blick und grinste, als er sich die Hose auszog und darunter eine Badeshorts zum Vorschein kam. Er griff nach einer anderen Kamera, schaltete sie ein, prüfte anscheinend die Einstellungen und setzte sich dann neben sie. Amber blieb der Atem weg, als sein Arm ihren streifte.

»Bist du bereit?«, fragte er vergnügt.

»Wofür?«, erwiderte sie und spürte, wie ihre Wangen heiß wurden.

»Für die Unterwasserfotos«, sagte er mit einem Grinsen. »Oder woran hattest du gedacht?«

Sie ließ den Blick über seinen Brustkorb wandern und als sie ihm wieder ins Gesicht schaute, sah sie, wie er tief durchatmete. Er hatte verstanden.

»Lass uns erst einmal Fotos machen. Sonst kommen wir nicht mehr dazu.« Seine Stimme klang rau.

Travis ließ sich ins Wasser gleiten. Er tauchte unter und testete die Kamera. Schließlich kam er wieder an die Wasseroberfläche, direkt vor ihr, und streckte ihr die Hand hin. »Kommst du?«

Am liebsten hätte sie ihn einfach noch eine Weile angestarrt, doch dann ergriff sie seine Hand und ließ sich ebenfalls in das herrliche Wasser gleiten.

»Bleib so«, sagte er leise und machte ein paar Fotos von ihr, dann tauchte er halb unter und ließ auch die Kamera halb im Wasser verschwinden, sodass die Wasserlinie genau auf der Linse war. Er tauchte immer tiefer unter und fotografierte sie dabei.

Travis tauchte wieder auf und lächelte. »Komm mit. Es ist schön dort unten.«

Er glitt unter die Wasseroberfläche und Amber tat es ihm gleich. Sie genoss es, ihren Schwanz wieder auszuprobieren, sich im Wasser zu drehen, zu gleiten, sich zu beugen und zu drehen und ihre Haare wie eine Wolke um sich herum bauschen zu lassen.

Sie war so in ihrem Element, dass sie Travis mit der Kamera fast vergaß. Aber nur fast, denn immer war da diese starke männliche Präsenz, die sie verzauberte.

Amber holte Luft, tauchte wieder unter, drehte ein paar Pirouetten, schwamm mit einem Lächeln auf Travis zu und von ihm fort.

Eine ganze Weile spielten sie so, bis Travis auftauchte und zum Rand schwamm. Er legte die Kamera ab und tauchte zu ihr zurück. Sie fühlte, wie er nach ihr griff, wand sich aus seinen Armen und schwamm davon. Er folgte ihr, und obwohl er langsamer war als sie, da sie ihren Fischschwanz trug, war er ein erfahrener Taucher und holte sie doch ein. Als er bei ihr war, nahm er sie noch unter Wasser in den Arm, dann zog er sie nach oben.

Mittlerweile war es dunkel geworden und die Lichter der Kerzen und Lampen glitzerten auf dem Wasser.

Amber schlang die Arme um seinen Hals. Es fühlte sich so gut an, ihm so nahe zu sein. Endlich küsste er sie und Amber ließ sich in diesen Kuss fallen. Er war leidenschaftlich und zärtlich zugleich und dieser Augenblick war so perfekt, dass sie wünschte, er würde niemals enden.

Sie presste sich an ihn, weil sie möglichst viel von seiner Haut spüren wollte. Seine Hände wanderten über ihren Rücken und als er sie an sich drückte, fühlte sie, wie hart er war. Unwillkürlich drängte sie sich näher an ihn heran. Wenn sie eine Meerjungfrau war, hatte sie es nie darauf abgesehen, so die Männer zu verführen, aber heute war das anders. Sie fühlte sich wie die begehrenswerteste Frau der Welt.

Travis unterbrach den Kuss und strich ihr eine Haarsträhne

aus dem Gesicht. »Danke, dass du mich Teil deines Traums sein lässt.«

Seine Worte überraschten sie und sie wusste nicht, was sie sagen sollte.

Er lächelte. »Wenn ich nicht schon seit Jahren in dich verliebt wäre, wäre es spätestens jetzt um mich geschehen gewesen. Du bist so schön. Gerade jetzt und hier. Das bist so du.«

Amber antwortete ihm mit einem Kuss, in den sie all ihre Leidenschaft legte. »Ich will dich, Travis«, flüsterte sie an seinem Mund. »Jetzt.«

Er stöhnte leise, als sie ihn wieder küsste und er mit der Zunge in sie stieß. Doch plötzlich hielt er inne und sie fühlte, wie er lächelte.

»Was ist?« Sie löste sich so weit von ihm, dass sie ihn anschauen konnte.

Sein Lächeln verwandelte sich in ein schiefes Grinsen. »Ich habe mir noch nie Gedanken darüber gemacht, aber wie hat man eigentlich Sex mit einer Meerjungfrau?«

Für einen kurzen Moment war sie zu überrascht, um zu reagieren. Dann stieg auf einmal ein Lachen in ihr auf, das sie nicht zurückhalten konnte. »Das ist eine sehr gute Frage. Darüber habe ich auch noch nie nachgedacht.«

Mit einem geschickten Handgriff löste er den Verschluss ihres Fischschwanzes. »Ich muss gestehen, dass ich vorhin sehr genau hingeschaut habe, als du ihn geschlossen hast, damit ich weiß, wie ich dich da wieder rausbekomme, falls es notwendig ist.«

Seine Worte brachten ihren Bauch zum Kribbeln. Er hatte also vorhin auch schon daran gedacht, mit ihr zu schlafen.

Mit einem Strampeln der Beine streifte sie den Fischschwanz ab und er sank auf den Boden des Pools. Dann schlang sie die Beine um seine Hüften und presste sich an seine Erektion. Er stöhnte auf.

»So ist es besser«, sagte sie leise.

»Viel besser«, erwiderte er und küsste sie.

Seine Hand fuhr zu ihrer Brust und liebkoste sie. Amber stöhnte, als er ihre Brustwarze berührte. Er zog den Bikini nach unten und seine Finger und das Wasser umspielten sanft ihre nackte Haut. Kribbelnde Erregung baute sich zwischen ihren Beinen auf und sie begann, sich an ihm zu reiben. Sein Atem ging schneller und sie fühlte seine andere Hand an ihrem Po, während seine Finger sich einen Weg in ihr Bikiniunterteil suchten.

»Travis«, keuchte sie, als seine Finger ihre Mitte fanden. Obwohl sie im Wasser war, spürte sie, dass sie dort feucht war. Es fühlte sich so unglaublich gut an, als er sie liebkoste und mit den Fingern auf und ab fuhr, ihre Klitoris leicht berührte, nur um dann wieder zu ihrem Eingang zu fahren.

»Bitte«, wimmerte sie.

»Bitte was?«, fragte er und sie hörte die Erheiterung in seiner Stimme.

»Ich will dich.«

Seine Antwort war ein Stöhnen. »Hier?«

»Ich weiß nicht«, sagte sie. »Dürfen wir das?«

»Es ist mir gerade ziemlich egal, was wir dürfen oder nicht.«

Die Dringlichkeit in seiner Stimme brachte sie zum Lächeln. Sie griff zwischen sie beide und fuhr mit der Hand in seine Hose. Er war groß, größer, als sie gedacht hatte, doch es fühlte sich so gut an.

Es war eine merkwürdige Kombination, seine heiße, aber weiche Haut unter ihren Händen und das kühle Wasser, das sie beide umfloss.

Ein paar Mal bewegte sie ihre Hand von oben nach unten und sie merkte, dass Travis Mühe hatte, sich auf das zu konzentrieren, was seine Hände machten. Es schien, als würde er einfach nur fühlen, was ihre Hand mit seinem Glied machte.

Dieses Gefühl gab ihr so eine süße Macht, dass ihr ganz

schwindelig wurde. Sie bewegte ihre Hand schneller und merkte, dass er sich ihr entgegendrängte.

»Amber«, stöhnte er und vergrub das Gesicht an ihrem Hals.

Überrascht fühlte sie, wie er sie leicht biss. Sie keuchte, als süße Lust durch ihren ganzen Körper schoss, und drängte sich näher an ihn.

»Halt dich an mir fest«, befahl er.

Sie schlang die Arme um seinen Hals und während er sie wieder küsste, bewegte er sich mit ihr zu einer Stelle des Pools, an der er flacher war und wo es eine Sitzbank unter Wasser gab. Er setzte sich darauf, streifte seine Badehose nach unten und zog Amber auf seinen Schoß. Sie fühlte seine Männlichkeit an ihrem Oberschenkel und erschauderte.

Mit geschickten Fingern zog er ihre Bikinihose zur Seite und drang mit den Fingern in sie ein. Gleichzeitig massierte er mit dem Daumen ihren Lustpunkt. Amber bewegte sich auf ihm und schloss die Augen. Es war so ein wunderbares Gefühl.

»Darf ich?«, fragte er leise und positionierte sich so, dass er direkt an ihrem Eingang war.

Dass er fragte, rührte sie, doch es wäre überhaupt nicht nötig gewesen, denn sie wollte es mindestens genauso sehr wie er. Sie nickte und im selben Moment rutschte sie auf ihn und nahm ihn ganz in sich auf.

Es war das wunderbarste Gefühl der Welt. Tatsächlich war er groß und füllte sie ganz aus. Für einen kurzen Moment tat es weh, als er in ihr anstieß.

»Entspann dich, Am«, flüsterte er. »Ich bin noch nicht ganz drin.«

»Nicht?«

Sie spürte, wie er lächelte. »Nein, aber wir schaffen das.«

Er liebkoste wieder ihre Brustwarzen und mit der anderen Hand bewegte er ihr Becken sanft vor und zurück, sodass er tatsächlich noch tiefer in sie rutschte.

»Jetzt«, sagte er an ihrem Ohr.

Für einen Moment hielten sie ganz still, fühlten den anderen und Amber staunte darüber, wie es möglich sein konnte, dass sich Sex mit Travis so anders anfühlte als alles, was sie jemals vorher erfahren hatte.

Langsam bewegte sie sich und er nahm ihren Rhythmus auf. Das Wasser um sie herum plätscherte, als sie sich immer schneller bewegten.

Er stöhnte wieder und sie konnte es unter ihren Fingern spüren. Das Wissen, dass sie ihn so erregte, machte sie so sehr an, dass sie fühlte, wie sich ein Orgasmus in ihr aufbaute.

Er unterbrach ihren Kuss, zog sie an sich und flüsterte ihr ins Ohr: »Komm, Kleines, komm, ich hab dich.«

Seine Hand fand ihre Klitoris und während sich ihre Hüften im perfekten Rhythmus bewegten, massierte er ihren Lustpunkt. Für einen Moment fiel es Amber schwer, loszulassen, und sie fragte sich, was passieren mochte, wenn jetzt jemand kam und sie erwischte. Dann dachte sie daran, dass sie gerade mit Travis Sex hatte, und dieser Gedanke war so unglaublich, dass sich ihr Orgasmus wieder zurückzog.

»Entspann dich, Baby«, murmelte er. »Ich hab dich.«

Amber presste sich enger an ihn, fühlte, wie er sie liebkoste und sich immer tiefer in sie schob. Mit jedem Stoß seiner Hüfte war er tiefer in ihr und dann konnte sie sich ihm auf einmal hingeben.

Plötzlich gab es kein Zurück mehr und sie bewegte sich immer schneller, ließ die Energie zu, die sich in ihrer Mitte sammelte, und genoss sein Stöhnen in ihrem Ohr.

»Amber«, keuchte er irgendwann und das war es, was sie zum Orgasmus brachte. Sie wimmerte auf, als das Verlangen in ihr zu explodieren schien. Noch ein paar Stöße von ihm, dann spannte sich alles in ihr an, nur um sie schließlich in einem pulsierenden Meer aus Lust dahingleiten zu lassen.

Sie bekam nur vage mit, dass er ihre Hüften mit beiden

Händen nahm, sie schnell ein paar Mal auf und ab bewegte und mit einem Keuchen ebenfalls kam.

Unfähig, sich zu bewegen, lag sie in seinen Armen und fühlte dem Strom der Gefühle nach, der ihr Herz und ihre Seele flutete.

Travis schloss sie fest in seine Arme. Sein Herz raste ebenfalls und er zitterte.

»Am«, sagte er schließlich leise und Staunen lag in seiner Stimme. »Du bist unglaublich. Was hast du nur mit mir gemacht?«

Amber lächelte träge an seinem Hals. »Du bist selbst schuld.«

Er küsste sie auf die Schläfe und fuhr mit den Fingern ihren Rücken auf und ab. »Wie das?«

»Du bist der Erste, der mich wirklich gesehen hat. Da passiert so etwas eben.«

Er wurde ganz still und zog sie dann so fest in seine Arme, dass es beinahe wehtat. »Ich habe dich immer gesehen. Und ich werde es immer tun. Das verspreche ich dir.«

Amber dachte an die Stelle in Seattle und auf einmal konnte sie nicht mehr atmen.

»Was ist?«, fragte er alarmiert und machte sich so weit los, dass er ihr ins Gesicht schauen konnte. »Habe ich etwas Falsches gesagt?«

Amber zögerte und schüttelte dann den Kopf. Sie wollte ehrlich mit ihm sein, aber war jetzt der richtige Moment? Immerhin hatten sie gerade Sex gehabt und er war immer noch in ihr.

»Sag es mir, was denkst du?« Er strich ihr eine Strähne aus der Stirn. Besorgt musterte er sie.

»Ich habe eine Stelle an der Westküste angeboten bekommen«, sagte sie leise.

Als er ihre Worte begriff und sich seine Augen vor Entsetzen weiteten, schüttelte sie schnell den Kopf. »Aber ich werde sie nicht annehmen.«

Das konnte sie nicht mehr, nicht nach alldem, was passiert war.

15

TRAVIS

Travis hatte Mühe, zu atmen, als er verstand, was sie gerade gesagt hatte. Kalte Angst griff nach seinem Herzen. Sie würde ihn verlassen.

Sie sagte noch etwas, aber die Worte erreichten sein Gehirn nicht, weil alles, woran er denken konnte, war, dass er sie verlieren würde.

Amber schüttelte ihn sanft an der Schulter. »Hast du mich gehört? Ich werde die Stelle nicht annehmen.«

Er blinzelte und versuchte, diese Worte zu verstehen. »Warum nicht?«

»Weil ich bei dir bleiben will.« Zärtlich schaute sie ihn an. »Ich will wissen, wie das mit uns weitergeht. Was das ist. Ich habe so etwas noch nie erlebt.«

Sein Herz raste so sehr, dass es ihm schwerfiel, Luft zu bekommen. Es dröhnte in seinen Ohren. Er konnte nicht glauben, was sie da sagte.

»Ich auch nicht.«

Es klang lahm, aber etwas Besseres konnte er nicht sagen. Er konnte ja nicht einmal klar denken.

Langsam rutschte sie von seinem Schoß und sofort

vermisste er es, in ihr zu sein. Noch nie hatte er sich beim Sex so vergessen und sich gleichzeitig neu gefunden. Es war wie ein Wunder, mit ihr hier zu sein. Deswegen waren ihre Worte wie eine kalte Dusche gewesen.

Er schüttelte den Kopf. »Warum erzählst du mir das ausgerechnet jetzt?«

Ihre Wangen färbten sich ein wenig rot und an ihrem Hals bildeten sich Flecken. Wie immer, wenn sie aufgeregt war.

»Du hast gesagt, dass du mich immer sehen wirst, und in dem Moment ist mir klar geworden, dass ich bei dir bleiben will. Ich will mehr von alldem. Mehr von dir. Ich kann jetzt nicht einfach gehen.«

Travis zog seine Badehose hoch und fuhr sich durch die Haare. Obwohl sie all die richtigen Dinge sagte, fühlte es sich merkwürdig an.

»Können wir in Ruhe darüber sprechen?«, fragte er. Wenn er mit ihr hier im Wasser war, konnte er sich nicht über so etwas unterhalten. Dafür war das Fotoshooting und das, was danach passiert war, viel zu besonders gewesen. Das wollte er sich nicht kaputtmachen. Aber er wusste auch, dass Amber es nicht ertragen konnte, wenn sie nicht alles geordnet hatte. Solche losen Enden störten sie einfach. Vielleicht hatte sie es deswegen gesagt. Empfand sie nur in diesem Moment so und würde später ihre Meinung wieder ändern, wenn ihr Geist nicht vom Orgasmus verklärt war?

Sie war heftig gekommen, das hatte er gemerkt. Auch er selbst hatte selten in seinem Leben einen so intensiven Orgasmus gehabt. Kein Wunder, nachdem er sich all die Jahre nach Amber verzehrt hatte. Aber er wusste auch, dass er nach so etwas nicht klar denken konnte. Er brauchte etwas Zeit und sie vermutlich auch.

Er stieg aus dem Wasser und reichte ihr die Hand. Auch sie hatte ihren Bikini schnell wieder gerichtet. Sie war so atemberaubend schön, dass er sie für einen Moment nur anstarren konnte. Sie bemerkte es und senkte verlegen den Blick.

Er ließ ihre Hand nicht los, als sie hinüber zu der großen Cabana gingen, auf denen er Handtücher für sie bereitgelegt hatte. Natürlich hatte er gehofft, dass sie sich heute Abend näherkommen würden, allerdings hatte er nicht gedacht, dass es im Wasser passieren würde. Doch es war so stimmig gewesen, im Wasser war sie in ihrem Element und er hatte nie etwas Schöneres gesehen.

Schon immer war er in sie verliebt gewesen, doch sie unter Wasser zu sehen, zu spüren, wie sexy sie sich fühlte und wie verführerisch sie war, hatte ihn fast um den Verstand gebracht.

Er legte ihr ein Handtuch um die Schultern und trocknete sie vorsichtig ab. Scheu lächelte sie.

»Soll ich uns etwas zu essen holen?«, fragte er, als auch er sich abgetrocknet hatte.

Amber schüttelte den Kopf. »Lass uns erst reden. Dann haben wir das aus dem Weg.«

Sie kletterte in die Strandmuschel und klopfte auf den Platz neben sich. Auch jetzt, im Kerzenlicht, war sie wunderschön. Oh Gott, wie er sie liebte.

Die Erkenntnis war so simpel und doch so schwerwiegend, dass er erstaunt innehielt. Ja, er liebte Amber Davis und er würde nie mehr eine andere Frau wollen. Dessen war er sich sicher. Er konnte mit niemand anderem zusammen sein. Nicht nach dem hier.

Als sie ihm vorhin erklärt hatte, was sein Traum war, hatte es ihm fast den Boden unter den Füßen weggezogen. Ihm war nicht klar gewesen, dass sie ihn so gut kannte. Als sie gesagt hatte, dass er sie wirklich sah, da hatte er gewusst, dass es umgekehrt genauso war. Sie konnte als Einzige sein wahres Ich sehen.

Langsam ließ er sich neben ihr nieder. »Du hast also einen neuen Job angeboten bekommen?«, fragte er vorsichtig.

Sie nickte. »In Seattle. Aber ich werde ihn nicht annehmen.«

Er hob die Hand. »Nicht so schnell. Würdest du ihn denn gern annehmen?«

Sie lächelte. »Ich will bei dir bleiben. Da kann ich keinen Job an der Westküste machen.« Doch ihre Stimme kippte ein wenig, als sie das sagte.

Er räusperte sich. »Nehmen wir einmal an, das mit uns wäre nicht passiert. Hättest du ihn dann angenommen?«

Sie zögerte und nickte dann. »Vermutlich schon.« Sie griff nach seiner Hand. »Aber das mit uns ist ja passiert.«

»Ich will dir nicht im Weg stehen, Amber. Das kann ich gar nicht.«

»Du stehst mir nicht im Weg.«

»Aber was ist, wenn du eines Tages merkst, dass du den Job doch lieber angenommen hättest? Würdest du mich dann nicht dafür hassen?«

Seine Mutter hatte seinen Vater gehasst. So sehr. Trotzdem war sie bei ihm geblieben, denn sie hatte keine andere Wahl gehabt. Er hatte ihr alle Chancen auf einen Job als Physiotherapeutin, den sie so geliebt hatte, kaputtgemacht, sodass sie sich mit einem kleinen Sohn nicht allein über Wasser hätte halten können.

Amber atmete tief durch, dann rückte sie näher zu ihm heran. Ihre Haut war kühl vom Wasser. »Ich weiß sehr wohl, dass ich diese Entscheidung treffe und nicht du. Das heißt, wenn ich jemanden dafür verantwortlich mache, wenn ich mich später darüber ärgere, dann bin ich das selbst. Gerade weil du mir jetzt all diese Fragen stellst, weiß ich, dass du nichts damit zu tun hast. Ich bin erwachsen, Travis, ich kann das gut selbst entscheiden. Und ich will bei dir bleiben.«

Als er nicht antwortete, fuhr sie mit dem Zeigefinger über seinen Unterarm. »Willst du denn nicht, dass ich bleibe?«

»Doch«, sagte er. »Aber ich will nicht, dass du mich eines Tages dafür hasst. Ist es denn eine gute Stelle?«

Sie hob die Schultern. »Vermutlich ja. Aber …« Sie zögerte und seine Brust zog sich schmerzhaft zusammen.

»Wie wäre es, wenn ich mit dir komme?«

Der Vorschlag überraschte ihn selbst.

Amber schaute ihn mit großen Augen an. »Du willst mit nach Seattle kommen?«

Er hob die Schultern. »Warum nicht?«

»Aber was willst du da tun?«

Travis schluckte. »Ehrlich gesagt ist mir das egal. Ich weiß nur nicht, was ich hier ohne dich soll.«

Amber schwieg so lange, dass ihm irgendwann dämmerte, dass sie vielleicht gar nicht wollte, dass er sie begleitete.

»Es sei denn, du willst lieber allein gehen. Ich möchte mich nicht aufdrängen.«

Überrascht blickte sie ihn an. Dann schüttelte sie den Kopf. »Darum geht es nicht.« Sie atmete tief durch. »Ich kann doch nicht von dir verlangen, dass du meinetwegen nach Seattle ziehst. Immerhin hast du gerade das Haus hier gekauft und willst das mit dem Gemeinschaftsgarten machen.«

»Das kann ich immer noch tun. Oder ich fange so etwas in Seattle an. Es ist mir egal. Ich will nur gern in deiner Nähe sein.«

Verdammt, er hörte sich an wie ein Stalker.

Amber zog die Beine an und starrte auf den Pool, schließlich schüttelte sie den Kopf. »Ich will das aber nicht.«

Ihm war, als hätte ihm jemand den Boden unter den Füßen weggezogen. Der Gedanke, sie zu verlieren, versetzte ihn in Panik. Er kannte das Gefühl vom Tauchen. Ein paar Mal war er schon in brenzlige Situationen geraten und Panik war das Schlimmste, was man unter Wasser bekommen konnte. Denn dann machte man Fehler. Da half es nur, so ruhig wie möglich zu atmen, die Panik niederzukämpfen und erst dann weiterzumachen. Also atmete er und versuchte, sich darauf zu konzentrieren, die Angst zu vertreiben.

Amber schaute ihn von der Seite an und als sie seinen Gesichtsausdruck bemerkte, lehnte sie sich an ihn. »Du weißt, wie ich das meinte, oder?«

Er schaffte es gerade noch, den Kopf zu schütteln.

»Ich meinte damit nicht, dass ich nicht möchte, dass du mich begleitest. Sondern ich will den Job in Seattle überhaupt nicht. Ich will hierbleiben. Ich fühle mich geehrt, dass du mir anbietest, mich zu begleiten und hier alles aufzugeben. Aber ich habe gerade gemerkt, dass ich auch zu viel aufgeben würde. Das ist die Stelle niemals wert.«

Sein Atem beruhigte sich ein wenig, doch er war immer noch auf der Hut. »Wie meinst du das?«

Sie lächelte ihn an. »Du hast mir heute Abend gezeigt, was ich eigentlich will. Ich will all das hier. Die Südstaaten. Das schöne Wetter, den blauen Himmel, den Sonnenschein, das Meer, in dem man schwimmen kann. Ich will milde Winter, Eistee, ich will das Zirpen der Zikaden und ich will in der Nähe meiner Freunde sein. Ich will die Möglichkeit haben, zu jederzeit in einen Pool springen zu können. Ich will solche Abende, an denen ich mich …«, sie zögerte und ihre nächsten Worte brachten ihn zum Lächeln, »sexy und begehrenswert fühle. Ich will solche Überraschungen wie heute Abend, die mich vollkommen umhauen und die ohne unsere Freunde nicht möglich wären. Ich will die Möglichkeit, meinen Traum zu leben, auch wenn ich noch nicht weiß, wie. Vor allem aber will ich dich. Denn wenn du in meiner Nähe bist, fühle ich mich so lebendig, wie ich mich noch nie in meinem Leben gefühlt habe. Davon will ich mehr, auch wenn es vielleicht egoistisch ist. Und egal, was uns die Zukunft bringt, ich glaube, dass es sehr schön werden kann.«

Er konnte sie einfach nur anstarren. Sie hatte sich in Schwung geredet und als sie endete, glänzten ihre Augen und sie atmete schneller. Sie war so bei sich, so sie selbst, wie er es noch nie bei ihr erlebt hatte. Und wenn jemand gelernt hatte, das Verhalten und die Körpersprache von Amber Davis zu deuten, dann war das vermutlich er.

Sie meinte es ernst und die Tatsache, dass er Teil ihres Traums und ihres Plans war, machte ihn zum glücklichsten Mann der Welt.

Sie hob die Augenbrauen. »Du darfst jetzt gern etwas sagen.«

Doch er hatte eine andere Idee. Er erhob sich, holte seine Kamera vom Beckenrand, nahm die Speicherkarte heraus und schob sie in seinen Laptop. Damit ging er zurück zur Cabana. Neugierig sah sie ihm entgegen.

Er schaute die Fotos schnell durch, denn er wusste genau, welches er suchte. Und dann hatte er es. Es war genauso perfekt geworden, wie er es in dem Moment geahnt hatte, als er auf den Auslöser gedrückt hatte.

Sie schwebte im Wasser, ihre Haare in einer Wolke neben ihr. Ihre Bewegungen waren elegant und sinnlich. Obwohl sie nicht lächelte, drückte ihr Gesicht unbändige Freude und Lebenslust aus.

Er ließ sich neben ihr nieder und schob ihr den Laptop hin. Ihre Augen weiteten sich vor Erstaunen.

»Das bist du«, sagte er leise, griff nach ihrer Hand und küsste sie. »Ich will dir geben, dass du immer so sein kannst. Dass du, egal, wo du bist, tief in dir fühlst, wer du wirklich bist. Ich werde alles dafür tun, dass du du selbst sein kannst.«

Tränen glitzerten auf Ambers Wangen, als sie ihn anschaute. Sie schob den Laptop beiseite und setzte sich rittlings auf seinen Schoß. Sanft küsste sie ihn. »Ich glaube, ich liebe dich. Auch wenn das vielleicht verrückt klingt.«

Ihre Worte ließen irgendetwas in ihm aufbrechen und frei werden. Vielleicht war es sein Herz, vielleicht seine Seele oder einfach nur sein ganzes Sein. Es war so machtvoll, dass er keine Worte dafür fand.

»Ich glaube es nicht nur, sondern ich weiß, dass ich dich

liebe. Das habe ich schon immer getan.« Er lächelte. »Deswegen habe ich dir ja in der zweiten Klasse den Liebesbrief geschrieben.«

Ihre Augen weiteten sich. »Du hast den geschrieben?«

Er hob die Schultern und nickte.

»Aber du hast mich damit aufgezogen.«

»Weil es mir peinlich war, dass du Nein angekreuzt hast.«

»Ich wusste ja nicht, von wem er ist. Ich dachte, er wäre von Tyler MacArthur. Es stand nur T. darunter.«

Betreten schaute er sie an. »Und ich dachte, du wüsstest, dass es nur ich sein kann.«

Ihr Blick wurde weich. »Du wolltest damals schon mit mir gehen?«

Er nickte. »Ich wollte immer nur dich.«

Amber lächelte. »Warte.«

Sie sprang von seinem Schoß und lief zu ihrer Handtasche. Sie holte etwas heraus, aber da sie mit dem Rücken zu ihm stand, konnte er nicht sehen, was es war. Sie kramte einen Moment herum, dann kam sie wieder zu ihm herüber und er konnte sich nicht sattsehen an ihr. Mit einem Lächeln streckte sie ihm einen zusammengefalteten Zettel hin.

Er öffnete ihn und darauf stand: *Willst du mit mir gehen? Ja, nein oder vielleicht. Bitte ankreuzen.*

Seufzend nahm er den Stift, den sie ihm hinhielt. Für einen Augenblick ließ er ihn über dem *Vielleicht* schweben, dann wanderte er zum *Ja*.

Er blickte auf. »Eigentlich müsste ich *Vielleicht* ankreuzen, immerhin ist es erst unser zweites Date.«

Sie warf den Kopf in den Nacken und lachte. Noch bevor er sein Kreuz beim Ja setzen konnte, stürzte sie sich auf ihn und überhäufte ihn mit Küssen. »Es ist mir egal, was du ankreuzt, so schnell wirst du mich nicht mehr los.«

Travis zog sie fest in seine Arme. »Das hoffe ich doch.«

* * *

Im nächsten Buch Sehnsucht nach Carolina Creek geht es um Hanna und Kyle - romantisch, aufregend und voller Sehnsucht. Eine Leseprobe findest Du weiter hinten in diesem Buch.

Wenn Du noch eine Bonusszene mit Amber und Travis möchtest, dann erfährst Du auf der nächsten Seite, wie das geht.

JULIAS ROMANCE CLUB

Möchtest Du dabei sein, wenn Amber das erste Mal auf einem Kindergeburtstag auftritt und danach eine besondere Überraschung erlebt? Und das, obwohl sie Überraschungen ja gar nicht so mag….

Du wirst automatisch für Julias Newsletter angemeldet - wenn Du nicht schon auf der Liste bist. Das ist für Dich komplett kostenlos. Ich verspreche, dass ich niemals Spam sende und Du kannst Dich natürlich auch jederzeit wieder abmelden. Hier erfährst Du auch immer als Erste, wie und mit wem es in Carolina Creek weitergeht.

Tippe einfach folgenden Link in Deinen Browser ein: http://www.juliastirling.com/ccmmpre

Oder Du scannst diesen QR-Code ein, dann gelangst Du auch direkt auf die Seite:

Möchtest Du wissen, was zwischen Hanna und Kyle passiert? Dann bestelle jetzt gleich Sehnsucht nach Carolina Creek. Eine Leseprobe findest Du auf den nächsten Seiten.

EINE REZENSION WÄRE GROSSARTIG!

Liebe Leserin,

vielen Dank, dass Du Willkommen in Carolina Creek gelesen hast. **Wenn Dir gefallen hat, was ich schreibe, dann würde ich mich sehr über eine Rezension auf Amazon freuen.**

Warum Rezensionen so unglaublich wichtig für uns Autoren sind... Mit jeder Rezension steigt meine Sichtbarkeit auf Amazon. Je mehr Rezensionen ich habe, desto höher steige ich im Ranking und in der Sichtbarkeit. Das ist vor allem deshalb wichtig, weil mich so auch andere Leser finden können, die sonst nie etwas von mir und meinen Büchern erfahren würden.

Das heißt: Jede auch noch so kurze Rezension hilft. Sie muss nicht lang und ausgefeilt sein - aber über die freue ich mich natürlich auch. Ich verstehe auch, dass viele Leser es auf später verschieben oder es ihnen unangenehm ist. Aber es wäre wunderbar von Dir, wenn Du jetzt auf Amazon gehst, nach dem Buch suchst und eine ganz kurze Rezension abgibst.

Ich wäre Dir sehr, sehr dankbar und Du würdest mich unglaublich glücklich machen!

LESEPROBE AUS SEHNSUCHT NACH CAROLINA CREEK - KAPITEL 1

Hanna hasste Hochzeiten. Deutsche Hochzeiten waren schon schlimm, aber amerikanische schienen das noch zu toppen, dachte sie, als sie die letzte Rolltreppe am Flughafen in Raleigh nahm, bevor sie ihre Freundin Amber in die Arme schließen würde.

Diese eine Hochzeit würde sie noch über sich ergehen lassen müssen, aber danach war Schluss, das schwor sie sich. Wenn Amber in drei Wochen verheiratet war, würde sie nie wieder eine Hochzeitsfeier besuchen. Es kostete einfach zu viel Energie und irgendwann trennten sich ja doch alle wieder. Obwohl sie sich bei Amber ziemlich sicher war, dass es mit ihr und Travis bis in alle Ewigkeit halten würde.

Sie hatte das Ende der Rolltreppe fast erreicht und steckte ihr Handy weg. Allerdings nicht, ohne einen letzten Blick auf das Bild vom Brautjungfernkleid geworfen zu haben, das sie in drei Wochen würde tragen müssen. Es war orange. Egal, ob Ambers Mutter behauptete, es sei golden. Das war definitiv Orange. Und Dinge wie Brautjungfernkleider machten amerikanische Hochzeiten noch schlimmer als deutsche.

Als Hanna Amber sah, beschleunigte sie ihre Schritte. Sie

hatten sich seit drei Jahren nicht in echt gesehen. Sie rannte das letzte Stück und schloss Amber in die Arme. Allein das war es wert gewesen, ihre Flugangst zu überwinden und wieder einmal in die USA zu kommen. Sie hatte Amber so vermisst und konnte schlecht erwarten, dass sie immer nach Deutschland kam.

»Ach du meine Güte, siehst du schlecht aus«, entfuhr es Amber, als Hanna sich von ihr löste.

Hanna musste lachen. »Wenn ein so höflicher Mensch wie du das schon sagt, dann muss ich ja furchtbar aussehen. Dabei geht es mir jetzt gerade eigentlich ganz gut.«

Amber biss sich schuldbewusst auf die Lippe und nahm Hanna noch einmal fest in die Arme. »Es tut mir leid«, murmelte sie, während andere Reisende sich an ihnen vorbeidrängten. »Aber du siehst wirklich erschöpft aus. War es so schlimm?«

»Der absolute Horror«, stöhnte Hanna. »Sie mussten meinen Flug von Frankfurt aus umbuchen und ich saß auf einem Mittelplatz, eingequetscht zwischen zwei Männern. Der eine hat gestunken, der andere die ganze Zeit laut Kaugummi gekaut. Und dann mussten wir aufgrund des Sturmes in Philadelphia umgeleitet werden. Als wir endlich in Washington angekommen waren, gab es keine Flüge mehr hierher und Hotelzimmer in Washington auch nicht.«

Amber drückte sie noch einmal fest. »Jetzt bist du ja zum Glück da.« Sie hüpfte auf und ab. »Ich kann es noch gar nicht glauben. Über drei Wochen bist du hier!«

Hanna lächelte ihre beste Freundin an. Ihre Freude war so ansteckend, obwohl sie nach dieser Anreise kaum noch die Augen offen halten konnte. »Und wenn ich wieder abreise, wirst du verheiratet sein.«

Ambers Augen weiteten sich. »Ich werde tatsächlich heiraten. Ist das nicht unfassbar? Manchmal kommt es mir vor wie in einem Film. Ich kann es wirklich kaum erwarten.«

Hanna stieß sie an »Wenn du erst einmal Miller mit Nachnamen heißt und ihr eine ganze Horde Kinder habt, wirst du dich vermutlich danach zurücksehnen, wieder Single zu sein.«

Doch Amber schüttelte den Kopf. »Niemals. Travis ist der beste Mann der Welt, ich werde ihn niemals leid werden.«

Hanna presste die Lippen zusammen, um nicht aus Versehen ihre Meinung zum Thema Hochzeiten, Ehen und langfristige Beziehungen kundzutun. Sie strich ihrer Freundin eine Strähne hinter das Ohr. »Du siehst aber auch ein wenig geschafft aus.« Das war vollkommen untertrieben. Amber war blass und hatte Ringe unter den Augen, denen der Glanz fehlte, der sie sonst so hatte strahlen lassen. Vor allem seit sie mit Travis zusammen war. »Ist es so stressig mit der Hochzeit?«

Amber seufzte, dann nickte sie. »Ich habe auf der Arbeit viel zu tun. Weil ich letztes Jahr den Job in Seattle abgelehnt habe, muss ich mich auf einmal wieder beweisen und bekomme so viele Projekte auf den Tisch. Ich muss nachher auch noch einmal ins Büro. Es tut mir leid.« Sie grinste. »Ich habe allerdings einen Plan. Wenn ich jetzt besonders viel arbeite, kann ich meine furchtbare Chefin vielleicht doch noch überzeugen, mir nach der Hochzeit ein paar Tage freizugeben. Vielleicht können Travis und ich dann noch spontan eine kleine Hochzeitsreise in die Karibik buchen.«

Hanna seufzte. »Ich würde mich so für euch freuen. Ich hoffe, ihr findet ein Hotel mit einem tollen Pool. Und dass du nachher nochmal ins Büro musst, macht nichts, dann nutze ich die Zeit zum Schlafen und brauche kein schlechtes Gewissen zu haben.«

Amber legte den Kopf schief. »Das brauchst du sowieso nicht. Die nächsten drei Wochen kannst du tun und lassen, was du willst.«

»Auch ein anderes Brautjungfernkleid anziehen?«, fragte Hanna mit einem Grinsen.

Schuldbewusst schaute Amber sie an. »Ich habe meiner

Mutter mehrmals gesagt, dass die furchtbar sind, aber sie meinte, dass die Farbe am besten zur Deko passe.«

Hanna nickte, aber sie glaubte, dass Brautjungfernkleider deswegen so hässlich waren, damit niemand die Braut ausstechen konnte. Das hatte sie jedoch gar nicht vor, denn sie wusste, dass Amber sich ihre perfekte Hochzeit schon seit ihrem fünfzehnten Lebensjahr ausmalte. Das würde sie ihr niemals kaputtmachen. Auch wenn es bedeutete, dass sie die nächsten drei Wochen so tun musste, als ob sie Hochzeiten liebte.

Sie zog eine Grimasse. »Das einzig Dumme ist, dass ich niemandem Fotos von der Hochzeit zeigen kann, zumindest nicht, wenn ich auf den Bildern bin.«

Amber lachte. »Das ist mir egal. Ich bin einfach nur froh, dass du tatsächlich gekommen bist. Wie gut, dass du ausgerechnet jetzt zwischen zwei Jobs bist.«

»Ich habe mir eben Mühe gegeben, das genau so für dich einzurichten. Aber ehrlich gesagt hätte ich mir dafür auch vier Wochen Urlaub genommen. Ich freue mich nicht weniger auf Carolina Creek.«

Es würden tolle drei Wochen werden, trotz der Hochzeit.

Amber zog sie ein Stück zur Seite in Richtung des Starbucks Cafés, weil sie immer noch direkt an dem Ausgang standen, wo die Fluggäste von ihren Angehörigen abgeholt wurden. »Freust du dich schon auf deinen neuen Job? Ich muss zugeben, dass ich ja ein bisschen neidisch bin, dass du so einen Traumjob bekommen hast. Wurde allerdings auch mal Zeit, nach allem, was du in der Agentur erleben musstest.«

Unwillkürlich musste Hanna lächeln. Sie hatte erst vor einem Monat die Zusage bekommen und konnte es immer noch nicht fassen. Sie würde die Social-Media-Managerin für eine Organisation werden, die sich um Bildung für Mädchen kümmerte. Dieser Job hatte alles, was sie jemals gewollt hatte. Sie würde zwei Mitarbeiter haben, tolle Kampagnen machen und etwas in der Welt bewegen. Bisher hatte sie nur in Agenturen gearbeitet, die dafür gesorgt hatten, dass große Unternehmen noch reicher wurden. Und dabei hatte sie all diese fürchterlichen Männer als Chefs über sich ergehen lassen müssen. Doch in etwa vier Wochen würde sie richtig durchstarten. Es würde viel Arbeit werden, aber sie hatte ja Zeit, sich vorher zu erholen.

»Sollen wir dein Gepäck holen gehen?«, fragte Amber und zeigte hinüber zur Rolltreppe. »Bestimmt ist es schon ausgeladen.«

Hanna schaute sich um. Seit sie das letzte Mal in Raleigh, North Carolina gelandet war, hatten sie den Flughafen modernisiert. Jetzt stand man in einer riesigen Halle mit Glasdach, durch das das Licht der Julisonne fiel. Darüber war der tiefblaue Südstaatenhimmel. Es war kühl hier drinnen, aber nur weil die Klimaanlage an war. Draußen würde es brütend heiß sein. Doch genau darauf freute Hanna sich.

»Lass mich erst noch einen Kaffee holen, sonst schlafe ich auf dem Rückweg im Auto ein. Dabei haben wir doch so viel zu besprechen.«

Bei Starbucks bestellte Hanna einen Venti Caramel Macchiato mit zwei Extrashots Espresso. Viel Zucker und Koffein, das sollte sie wach halten.

Langsam gingen sie hinüber zur Rolltreppe, die sie ins Untergeschoss zu den Gepäckbändern bringen würde.

»Und was ist mit den Hochzeitsvorbereitungen?«, fragte Hanna. »Geht es gut voran?«

Zu ihrer Überraschung stellte sie fest, dass sich alles an ihrer Freundin zusammenzuziehen schien.

Amber schüttelte den Kopf. »Es ist wie verhext. Ständig kommt etwas dazwischen und wir müssen umplanen. Also, ich muss umplanen. Travis scheint das nicht sonderlich zu stören. Er sagt immer nur, dass es ihm egal ist, wie wir feiern, Hauptsache, wir sind bald verheiratet. Und das finde ich ja auch, aber egal ist es mir auch nicht. Aber wenn man so kurzfristig beschließt, zu heiraten, wie wir, dann ist das vielleicht einfach so. Hauptsache, ich muss nicht auf dich verzichten. Wenn du nicht hättest kommen können, hätte ich die Hochzeit verschoben.«

Hanna senkte beschämt den Kopf, als sie daran dachte, dass sie ernsthaft darüber nachgedacht hatte, nicht hierherzukommen. Ihre Flugangst und ihre Abneigung gegen Hochzeiten wären zwei gute Gründe gewesen, doch ihre Freundschaft zu Amber wog schwerer als all das.

Sie betrachtete ihre Freundin, die erst seit einem Dreivierteljahr mit Travis zusammen und seit zwei Monaten verlobt war. Schon in der Schule hatte Amber gewusst, wie ihre Hochzeit ablaufen sollte. Sie hatte alles genau durchgeplant, wusste, wie ihr Hochzeitskleid aussehen sollte, wer eingeladen wurde, ja, sogar, welche Farben die Geschenktüten hatten, die sie ihren Gästen mitgeben wollte. Allerdings hatte sich genau diese detaillierte Planung jetzt als Problem erwiesen, denn eine Hochzeit so zu gestalten, wie eine Fünfzehnjährige sie sich erträumt hatte, war nicht ganz leicht.

»Ich werde dir helfen, so gut ich kann«, versprach Hanna und meinte es auch so. Selbst wenn sie für Hochzeiten nicht viel übrighatte, außer für den Teil, wo man bis in die Morgenstunden feiern und tanzen konnte, wollte sie, dass Amber ihre Traumhochzeit bekam. Allerdings würde sie ihre Belohnung mit der Feier bis in die Morgenstunden nicht bekommen, denn das war bei einer amerikanischen Hochzeit definitiv nicht vorgesehen. Im Gegenteil, das Ganze würde nur drei oder vier Stunden dauern. Darüber hatte Amber sie schon aufgeklärt. Das einzig Gute daran war, dass sie das hässliche orange Kleid auch nur so lange tragen musste. Vielleicht konnte sie noch eine coole Nachfeier organisieren. Am besten direkt am Strand.

»Und dafür bin ich dir sehr dankbar«, seufzte Amber. »Ich weiß gar nicht, wie ich das alles schaffen soll. Vor allem, da meine Chefin im Moment wirklich spinnt. Es ist noch so viel zu erledigen.« Sie lächelte. »Aber jetzt bist du ja da und Kyle kommt heute anscheinend auch schon an. Er ist Travis' Trauzeuge und hat versprochen, dass er sich um die Vorbereitungen von seiner Seite aus kümmert. Ehrlich gesagt bin ich froh darüber, denn er hat jede Menge Ahnung davon, wie man große Projekte managt. Ganz im Gegensatz zu Travis. Mit Kyle kann ich viel besser arbeiten.«

Hannas Herz stolperte, als Amber den Namen Kyle erwähnte. Sie hatte ihn seit ihrem Abschluss an der Carolina Creek Highschool vor gut zwanzig Jahren nicht mehr gesehen. Aber sie konnte sich noch gut an den Kuss im Morgengrauen am Strand erinnern, bevor sie nach ihrem High-School-Jahr wieder nach Hause gefahren war.

Kyle war jetzt eine große Nummer. Er hatte zusammen mit zwei Freunden aus der Uni ein Technologie-Start-up gegründet, das ziemlich groß rausgekommen war und ihn in der Gründerszene von Seattle, wo das Unternehmen ansässig war, und auch landesweit bekannt gemacht hatte. Ab und zu hatte Hanna ihn in den vergangenen zwanzig Jahren gegoogelt und dabei den einen oder anderen Artikel über ihn gefunden. Und jetzt würde sie ihn wiedertreffen. Es war ein merkwürdiges Gefühl. Und auch aufregend.

Als sie am Fuße der Rolltreppe angekommen waren, lief gerade das Gepäckband an. Ambers Handy klingelte und als sie einen Blick darauf warf, seufzte sie. »Meine Chefin. Entschuldige bitte, aber ich muss da rangehen.«

Hanna nickte und hörte mit halbem Ohr zu, als Amber mit ihrer Vorgesetzten sprach.

»Ja, ich bin in Raleigh. Am Flughafen.«

Amber rollte mit den Augen, während sie ihrer Chefin weiter zuhörte.

»Heute?«, fragte sie. »Aber ich ...« Sie brach ab und warf Hanna einen Blick zu.

Die ersten Koffer fielen auf das Band und Hanna fragte sich, ob ihrer wohl dabei sein würde. Die Mitarbeiterin in Frankfurt hatte ihr gesagt, dass es mit den Koffern oft schwierig wurde, wenn Flüge umgebucht wurden. Manchmal kamen sie ein paar Tage zu spät an. Aber das war nicht schlimm, denn dann hatte sie einen Grund, shoppen zu gehen. Das hatte sie sowieso vor.

Sie schlenderte hinüber zum Gepäckband, wo schon andere Leute, die auf ihrem Flug gewesen waren, Koffer vom Band wuchteten. Doch ihren knallroten Koffer mit den dunkelblauen Applikationen konnte sie noch nicht sehen.

Amber hatte aufgelegt und trat neben sie. »Meine Chefin nervt. Sie will …«

Weiter kam sie nicht, denn ihr Handy klingelte schon wieder. Ambers Augen wurden groß.

»Was ist?«, fragte Hanna und behielt weiterhin das Gepäckband im Auge.

»Das ist der Chef meiner Chefin. Warum ruft der mich denn jetzt an?«

»Geh ran, dann erfährst du es.«

»Ich will aber nicht rangehen. Das heißt bestimmt nichts Gutes. So langsam habe ich da keine Lust mehr darauf.«

Erstaunt schaute Hanna ihre Freundin an und lächelte. »Höre ich da so viel Unmut raus, dass du womöglich langsam bereit bist, zu kündigen? Du würdest uns allen eine große Freude machen.«

Amber schnitt eine Grimasse. »Das mit dem Kündigen ist eine längere Geschichte.«

Sie atmete tief durch, blickte wieder auf ihr Handy, aber als sie gerade abnehmen wollte, hörte es auf, zu klingeln.

»Was wollte denn deine Chefin von dir?«, fragte Hanna und behielt weiter das Gepäckband im Auge.

Amber zog eine Grimasse. »Sie wollen, dass ich jetzt gleich zu einem unserer Büros hier in Raleigh fahre, weil es da einen Vorfall mit einem Mitarbeiter gab. Anscheinend hat er nebenher als Kopfgeldjäger gearbeitet und ein Messer mit ins

Büro …« Sie brach ab und bevor Hanna nachfragen konnte, was es damit auf sich hatte, sagte Amber: »Da ist Kyle.« Sie hüpfte auf und ab. »Kyle!«, rief sie laut, um ihn auf sich aufmerksam zu machen.

Hannas Bauch begann zu kribbeln. Sie legte eine Hand darauf und atmete tief durch. Als sie Ambers Blick folgte, sah sie ihn auf der Rolltreppe stehen. Vermutlich hätte sie ihn auch wiedererkannt, wenn Amber sie nicht auf ihn aufmerksam gemacht hätte. Er sah immer noch so unverschämt gut aus, dass ihr Herz schneller schlug.

Das konnte ja heiter werden.

Zu ihrer eigenen Überraschung wandte sie sich zum Gepäckband um und zog ihr T-Shirt glatt. Sie hatte die ganze Nacht am Flughafen von Washington verbracht und in der Nähe eines geschlossenen Starbucks-Ladens darauf gewartet, dass es Morgen wurde. Sie hatte kein Flugticket, das ihr den Zugang zu einer Lounge erlaubt hatte, und fühlte sich ungewaschen und zerknittert. So wollte sie Kyle nicht gegenübertreten. Aber vermutlich blieb ihr nichts anderes übrig.

Sie hatte gewusst, dass er auch bei der Hochzeit sein würde, denn er war immer noch Travis' bester Freund, genau wie damals in der Schule. Weil ihr klar war, dass sie ihn treffen würde, hatte sie sich einige Outfits mitgenommen, um ihn gebührend zu beeindrucken. Turnschuhe, ein zerknittertes T-Shirt mit Strickjacke darüber und ihre bequemste Yogahose, die auf dem Langstreckenflug einfach Gold wert gewesen war, waren definitiv nicht das Outfit, mit dem sie bei jemandem wie ihm Eindruck schinden würde. Vermutlich verkehrte er als erfolgreicher Unternehmer nur mit Models.

Am liebsten hätte sie Amber gesagt, dass sie ihn nicht auf sich aufmerksam machen sollte, aber dafür war es wohl schon zu spät.

»Ich komme gleich wieder«, sagte Amber und bevor Hanna

sie zurückhalten konnte, war sie in Richtung der Rolltreppe gelaufen.

Hanna verschränkte die Arme und starrte zum Gepäckband. Sie weigerte sich, ihre losen Strähnen in den Zopf zu stecken oder sich womöglich noch in die Wangen zu kneifen, um weniger müde auszusehen. Aber zumindest streckte sie den Rücken durch.

In diesem Moment sah sie etwas Rotes aufs Gepäckband rutschen. Ihr Koffer! Aber Himmel, was war denn das? Er war offen und wurde nur lose von einer Art Paketband zusammengehalten. Eines ihrer hellblauen Lieblingstops hing an der Seite heraus und als der Koffer aus der Transportöffnung auf das Band rutschte, geschah das mit der geöffneten Seite zuerst. Eine Haarbürste, eine ihrer nicht so schicken Unterhosen und ihre Kulturtasche purzelten heraus.

Die Umstehenden sogen erschrocken die Luft ein. Vermutlich hatte jeder Angst, dass sein Koffer genauso aussehen könnte.

Hanna war wie versteinert, als der Koffer seine Runde um das Gepäckband zu machen begann. Natürlich bewegte er sich von ihr weg. Das hieß, sie konnte sich jetzt entweder an allen vorbeidrängeln, um an ihren Koffer zu gelangen, oder sie wartete, bis er hier ankam.

Bevor er um die Ecke verschwand, rutschte er noch einmal und entsetzt sah Hanna, dass etwas Längliches, Rosafarbenes an der Seite aus dem Koffer lugte. Verdammt, das war einer der Vibratoren, die sie für den Junggesellinnenabschied als Partygeschenk mitgebracht hatte, wie eine der Kolleginnen von Amber vorgeschlagen hatte. In diesem Moment ärgerte sie sich, dass sie sich dazu hatte überreden lassen. Warum hatten die anderen das nicht organisiert? Wenn die Dinger jetzt herausfielen, konnte es peinlich werden. Denn wenn sie eines wusste, dann, dass die Amerikaner in den Südstaaten sehr prüde sein konnten. Und hier standen Kinder am Gepäckband. Wenn die Eltern Sexspielzeug sahen, konnte es sogar sein, dass sie mit einer Anzeige rechnen musste.

»Scheiße«, murmelte sie und sah, dass sich einige der Umstehenden nach ihr umdrehten.

Für einen ganz kurzen Moment war Hanna versucht, einfach so zu tun, als wäre das nicht ihr Koffer, und zu Amber und Kyle zu gehen, doch sie ahnte, dass sie das Problem damit schlimmer machen würde, denn am Ende würde ja doch rauskommen, dass es ihr Koffer war.

Sie schloss die Augen. Kyle. Peinlicher ging es wohl kaum. Hoffentlich sah er das nicht.

Hanna warf einen Blick hinüber zur Rolltreppe, wo Amber schon wieder ihr Handy am Ohr hatte und Kyle geduldig neben ihr wartete. Sie wusste, dass sie diesen Moment nutzen musste. Vielleicht konnte sie sich mit ihrem Koffer in eine ruhige Ecke verziehen und ihn wieder zusammenpacken, bevor Amber mit Kyle zurückkam.

Gerade traten eine Frau und ein grimmig aussehender Mann mit militärischem Kurzhaarschnitt, die zwei Mädchen im Schlepptau hatten, an das Gepäckband. Und der Koffer ruckelte direkt auf sie zu. Der Typ sah aus wie jemand, der sie dafür anzeigen könnte, dass seine Töchter dank ihr einen Vibrator gesehen hatten.

Hanna sprintete los und auf den Koffer zu. Natürlich zog sie die gesamte Aufmerksamkeit auf sich und kurz fragte sie sich, ob es so klug gewesen war, zu rennen. Doch dann sah sie, dass ihr Koffer an der nächsten Schleife des Gepäckbands wieder kippte und noch mehr herausfiel.

Einige begannen bereits, sich über den Koffer und den Inhalt zu unterhalten, Hanna hörte ein Lachen. Und obwohl ihr selten Dinge peinlich waren, war es heute so weit. Das hier war superpeinlich.

Endlich hatte sie ihren Koffer erreicht und versuchte, ihn vom Band zu heben. Da er aber mit der geöffneten Seite nach unten lag und damit auf dem Griff, hatte sie Mühe, ihn hochzubekommen. Da das Gepäckband natürlich weiterlief, musste sie sich an anderen Fluggästen vorbeidrängeln, die dicht am Gepäckband standen, und murmelte die ganze Zeit abwechselnd »Sorry« und »Scheiße«.

Endlich bekam sie den Koffer richtig zu fassen, drehte ihn um und hievte ihn vom Band. Doch kaum hatte sie ihn auf dem Boden, wurde ihr klar, dass sie das nächste Problem hatte. Alles, was herausgefallen war, fuhr nämlich munter weiter auf dem Gepäckband mit, vorbei an den neugierigen Blicken der anderen Wartenden, die jetzt natürlich genau hinschauten. Und auch wenn es ihr egal war, ob jemand ihre Unterhosen und den Spitzen-BH sah, so waren ihr die drei Vibratoren, die sie von hier aus entdecken konnte, überhaupt nicht egal. Anscheinend hatte der Zoll sie aus den Verpackungen genommen.

Hanna ließ den Koffer stehen und rannte den restlichen Sachen hinterher. Mittlerweile waren alle zurückgetreten und beobachteten die Show.

Hanna kam ins Schwitzen.

Sie bekam die Bürste zu fassen, einen der Dildos, eine Unterhose und ihren Kulturbeutel. Sie raffte alles zusammen und drückte es an die Brust. Das Gepäckband machte einen Schlenker und sie musste dem Gepäckwagen einer älteren Dame ausweichen.

Weitere Koffer fielen aus der Ladeluke und einer von ihnen landete genau auf ihren Sachen. Eine Frau mittleren Alters nahm ihn vom Gepäckband und ihr Blick landete auf Hannas Habseligkeiten. Erschrocken sog die Frau die Luft ein. Ob sie die Vibratoren als solche erkannt hatte?

»Entschuldigung«, sagte Hanna schnell und raffte alles zusammen, was sie erwischen konnte. Doch einer ihrer schönsten BHs hatte sich bis nach oben geschoben und sie kam nicht heran, vor allem nicht, da sie schon alles andere in einer Hand hatte.

Kurz entschlossen stieg sie auf die Abgrenzung und angelte nach dem Schmuckstück, das sie in einer edlen Boutique in Hamburg gekauft hatte. Sie würde es ganz sicher nicht auf dem Gepäckband zurücklassen. Dafür hatte sie ein Vermögen ausgegeben.

Als Hanna auf dem Gepäckband stand, hielt es auf einmal abrupt an, sodass sie auf die Knie fiel. Rote Lampen leuchteten auf und es gab einen grässlichen Alarmton. Die Umstehenden raunten kollektiv.

»Ma'am?«, rief eine befehlsgewohnte Stimme. »Kommen Sie da runter, das ist nicht erlaubt.«

Hanna spürte, wie ihre Ohren heiß wurden. Schnell angelte sie sich den BH und klaubte zusammen, was sonst noch da war, wobei sie versucht war, die Vibratoren unter all den anderen Dingen verschwinden zu lassen. Dann sprang sie vom Gepäckband.

Vor ihr stand eine kleine, dickliche Frau in der Uniform einer Flughafenmitarbeiterin und schaute sie streng an. Doch was Hanna fast die Füße wegzog, war, dass direkt hinter ihr zwei weitere Personen standen und sie entgeistert anstarrten. Amber wirkte besorgt und entsetzt, Kyle hingegen amüsiert.

So hatte sie sich das Wiedersehen wirklich nicht vorgestellt.

* * *

Möchtest Du wissen, wie es weitergeht? Dann jetzt gleich Sehnsucht nach Carolina Creek bestellen

MEHR AUS CAROLINA CREEK

The Merry Men Weddingplanner Serie

Carolina Creek ist ein kleiner Ort an der Atlantikküste von North Carolina. In dieser Stadt herrscht zwar Südstaaten-Gemütlichkeit, aber es ist trotzdem immer etwas los. Vor allem in den Herzen der Protagonisten.

Die vier Crawford-Brüder und ihre Freunde haben es nicht immer leicht mit der Liebe, aber sie alle werden die Frau fürs Leben noch finden. Dabei können sie sich immer aufeinander und auf alle anderen Mitbewohner der Kleinstadt verlassen.

Während sie selbst die Liebe ihres Lebens finden, gründen die Männer aus Versehen gemeinsam ein Unternehmen, das ganz besondere Hochzeiten ausrichtet.

Alle Romane sind in sich abgeschlossen und können unabhängig voneinander gelesen werden, aber das beste Leseerlebnis bekommst Du, wenn Du sie in der richtigen Reihenfolge liest.

Folgende Bücher sind bereits erschienen:

Prequel - wie alles begann: Willkommen in Carolina Creek

Band 1: Sehnsucht nach Carolina Creek (ISBN: 9783757937362)

Band 2: Hoffnung in Carolina Creek (ISBN: 9783757938611)

Band 3: Neuanfang in Carolina Creek (ISBN: 9783757938635)

Band 4: Träume in Carolina Creek (ISBN: 9783757936747)

Band 5: Verliebt in Carolina Creek (ISBN: 9783757938659)

Band 6: Vertrauen in Carolina Creek (ISBN: 9783757955113)

Band 7: Neues Glück in Carolina Creek

Alle Bücher der Reihe sind auf Amazon erhältlich als **E-Book**, als **Taschenbuch** und als **Großdruck**-Ausgabe.

Im **Buchhandel** gibt es die Bücher unter der jeweiligen ISBN-Nummer hinter den Namen oben - falls Du sie dort bestellen möchtest.

Außerdem sind alle Bände außer Willkommen in Carolina Creek in **Kindle Unlimited** und können von Mitgliedern im Rahmen des Kindle Unlimited Programms kostenlos gelesen werden.

* * *

Infos über weitere Bücher gibt es auf Julias Website und hier kannst Du Dich auch für den Newsletter anmelden, damit Du nie eine Neuerscheinung verpasst!

www.juliastirling.com

ZEITREISE-ROMANE VON JULIA STIRLING

Der Club der Zeitreisenden

Diese spannenden Zeitreise-Reihe, die in den schottischen Highlands spielt, ist mystisch, geheimnisvoll, voller Freundschaft und Liebe zu außergewöhnlichen Männern, die nicht aus dieser Welt sind.

Verliebe Dich ebenfalls in die Reihe *Der Club der Zeitreisenden*.

Begleite die Freundinnen in eine Welt voller Abenteuer, Freundschaft, Liebe und natürlich atemberaubender Highlander im schottischen Hochland.

Alle Romane sind in sich abgeschlossen und können unabhängig voneinander gelesen werden, aber das beste Leseerlebnis bekommst Du, wenn Du sie in der richtigen Reihenfolge liest.

Die Reihe teilt sich in mehrere Teile. Immer vier Bücher gehören zusammen.

Teil 1 ist Der Club der Zeitreisenden von Dundarg und Teil 2 Der Club der Zeitreisenden von Eriness.

Der erste Band von Teil 3 Der Club der Zeitreisenden von Kintallan erscheint im Frühjahr 2024.

Jeder Teil mit vier Bänden ist in sich abgeschlossen.

Folgende Bücher sind bisher erschienen oder können vorbestellt werden:

Der Club der Zeitreisenden von Dundarg

Band 1: JENNA (ISBN: 9783744836876)

Band 2: ALLISON (ISBN: 9783750410442)

Band 3: LAUREN (ISBN: 9783750494015)

Band 4: CAITRIN (ISBN: 9783750494848)

Band 5: JANET (ISBN: 9783757852092)

Der Club der Zeitreisenden von Eriness

Band 1: MAIRA (ISBN: 9783750496019)

Band 2: TAVIA (ISBN: 9783750496682)

Band 3: LEANA (ISBN: 9783750497764)

Band 4: BLAIRE (ISBN: 9783757819064)

Der Club der Zeitreisenden von Kintallan

Band 1: BRYNNE - erscheint im Frühjahr 2024

Alle Bücher der Reihe sind auf Amazon erhältlich als **E-Book**.

Sowie als **Taschenbuch**, als **gebundene** Ausgabe und als **Großdruck**-Ausgabe.

Im **Buchhandel** gibt es die Bücher unter der jeweiligen ISBN-Nummer hinter den Namen oben - falls Du sie dort bestellen möchtest.

Jenna, Allison, Lauren und Caitrin sind übrigens bereits als **Hörbuch** erschienen und sind auf allen Plattformen erhältlich!

Außerdem sind alle Bücher der Serie **in Kindle Unlimited** und können von Mitgliedern im Rahmen des Kindle Unlimited Programms kostenlos gelesen werden.

* * *

Infos über weitere Bücher gibt es auf Julias Website und hier kannst Du Dich auch für den Newsletter anmelden, damit Du nie eine

Neuerscheinung verpasst!

www.juliastirling.com

HISTORISCHE LIEBESROMANE VON JULIA STIRLING

Liebe am Exilhof

Wenn Du historische Liebesgeschichten magst, in denen attraktive Männer um die Liebe einer starken Frau kämpfen und in denen es um Könige, Gentlemen und Ladies, Leidenschaft und natürlich auch um die großen, wahren Gefühle geht, dann sind die Bücher aus der Reihe *Liebe am Exilhof* genau das richtige für Dich!

Sie spielen in den Jahren um 1690 in England und Frankreich am Exilhof von König James II.

Alle Romane sind in sich abgeschlossen und können unabhängig voneinander gelesen werden. Die Serie ist abgeschlossen.

Hier findest Du alle Bücher der Serie Liebe am Exilhof

Mittlerweile sind fünf Bücher in der Serie erschienen.

Band 0: *Der gestohlene Kuss* - Sophia Eastham und Thomas Hartfort (ISBN: 9783754682210)

Band 1: *Die Liebe der fremden Lady* - Valentina Turrini und Jonathan Wickham (ISBN: 9783754682227)

Band 2: *Die ungezähmte Baroness* - Charlotte Dalmore und Alexander Hartfort (ISBN: 9783754682234)

Band 3: *Das Versprechen einer Lady* - Lilly Eastham und Nicholas Bedington (ISBN: 9783754682241)

Band 4: *Der Stolz des Herzens* - Katherine Eastham und Philippe Laurent

(ISBN: 9783754682258)

Alle Bücher der Reihe sind auf Amazon erhältlich als E-Book, als Taschenbuch und als Großdruck-Ausgabe.

Die ersten drei Bände gibt es auch als E-Book Sammelband.

Im **Buchhandel** gibt es die Bücher unter der jeweiligen ISBN-Nummer hinter den Namen oben - falls Du sie dort bestellen möchtest.

Außerdem sind alle Bücher der Serie in Kindle Unlimited und können von Mitgliedern im Rahmen des Kindle Unlimited Programms kostenlos gelesen werden.

* * *

Infos über weitere Bücher gibt es auf Julias Website und hier kannst Du Dich auch für den Newsletter anmelden, damit Du nie eine Neuerscheinung verpasst!

www.juliastirling.com

Lektorat, Korrektorat: Martina König

Cover-/Umschlaggestaltung: Buchgewand Coverdesign | www.buch-gewand.de

unter Verwendung von Motiven von

stock.adobe.com: © sandra, © vectorfusionart, © ziss, © photosky99

depositphotos.com: © Passcal © digidream

Verlag: Dreamfinder Verlag, Kurpfalzstr. 156, 67435 Neustadt

ISBN: 978-3-949293-36-8

www.juliastirling.com

Printed in Poland
by Amazon Fulfillment
Poland Sp. z o.o., Wrocław

27387866R00129